長谷川滋成

『文選』陶淵明詩詳解

溪水社

まえがき

陶澍の『靖節先生集』（巻之一～巻之七）には陶淵明の詩文を一五四首載録するが、この中には昭明太子蕭統撰の『文選』に収載する詩八首を含む。

昭明太子蕭統はどんな基準で淵明の詩文から八首を選び、『文選』に収載したのであろうか。『文選』序には「純文学と純文学に非ざるもの」を区別し、「事は沈思より出で、義は翰藻に帰す」ものが純文学であるとしている。小尾郊一博士は「『文選』編纂の基準であると同時に、純文学の基準である」この一文を論じ、その意味を「独創によって創作されて且つ修飾された作品」（『広島大学文学部紀要』二七「昭明太子の文学論——文選序を中心として」昭和四二年）と結論されている。独創と修飾、それは内容と表現の両面についていうものであろうが、博士はさらに「なお一言しておかねばならないのは、独創的で修飾された文すべてが、『文選』に採用されているかといえば、そうではない。彼は純文学と然らざるものの基準を明瞭に示しつつも、実際の文章選択に当っては、自ら別の尺度があった。それは内容と表現とが調和のとれた文章こそすぐれた文章と考えることである」とも説かれている。内容と表現の調和、それは独創と修飾の調和ということであろう。

昭明太子蕭統が純文学および『文選』編纂の基準をこのように定めた背景には、当時の詩文が独創と修飾、内容と表現、その調和がとれていなかったことがあったのであろう。すなわち修飾的表現としての対句や典故を重んじ、独創的内容としての意欲や主張が弱かったのである。昭明太子蕭統はここに純文学の危機を感じて純文学を集め、書名を『文選』として編纂したのである。

本書に収める淵明の詩を会読する際、この基準を念頭において議論し考察した。仕官と帰隠とを経験し、本来の自分と現実の自分との間を往き来する淵明は、内容としては官吏生活や田園生活の様子を独創的に詠い、表現としては象徴的効果をもつ対句や典故を用いて、独創的内容を深化・拡充させていくのである。淵明の詩は『文選』以外の詩の多くを含めて、おおむねこの基準があてはまると見てよかろう。

『文選』の撰者昭明太子蕭統は、『陶淵明集』を編集してこれに序と伝を付している。序には「陶淵明の詩には篇篇酒有りと疑ふこと有るも、吾其の意を観るに酒に在らず、亦た酒に寄せて迹を為す者なり。其の文章は群せず、辞彩精抜、跌宕昭彰にして、独り衆類に超ゆ」と言って詩文を高く評価し、また「余は其の文を愛嗜し、手より釈すこと能はず、其の徳を尚び想ひ、時を同じくせざるを恨む」と言ってその人柄にも強く牽かれている。

このように見ると、『文選』に収載する詩の数が曹植や陸機、謝霊運や謝朓に及ばないのは確かだが、昭明太子蕭統は淵明から遠くない時期の、熱心な理解者の一人であったと見ることができよう。本書はその淵明の詩を詳解した書である。

なお淵明の詩を貧窮（まずしさ）・子供（こども）・分身（ふたり）・孤独（ひとり）・読書（ほん）・風景（けしき）・九日（きくざけ）・日暮（ゆうぐれ）・人寿（いのち）・飲酒（さけ）の十項目に分け、それぞれについて淵明の精神生活を考察した、拙著『陶淵明の精神生活』（汲古書院・平成七年七月刊）を合わせてご覧いただきたい。

本書はまた『陶淵明の精神生活』と合わせて、陶淵明詩を省いた『東晋詩訳注』（汲古書院・平成六年五月刊）を補完するものである。

著者

目次

凡　例

一、本書は詩（文）題・正文・訓読文・口語訳・要旨・語釈・詳解よりなる。
一、詩（文）題には順次(1)(2)(3)を冠し、この(1)(2)(3)を語釈や詳解に用いる。
一、詩（文）の句には順次１２３を冠し、語釈や詳解にはこれを(1)１（詩題(1)の1句目）のように用いる。
一、詩文の要旨を□にまとめ、○詳解には議論・考察の内容を整理する。
一、李善の注は〈李善注〉、五臣注は〈呂延済注〉・〈李周翰注〉のように記し、（　）内の語は原典からの補足であり、（佚）は佚書・佚文のことである。
一、〈李善注〉・〈五臣注〉は詩（文）句に関係あるものを句ごとに振り分けたので、依拠した本とは順序が異なる。中略の場合は「　」、「　」。のように表記する。
一、1〈李善注〉は1句目の語釈にある〈李善注〉、8〈呂延済〉は8句目の語釈にある〈呂延済注〉のことである。
一、語釈・○詳解にある〈陶樹本〉・〈鈴木解〉などは次の研究書の著者である。引用に際しては旧字は新字に改めた。

〈陶澍本〉陶澍『靖節先生集』
〈何焯解〉何焯『義門読書記』
〈鈴木解〉鈴木虎雄『陶淵明詩解』平凡社・平成三年二月刊（弘文堂書房・昭和二三年一月初版）
〈斯波解〉斯波六郎『陶淵明詩訳注』北九州中国書店・昭和五六年九月刊（東門書房・昭和二六年一月初版）
〈吉川解〉吉川幸次郎『陶淵明伝』新潮社・昭和三三年五月刊
〈一海解〉一海知義『陶淵明』筑摩書房・昭和四三年一二月刊
〈伊藤解〉伊藤正文・一海知義『漢・魏・六朝・唐・宋散文選』平凡社・昭和四五年一〇月刊

〈都留解〉都留春雄『陶淵明』筑摩書房・昭和四九年一一月刊

〈花房解〉花房英樹『文選』三・集英社・昭和四九年一〇月刊、『文選』四・昭和四九年一二月刊

〈小尾解〉小尾郊一『文選』六・集英社・昭和五一年二月刊、『文選』七・昭和五一年一〇月刊

〈森野解〉森野繁夫『文選雑識』第一冊・第一学習社・昭和五六年一〇月刊、『文選雑識』第二冊・昭和五九年九月刊

『文選』陶淵明詩詳解

（10）　始作鎮軍参軍経曲阿作一首　始めて鎮軍参軍《ちんぐんさんぐん》と作りて曲阿《きょくあ》を経しとき作る一首

1　弱齢寄事外　弱齢《じゃくれい》より事外に寄せ／年若いころから俗外に（心を）預け

2　委懐在琴書　懐《おも》ひを委ぬるは琴書に在りき／心を安らかにしてくれたのは琴と書物

3　被褐欣自得　褐《かつ》を被《き》るも欣《よろこ》んで自得し／粗末な着物を着ても楽しくて満足し

4　屢空常晏如　屢〻空《しばしばむな》しきも常に晏如《あんじょ》たり／生活の糧はしばしば不如意でもいつも平然

5　時来苟宜会　時来たれば苟《いささ》か宜《よろ》しく会すべく／よい時機が来たようなのでともかく（それに）会わせようと

6　宛轡憩通衢　轡《たづな》を宛《ま》げて通衢《つうく》に憩はんとせり／手綱を曲げ（方向を変え）て仕官の道に安息することにした

7　投策命晨旅　策《つゑ》を投げて晨旅《しんりょ》に命じ／策（つく生活）を捨てて朝早い出立を命じ

8　暫与園田疎　暫《しばら》く園田と疎《とほ》ざからんとす／しばしの間園田と遠く離れることにした

9　眇眇孤舟遊　眇眇《べうべう》として孤舟遊び／一隻の小舟が遠く小さく揺れ動き

10　緜緜帰思紆　緜緜《めんめん》として帰思紆《まつ》はる／帰郷の思いはいつまでもからみつく

11　我行豈不遥　我が行《たび》は豈に遥《はる》かならざらんや／この（赴任の）旅は何と遠いことか

12　登降千里余　登降すること千里余／登ったり降ったりすること千里ばかり

13　目倦脩塗異　目は脩塗《しうと》の異《い》なるにも倦《う》み／目は長い道々の珍しい物にも厭き

14　心念山沢居　心は山沢の居を念ふ／心は山や沼のある家を思い続ける

15　望雲慙高鳥　雲を望みては高鳥に慙《は》ぢ／雲を望めては空高く飛ぶ鳥に（わが身を）慙じ

16　臨水愧遊魚　水に臨みては遊魚に愧《は》づ／川を前にしては水に泳ぐ魚に（わが身を）愧じる

17　真想初在衿　真想は初めより衿《むね》に在れば／真実なる想いは最初から（わが）胸中にあるので

18　誰謂形迹拘　誰か謂ふ形迹《けいせき》に拘《こう》せらると／態度や行動に拘束されているとは誰にも言わせぬ

19　聊且憑化遷　聊《いささ》か且《しばら》く化し遷《うつ》るに憑《よ》るも／とりあえず時の移り変わりに（身を）任せるにしても

20　終反班生廬　終には班生《はんせい》の廬《いほり》に反《かへ》らん／ゆくゆくは班先生の（己を保つ）廬に帰って行きたい

□方向を変えて役人となり、任地に赴く途中すでに田園に帰りたい思いに駆られる。

0巻二六行旅上。鎮軍参軍になったばかりで曲阿を通ったときに作る。［始作］ようやくなる。なったばかり。〈何焯解〉「第五句にして始の字に入る」。これは5時来苟冝会が詩題の始の字を説くことをいう。〈吉川解〉「『始めて作《な》る』とは就任匆匆の語気であり」。［鎮軍参軍］鎮軍将軍の参軍。参軍は属官。〈李善注〉「五言。臧栄緒晋書（佚）に曰はく、宋の武帝は鎮軍将軍に行たりと」。宋武帝は東晋を滅ぼした劉宋の初代天子劉裕。在位四二〇～四二二。行は官を兼ねる。大官が小官を兼ねること。［曲阿］今の江蘇省丹陽県。［陶淵明］〈李善注〉「沈約の宋書（巻九三陶潜伝）に曰はく、陶潜、字は淵明。或いは云ふ、字は元亮と。潯陽の人。少くして高趣有り。鎮軍建威参軍と為り、後に彭沢の令と為る。印綬を解きて職を去り、家に卒すと」。潯陽は今の江西省九江県。高趣は高尚な趣き。世俗を超越した志。鎮軍建威参軍就任は義熙元年（四〇五）三月、淵明四一歳。彭沢令就任は同年八月。解印綬去職は同年十一月。〈呂延済注〉「沈約の宋書（陶潜伝）に曰はく、陶潜、字は淵明。或いは云ふ、字は元亮と。潯陽の柴桑の人。少くして高趣有り。鎮軍建威参軍と為り、後に彭沢の令と為る。綬を解きて職を去ると。曲阿は県名なりと」。

○**詳解1**　0〈李善注〉の臧栄緒『晋書』にある宋の武帝が鎮軍将軍となったのは、東晋・安帝の元興三年（四〇四）、このときその参軍に就任したとすれば、本詩は淵明四〇歳の作となる。ところが民国の古直は淵明が鎮軍参軍となったのは劉牢之のそれで、安帝の隆安三年（三九九）、淵明三五歳の時とする。〈斯波解〉〈吉川解〉〈一海解〉は古直に従い、〈花房解〉は臧栄緒『晋書』に従う。〈吉川解〉は古直をよしとして詳説する。古直に従えば詩題は、（隆安三年の三九九年）、鎮軍将軍（である劉牢之）の参軍となったばかりで、（故郷の柴桑を出て鎮軍府のあった京口へ行く途中）曲阿を通ったとき作る一首となる。

○詳解2　0〈李善注〉〈呂延済注〉の『宋書』陶潜伝が少有高趣の隠と為鎮軍建威参軍・為彭沢令の官との二面性を提示するのは、淵明詩の理解に重要である。『晋書』巻九四陶潜伝に「潜は少くして高尚を懐き、博学にして善く文を属る。穎脱にして羈《つな》がれず、真に任せ自得するは、郷鄰の貴ぶ所と為る」とあるのは、隠の面をいうものである。高尚は高趣に同じ。穎脱は才気がすぐれる。不羈は束縛されない。任真は自然の心のあるがままにする。自得は自ら楽しみ満足する。任真・自得は淵明の主義を理解する要語の一つである。

○詳解3　0〈李善注〉〈呂延済注〉の『宋書』にいう出処進退の理由については「帰去来」（六七頁）が要を得ている。

1［弱齢］弱年。年が若いこと。［寄］預ける。任せる。［事外］俗事の外。俗外。〈李善注〉「晋中興書（太宗簡文皇帝伝）の簡文の詔（佚）に曰はく、会稽王は英秀玄虚にして、神を事外に棲ましむと」。英秀はすぐれる。玄虚は公平無私。棲神は心を落ちつける。〈李周翰注〉「齢は年なり」、「言ふこころは我が少年の時、心を事物の外に寄す」。

2［委懐］心を安らかにする。［琴書］琴と書物。〈李善注〉「鄭玄の儀礼（士冠礼篇「委貌は周の道なり」の）注に曰はく、委は安なりと。劉歆の遂初の賦に曰はく、琴書を玩びて以て条暢すと」。条暢はのびやかである。〈李周翰注〉「委は安なり」、「琴書を以て自ら安んずる而已」。

○詳解4　1事外は1〈李善注〉の『晋中興書』が玄虚と並べることから、道家にかかわる語である。『晋書』巻四三楽広伝に「広は王衍と倶に心を事外に宅《お》き、名は時に重んぜらる。故に天下の風流を言ふ者は、王・楽を謂ひて称首と為す」とある事外も、同じである。風流は老荘思想通じていること。称首は第一人者・筆頭。

○詳解5　1・2と同趣の詩は「園田の居に帰る五首」其の一に「少きより俗に適する韻無く、性は本より邱山を愛す」、「飲酒二十首」其の十六に「少き年より人事罕にして、游好は六経に在り」とある。一方「擬古九首」其の八には「少き時は壮にして且つ厲《はげ》しく、剣を撫して独り行遊す、誰か言ふ行遊近しと、張掖より幽州に至る」、「雑詩十二首」其の五には「我が少壮の時を憶へば、楽しみ無きも自ら欣豫せり、猛志は四海に逸《はしいまま》にし、翮を騫げて遠く翥《は》せんと思へり」とある。若き時代の淵明には隠と官の二面性があり、それは淵明の志向を考察するうえで注目すべきことである。

○詳解6　2琴書は心を安らかにしてくれるものであり、2〈李善注〉の「遂初の賦」の琴書は心がのびやかになるものであった。また淵明の「農を勧む」に「董は琴書を楽しみ、田園を履まず」とある琴書は漢の董仲舒が農事を棄てて楽しんだものであり、(8)37・38に「親戚の情話を悦び、琴書を楽しみて以て憂ひを消さん」（六九頁）とある琴書は楽しくて憂いを晴らしてくれるものである。琴書は事外にある者の楽しみごとである。

3［被褐］粗末な着物をまとう。褐は葛の繊維で織った衣。貧者の衣をいう。［欣］喜び楽しむ。［自得］自分から楽しみ満足する。〈李善注〉「家語（七十二弟子解）に曰はく、原憲は衣冠弊《やぶ》れ、日を并せて蔬を食らふも、衎《かん》然として自得の志有りと」。并日は毎日。日々。食蔬は野菜を食べる。あるいは粗末な食事をする。衎然は和らぎ楽しむさま。〈劉良注〉「褐は短き衣なり」。

4［屢空］しばしば欠乏する。何もない。食糧や衣類などの生活物資にいう。［常］いつも。きまって。［晏如］安らかで落ちついているさま。〈李善注〉「論語（先進篇）に、子曰はく、回や、其れ庶《ちか》からんか。屢〻空しと。漢書（巻八七揚雄伝上）に曰はく、揚雄は家産は十金に過ぎず、室に儋石の儲無きも、晏如たりと」。回は顔回のこと。其庶乎は（人としての理想に）近いだろうよ。家産は家の財産。室は家。檐石之儲はわずかの貯え。檐は担う。かつぐ。儋に同じ。〈劉良注〉「屢空とは貧にして財無きを謂ふなり。言ふこころは身は短衣を被て家貧にして資無しと雖も、常に晏然として欣楽し、而して憂ひ無きなりと」。

○**詳解7**　3自得は淵明の主義を理解する要語の一つであることは詳解2に『晋書』陶潜伝の自得を引き言及したが、3〈李善注〉の『家語』にある自得は、孔子の弟子原憲の生活態度にいう。衣冠弊・食蔬という原憲の生活は淵明の被褐に通じる。李善が原憲の自得を引く意図は、淵明を清貧に安んじた原憲に重ねるだけではなく、道を楽しんだ原憲にも重ねようとしたのであろう。『家語』には前の文に続けて次のようにある。「子貢曰はく、甚だしい矣。子の病やと。原憲曰はく、吾聞く、財無き者は之を貧と謂ひ、道を学びて行ふこと能はざる者は之を病と謂ふ。吾は貧なり。病に非ざるなりと」。因みに淵明の「貧士を詠ず七首」其の三には原憲の貧を詠じて「原生は決履に納れ、清歌して商音を暢ぶ」とある。

○**詳解8**　4屢空もまた4〈李善注〉の『論語』にあるように、孔子の弟子顔回の生活をいう語である。顔回が貧窮であったことは『論語』に「子曰はく、賢なる哉回や。一箪の食、一瓢の飲、陋巷に在り。人は其の憂へに堪へず。回や其の楽しみを改めず。賢なる哉回やと」（雍也篇）、「子曰はく、疏食を飯らひ水を飲み、肱を曲げて之を枕とす。楽しみも亦た其の中に在り。不義にして富み且つ貴きは、我に於いて浮雲の如しと」（述而篇）とある。貧窮の中に楽しみがあるとする顔回と同じ思いを淵明ももったというのであろうが、他方本性を曲げて仕官したのは、貧窮からわが身・わが家族を救うためであったと告白する。たとえば「飲酒二十首」其の十の「此の行誰か然らしめし、飢ゑの駆る所と為るに似たり」、「帰去来」の序の「家叔は余が貧苦なるを以てし、遂に小邑に用ひらる」、「嘗て人事に従ひしは、皆な口腹自ら役すればなり」（七一頁）とあるのがそれである。なお淵明には「食を乞ふ」、「貧士を詠ず七首」の詩もあり、後者の詩の一首を(5)（四六頁）にとりあげる。

○詳解9　4晏如の用例として4〈李善注〉は楊雄の生活態度を引くが、『漢書』にはこれより前の文として「人と為りは簡易にして佚蕩す。口吃《ども》りて劇談すること能はず、黙して深湛の思を好む。清静亡為にして耆欲少なし。富貴に汲汲たらず、貧賤に戚戚たらず。廉隅を修めずして、以て名を当世に徼《もと》む」とある。簡易はおおまか。佚蕩はしまりがない。劇談は勢いよく話す。深湛は奥深いこと。清静亡為は無欲無為。汲汲はうちこむ。努める。戚戚はいたみ悲しむ。憂える。廉隅は折り目正しいこと。不汲汲於富貴、不戚戚於貧賤という楊雄の生活態度は、淵明に重ねることができよう。

5［時来］（役人になるによい）時機が来る。［苟］まあまあ。ともあれ。［冝会］あわせるがよい。一致させるがよい。〈李善注〉「廬子諒の魏子悌に答ふる詩に曰く、遇〻時来の会を蒙ると」。〈張銑注〉「言ふこころは時命既に来たりて、且く冝しく之と相ひ会すべしと」。時命は時の定め。

6［宛轡］手綱を曲げる。進む方向を変えることをいう。宛は曲げる。わがねる。［憩］休息する。安息する。［通衢］四方に通じる大道。ここは仕官への路に喩えるという。〈李善注〉「宛は屈なり。言ふこころは長往の駕を屈し、通衢の中に息ふと。通衢は仕路に喩ふるなり。毛萇詩（召南・甘棠の「召伯の憩ふ所」の）に伝に曰はく、憩は息なりと。通衢は已に上文に見ゆ」。長往駕は昔からの馬。これまで歩いてきた道のことで、1事外の生活をいう。〈張銑注〉「宛は蓄なり」、「将に行かんとして徘徊し、轡を蓄へて通衢に息ふ」。蓄は蓄える。丸めて持つ。徘徊はさまよう。たちもとおる。

○詳解10　淵明の出仕の理由については詳解3（五頁）に指摘したが、5もその説明である。しかしこれは時来ゆえに苟冝会といい、上二字が唐突に出される。〈陶澍本〉は冝を冥に作り、時来たりて苟くも冥会せばと訓ませるが、これもまた解りにくい。冥会はひそかに符合する。偶然に一致する。

○詳解11　6は6〈李善注〉に従えば比喩の表現となる。俗外に身を寄せた過去の生き方とは方向を変えて、仕官して俗中に身を置く生き方をとるというのである。6を比喩に解すると憩の意が漠然とし、5にも裏の意があるかと思われる。また6〈張銑注〉が徘徊の二字を入れて解くのは、5から6へ動く間の、淵明の決意の逡巡を解かんとするのであろう。

○詳解12　6〈李善注〉の已見上文は、潘岳の「懐県に在りて作る」の「霊圃には華果耀き、通衢には高椅列なる」であり、その李善注には「(曹大家の)東征の賦に曰はく、通衢の大道を導くと」とあるが、『文選』巻九の「東征の賦」には「通衢の大道に遵ひ、捷径を求めて誰にか従はんと欲す」とあり、導の字を遵の字に作る。「東征賦」の通衢も仕官への路に喩えられる。

7［投策］策を捨てる。杖をつく生活をやめることをいう。［命］いいつける。命令する。［晨旅］朝早い旅立ち。〈李善注〉「(張景陽の)七命(八首・其の六)に曰はく、夸父は之が為に策を投ぐと」。夸父は伝説上の人。〈呂向注〉「投は捨、策は杖なり。謂ふこころは挂《か》くる所の杖を捨てて早行の衆に命ずと」。早行之衆は朝早く旅に行く人々。

8［暫］しばし。わずかの間。［園田］庭と畑。農作地。［疎］疎遠になる。遠く離れる。〈呂向注〉「将に職に赴かんとするに田園と漸く疎かるなり」。漸はしだいに。

○詳解13　7投策の策は「帰去来」にも「策もて老を扶けて以て流憩し、時に首を矯げて遐観す」(六八頁)とあるように、淵明が田園の生活で使用していたものである。従って投策とは田園時代の策を捨てることで、過去の生き方とは方向を変えることをいい、6宛轡と同じ意となる。因みに『山海経』海外北経に「夸父は日と逐走して日に入らんとす。渇きて飲むを得んと欲し、河・渭に飲むも、河・渭は足らず。北のかた大沢に飲まんとし、未だ至らずして道に渇きて死す。其の杖を弃《す》つるに、化して鄧林と為る」とある弃其杖も、夸父が自分の過去の生き方をやめ、新たな方向へ事が展開する象徴として用いられている。この『山海経』の文は7〈李善注〉の

「七命」の投策の典故として李善が示すものである。逐走は競争する。河渭は黄河と渭水。大沢は大きな沼。鄧林は林の名。

○**詳解14**　8暫はこれから後、田園と離れる時間をいい、それは長い時間をいうのではない。従って暫には近いうちに帰って来る意を含む。

○**詳解15**　8園田は詩題にも「園田の居に帰る五首」と使われ、また田園・林園・園林・山沢など類似の語もある。これは1・3にいう淵明が自得できる事外の世界なのである。二三例示すると「庚子の歳五月中、都従り還らんとして風に規林に阻まる二首」其の二に「静かに園林の好きを念ひ、人間良に辞すべし」、「辛丑の歳七月、赴仮して江陵に還らんとして夜塗口を行く」に「詩書に宿好を敦くし、林園に世情無かりき」（一七頁）、「乙巳の歳三月、建威参軍と為りて都に使ひし銭渓を経たり」に「園田をば日に夢想す、安くんぞ久しく離析するを得んや」、「帰去来」に「帰去来兮、田園将に蕪れんとす胡ぞ帰らざる」（六七頁）などがそうである。

9［眇眇］遠く行くさま。あるいは小さいさま。　［孤舟］一隻の小舟。　［遊］揺れ動く。出かける。〈李善注〉「楚辞（七諫・怨世）に曰はく、安くんぞ眇眇として帰り薄《っ》く所無からんやと」。〈呂向注〉「眇眇は遠行の皃」。

10［緜緜］絶えないさま。長く続くさま。　［帰思］帰郷の思い。里心。　［紆］まつわる。からみつく。〈李善注〉「又た（楚辞・九章・悲回風に）曰はく、縹として緜緜として紆ふべからずと。王逸曰はく、緜緜とは細微の思ひの断絶し難きなりと」。縹はぼんやりしているさま。細微之思は細く小さく思い続ける心。〈呂向注〉「緜緜は絶えざる皃。紆は縈なり」。

○**詳解16**　9・10は孤舟という物と、帰思という心とを対にして詠う。孤舟・帰思の語には孤独・寂寥の響きがあり、それを眇眇・緜緜の畳語および遊・紆の字が強める。このうち遊の字については『文選考異』に「袁本・茶陵本は遊を逝に作り、善は遊に作ると云ふ。案ずるに、各本の見る所は皆な非なり。善も亦た逝に作れり。逝は往なり。遊は但だ伝字の誤るのみ。善・五臣の同じからざるに非ずして、袁・茶陵は誤本に拠りて校語を為す耳」とあり、逝の字を本来の字とする。意味からしても逝の字が孤独・寂寥を強める。また帰思が絶えることなくずっと続いていることをいう緜緜は、それが細く小さいがゆえに、却って淵明の孤独・寂寥を強める。緜緜の用例は魏の文帝の「雑詩二首」其の一にも「鬱鬱として悲思多く、緜緜として故郷を思ふ」とある。また眇眇の典故としては9〈李善注〉の『楚辞』よりも、曹植の「情詩」の「眇眇たる客行の士は、遥役して帰るを得ず」が淵明の孤独・寂寥を強めるのにはよい。

11［我行］私の旅。行は赴任の旅。　［豈不遥］はるか遠くに隔たる。遥は特に距離の隔たりにいう。

12［登降］登ることと降ること。地形に起伏のあることをいう。　［千里余］千里ばかり。千里は距離の長いことをいう。

○詳解17　11・12には〈李善注〉も〈五臣注〉もない。それはこの二句に関しては用例を挙げる必要がないということだろうが、11我行・12千里の用例を一つずつ例示する。陸機の「古詩に擬す十二首」の「明月何ぞ皎皎たるに擬す」の「踟躕して節物に感じ、我が行は永くして已に久し」。踟躕はたちもとおる。節物は季節ごとの物。陸機は我行を永已久といい、時間の長さでとらえる。曹植の「雑詩六首」其の六の「遠望して千里に周く、朝夕に平原を見る」。曹植は朝夕見平原といい、千里の間一日中変わらぬ風景を見続けるのだとする。

13［目倦］目は疲れてあきる。見あきていやになる。　［脩塗異］長い道々の珍しい物。異は見なれない物。

14［心念］心はじっと思う。思い続けて離れない。　［山沢居］山や沢のある家。隠者の住む処。〈李善注〉「仲長子の昌言（佚）に曰はく、古の隠士、或るときは夫負ひ妻戴きて以て山沢に入ると」。隠士は隠者。夫負妻戴は（家財道具を）夫は背負い妻は頭に戴く。〈張銑注〉「言ふこころは我の行くや、此の長路に労れ、山沢隠逸の居を念ふと」。

○詳解18　13脩の字を〈陶澍本〉は川の字に作る。13・14を対句と考えると、14山沢の対としては川塗がよく、また脩塗であれば、11・12の内容と重複するので重複も避けられる川塗がよい。川塗は川と道。

○詳解19　14山沢の用例として嵆康の「山巨源に与へて交はりを絶つ書」に「又た道士の遺言を聞くに、朮・黄精を餌《く》らへば、人をして久しく寿《ながいき》せしむと。意甚だ之を信ぜり。山沢に遊び、魚鳥を観て、心甚だ之を楽しむ。一たび行きて吏と作らば、此の事便ち廃せん。安くんぞ能く其の楽しむ所を舎てて、其の懼るる所に従はんや」とある。遊山沢、観魚鳥は楽しいことであるが、吏になるとその楽しみを捨て、懼れる所に従うことになるという。山沢は8園田と同類の語。詳解15（一〇頁）参照。

15［望雲］雲を遠くながめる。［慙］面目なく思う。［高鳥］空高く飛ぶ鳥。〈李善注〉「文子（上徳篇）に曰はく、高鳥尽きて良弓蔵さると」。良弓は高鳥を射落とす立派な弓。

16［臨水］川を前にする。［愧］（自分の）見苦しさを恥ずかしく思う。［遊魚］水中を泳ぎまわる魚。〈李善注〉「言ふこころは魚・鳥は咸な其の所を得たるに、己は独り其の性に違へりと」、「大戴礼（易本命篇）に曰はく、魚は水に遊び、鳥は雲に飛ぶと」。得其所は居るべき所を得てそこに居る。違其性は本性とくい違っている。居るべき所を得ていないことをいう。性は本性。天性。自然のままの汚されない心。〈張銑注〉「故に魚鳥の性に適するに慙づ」。適性は性に一致する。

○詳解20　15・16も対句。淵明は高鳥・遊魚を見て慙愧に耐えぬという。なぜかといえば高鳥・魚鳥は16〈李善注〉の得其所、16〈張銑注〉の適性という生き方をしているが、自分は16〈李善注〉の違其性という生き方だからである。高鳥・遊魚にとっての性とは、鳥籠や水槽に入れられて束縛されず、自由超逸な生き方のこと。因みに〈吉川解〉には「鳥は自由、平和、幸福の象徴として、もっともしばしば、淵明の詩文に現れる」とある。得其所・適性・違其性は、淵明の主義を理解する要語の一つ。また淵明詩に多用する魚・鳥は、淵明の主義を表現する要語の一つである。鳥・魚を対にする用例は、曹植の「情詩」に「遊魚は淥水に潜み、翔鳥は天に薄《せま》りて飛ぶ」、「園田の居に帰る五首」其の一にも「羈鳥は旧林を恋ひ、池魚は故淵を思ふ」とある。

○詳解21　15〈李善注〉の『文子』の高鳥は15高鳥の用例を示すにとどまるのであろうが、続く文に「名成り功遂げ身退くは、天道然るなり」とあるのは、字に異同はあるが、『老子』第九章の文である。淵明が暫高鳥と詠うとき、老子のこれを意識していたとみるのは読みすぎであろうか。また16〈李善注〉に引く『大戴礼』の引用文のやや後に「万物の性は各〻類を異にす」とあるのは、魚と鳥の性は異類であることをいうのだが、それは淵明の性とも異類であることをいわんとするのであろう。16〈李善注〉に違其性とあるのはその意味である。

17［真想］真実なる想い。自然のありのままの考え。真は天真。本性。自然のままで飾り気のないこと。［初在衿］最初から（わが）胸中にちゃんとある。初は役人になる前から。あるいは生まれた時からもともと。在は存在する。まちがいなくある。衿は襟に同じ。胸襟。〈李善注〉「淮南子（覧冥訓）に曰はく、性を全くし真を保ち其の身を虧かずと。老子（第五十四章）に曰はく、之を身に脩むれば、其の徳は乃ち真なりと。王逸の楚辞（卜居篇の「以て真を保たんか」の）注に曰はく、保真とは玄黙を守るなりと」。全性は自然の本性を完全に保つ。不虧其身は身体を損わない。守玄黙は沈静を保つ。虚無を守る。〈李周翰注〉「真想は無為の事を謂ふ。言ふこころは此の事は久しく胷襟に在りと」。無為は自然のあるがまま。此事は無為之事をさす。

18［誰謂］誰が言うのか。誰も言ってはならない。詰問の形。［形迹］態度と行動。ここでは17真想以外のもので、6通衢（仕官）をいう。［拘］拘束する。縛る。〈李周翰注〉「誰か謂ふ形と蹟とに更〻拘止せらると」。

○詳解22　17真想についての解は次のようにある。〈斯波解〉「本心、卽ち、暫く仕官はするものの、やがてはやめようとする考へ（なお加筆表に『真』は荘子に見える真ならん。自然、素朴、超俗。」とある）」。〈吉川解〉「真実な生活への思慕」。〈一海解〉「拘束されぬ真実の生活へのねがい」。〈花房解〉「名利に拘らず、本性を全うしようという考え」。また〈吉川解〉には淵明詩に六度みえる真の字を考察して、「いわゆる『真』とは、世界を成り立たす中核となるものであり、したがって人間のそれによって生きるものでなければならない。すなわちわれわれの言葉では真理といい、真実というものに当るのであろう。／では更に一歩をすすめて、淵明が、この世の真理と考えたものは何か。真の字の具体的な内容となるものは何か。近ごろ一海知義君が、自由Freedomを以てそれに擬するのは、傾聴すべき説である。しかしそれについては一海君の研究の大成を待つこととし、ここには深くふれない。ただ真の字は、顧炎武その他、清朝の文字学者が往往指摘するように、儒家の古典である五経には全く見あたらない字であり、老子、荘子にはじめて見える字であることを、付言するにとどめる」とある。真の字は孔子・孟子の儒家の用語ではなく、老子・荘子の道家の用語である——この事実に立つと、真の字の理解は大きく誤ることはないが、淵明の考える真の具体は何かは、まだ考察の余地があろう。

○詳解23　18誰謂は形迹拘という淵明に対する世人の批判を想定し、その批判は心外だとする淵明の強い自信の表明である。8与園田疎となるのはあくまでも暫であって17真想初在衿のである。言い訳がましくもあるが、淵明は真剣にそう考えていたのであろう。

○詳解24　17真想・18形迹にみられるように、淵明は自己をいくつかに分割し、分割したそれぞれから自己を分析する性癖がある。その好例が「形　影に贈る」「影　形に答ふ」「神の釈」の三部作からなる「形影神并序」である。形は肉体。影は影法師。神は精神。〈吉川解〉「心と形の関係、それは古来の哲学のしばしばあげつらうところである。荘子《そうじ》はいう、『身は江海《こうかい》の上に在るも、心は魏闕《ぎけつ》の下に居る』と。つまり肉体は都をとおくはなれたところにいても、心は朝廷の門のあたりをさまようこともある。しからば反対に、形はいかめしい『魏闕の下《もと》』にたちまじわりつつも、心は自由に飛翔して、清潔な『江海の上』をさまようことも不可能ではないであろう。形迹《けいせき》は江山に滞《とどま》るも、心は万里の外に通《つう》ず、と、おのれも別の詩ではそううたっている。或いはまた、真想は初めより心に在り、誰か形迹に拘《しば》らるると謂うや。形迹、すなわち肉体は拘束を受けても、自由に万里の外まで飛翔し得るのこそ、精神の特権である。しからば世俗の職務に服していても、わが精神の自由に清潔さを保ち得るであろう。それがおのれの考えであった」。引用中の「形迹《けいせき》は江山に滞《とどま》るも、心は万里の外に通《つう》ず」は「龐参軍に答ふ」の句で、〈陶澍本〉には「情は万里の外に通ずるも、形跡は江山に滞る」に作る。

19［聊且］まあまあとりあえず。いろいろ事情はあるがともあれ。聊と且は意味が近く、二字をいささかと訓じてよい。［憑化遷］（時が）変わり遷るのにまかせる。化は時が経つにつれて変わっていくこと。〈李善注〉「（荘子・寓言篇に）荘子　恵子に謂ひて曰はく、孔子は行年六十にして（六十）化せりと。郭象の注に曰はく、時と与に化するなりと」。行年六十（而六十）化は六十年生きて六十回変わる。〈李周翰注〉「聊且《いささ》か復た運化の遷移に依憑す」。運化はめぐりあわせ。命運。依憑はよる。まかせる。

20［終］最後には。結局は。［反］帰る。元にもどる。［班生廬］班先生のいう廬。班は漢の班固。生は先生。〈李善注〉「班固の幽通の賦に曰はく、終に己を保ちて則を貽《のこ》し、上仁の廬とする所に里《を》ると。漢書（巻一〇〇上叙伝上）に曰はく、班彪は従兄の嗣と共に遊学す。家に賜書有り。楊子雲已下、門に造らざる莫しと」。保己は自分の志を保持する。貽則は手本を残す。上仁は最高の仁者。賜書は君主から賜った書物。〈李周翰注〉「終には当に班固の上仁の廬とする所に里ると同じくすべし」。

○詳解25　19聊の字は、語法としては願う意と且略の意とする二つの説がある。『詩経』邶風・泉水の「聊与之謀」の毛伝に「聊は願なり」、鄭箋に「聊は且略の辞」とある。聊をいささか、しばらくと訓むのは且略に拠り、釈大典は且略をマアチョイと訓むが、本来の意味は願うである。淵明の詩には聊の字を一二回用いるが、八回は詩の結び二句にある。また結び二句には何の字を二二回、当の字を一一回、願の字を五回用いる。結び二句に用いられるこれらの語を検討すると、何・当・願は心から十分満足し、本気で確たる思いをこめて願うとき用い、聊は不本意ながらとりあえず、しかたなく願うときに用いているようである。〈一海解〉「（癸卯の歳始春、田舎に懐古す二首其の二の「長吟して柴門を掩ざし、聊か隴畝の民と為らん」の聊の字に注して）まずまず。ささやかな願望を示す言葉」。これによると、聊の字をいささか、しばらくと訓んでも、そこに何ほどかの願いがこめられていることを読みとらなくてはなるまい。たとえば「己酉の歳、九月九日」の「千載は知る所に非ず、聊か以て今朝を永くせん」、「丙辰の歳八月中、下潠の田舎に於て穫す」の「遥かに謝す荷蓧翁、聊か君に従ひて棲むを得たり」、「飲酒二十首」其の七の「東軒の下に嘯傲す、聊か復た此の生を得たり」などの聊の字はそのような意に読まれる。(8)詳解90（一〇四頁）参照。

○**詳解26**　20班生廬は自分の志を保持し、最高の仁者が住んでいる家。〈鈴木解〉には「班彪は乱世にあひ、終にその本真を保ちて善き法則を子孫にのこしたり、善き法則とは何ぞ即ち最上の仁者の廬とする所に住まふこと是なり」とある。淵明は自分の住み家の8園田を班生廬に喩えて言ったのである。

(20) 辛丑歳七月赴仮還江陵夜行塗口一首　辛丑《しんちゅう》の歳七月、赴仮《ふか》して江陵《かうりょう》に還らんとして夜塗口《とこう》を行く一首

1 閑居三十載　閑居《かんきょ》すること三十載／のんびりと暮らして三十年間

2 遂与塵事冥　遂に塵事《ぢんじ》と冥《とほ》し／かくて俗事とは遠く隔った

3 詩書敦宿好　詩書に宿好《しゅくかう》を敦くし／『詩経』や『書経』に年来の好みを懇《ねんご》ろにし

4 林園無世情　林園に世情無かりき／林と園（のわが住まい）には世俗の事はなかった

5 如何舎此去　如何《いかん》ぞ此れを舎《す》てて去り／どうしてこの林や園を捨てきって（仕官し）

6 遥遥至西荊　遥遥《えうえう》として西荊《せいけい》に至るや／遥かかなた西方の荊州まで行くのか

7 叩枻新秋月　枻《えい》を新秋の月に叩《たた》き／初秋の月（光のもとで）舟縁《ふなべり》を叩き

8 臨流別友生　流れに臨みて友生《いうせい》に別る／川の流れを前に友人と別れる

9 涼風起将夕　涼風は起こりて将に夕《ゆふべ》ならんとし／すず風が吹いて夕方になろうとし

10 夜景湛虚明　夜景は湛《す》みて虚《うつろ》に明《あか》るし／月の光は澄んで透き通って明るい

11 昭昭天宇闊　昭昭として天宇は闊《ひろ》く／大空は照り輝いて広々しており

12 皛皛川上平　皛皛《けうけう》として川上は平らかなり／水面は白く光って穏やかである

13 懐役不遑寐　役《えき》を懐《おも》へば寐《い》ぬるに遑《いとま》あらず／（わが）職務を心にかけると寝る暇もなく

14 中宵尚孤征　中宵《ちゅうせう》にも尚ほ孤《ひと》り征く／夜中であってもなお一人で行き続ける

15 商歌非吾事　商歌するは吾が事に非ず／商歌（して官を得た甯戚など）は私には関係なく

16 依依在耦耕　依依たるは耦耕《ぐうかう》に在り／心ひかれるのは（長沮と桀溺が）並んで耕したこと

17 投冠旋旧墟　冠を投じて旧墟《きうきょ》に旋《かへ》り／冠を投げ捨てて（林や園のある）故郷に帰り

18 不為好爵栄　好爵《こうしゃく》を栄と為さず／立派な爵位は栄華だとは思わない

19 養真衡茅下　真を衡茅《かうばう》の下《もと》に養ひ／自然のままの汚れぬ心を粗末な小屋で養い育て

20 庶以善自名　庶はくは善を以て自《みづか》ら名づけん／自分は自分に善（なる人間）であると名づけたい

□三十年間の閑居生活を捨てて役人になったものの、真を養う生活こそが自分の生活であるとする。

0巻二六行旅上。辛丑の歳の七月、休暇を終えて江陵に帰ろうとして夜に塗口を通る。［辛丑歳］東晋の安帝の隆安五年（四〇一）。淵明三七歳。［赴仮還江陵］休暇を終えて江陵に帰る。江陵は今の湖北省江陵県。淵明の任地。［塗口］今の湖北省安陸県。江陵への途次にある。〈李善注〉「五言。沈約の宋書（陶潜伝）に曰はく、潜は自ら曽祖の晋の世に宰輔たるを以て、復た身を後代に屈せず。高祖自り王業漸く隆んなるも、復た仕ふるを肯んぜず。著はす所の文章は皆な年月を題す。義熙已前は則ち晋氏の年号を書し、永初自り已来は唯だ甲子を云ふ而已と。江図（佚）に曰はく、沙陽県自り流れを下ること一百一十里にして赤圻に至る。赤圻より二十里にして塗口に至るなりと」。曽祖は曽祖父。陶侃のこと。宰輔は宰相。高祖は劉宋の初代天子劉裕。在位四二〇～四二二。義熙は四〇五～四一八。永初は四二〇～四二二。沙陽県は今の湖北省嘉魚県。〈劉良注〉「潜の詩、晋にて作る所の者は皆な年号を題し、宋に入りて作る所の者は但だ甲子を題する而已。意は二姓に事ふるを恥づればなり。故に以て之を異にす。江陵は郡の名。塗口は江口の名」。二姓は二王朝。東晋と劉宋。江口は河口。

○詳解1　0赴仮還江陵には別解がある。〈鈴木解〉「仮に赴き還らんとして、江陵より」と訓み、「赴仮の仮は暇、臨時の休暇なり、赴レ仮とは休暇を得て故郷へ赴くなり、此の時の事蹟は明かならざれども推察する所によれば淵明前年（四年）に一度帰郷しそれより建康に帰り此の年に事を以て江陵に至りついでに暇を請ひ故郷に立ち寄らんとするものに似たり、還　この還の字は赴仮につけて見るべし、故郷へかへるをいふ、下へつけて還レ自二江陵一の義とみる説があるが、余はそれに従はない」と説く。二つの解に分かれるのは、還の字を上の赴仮に付けるか、下の江陵に付けるかである。『佩文韻府』には「□仮還□□」の用例を五例示す（本詩はこの中に含まない）。「陸機赴仮還洛」（『世説新語』自新篇）、「乃取長仮還故郷」（『晋書』巻四八段灼伝）、「会張敷赴仮還江陵」（『宋書』巻六二張敷伝）、「蕭恵開自京口請仮還京」（『南史』巻一八蕭恵開伝）、「陸彦師遇疾請仮還鄴」（『隋書』巻七二陸彦師伝）。五例はすべて還の字を下の字に付けて読み、下の字は還る目的地となり、〈鈴木解〉「還レ自二江陵一」のように出発地とはならない。拙論「辛丑歳七月赴仮還江陵夜行塗口詩について」（兵庫教育大学『兵庫教育大学研究紀要第四巻』昭和五九年九月）参照。

○詳解2　0〈李善注〉の『宋書』によると辛丑という甲子を用いる本詩は、永初以後の作でなくてはならない。しかし本詩はそれ以前の作であり、『宋書』の記述に一致しない。これについて〈何焯解〉には「集を按ずるに、当に永初自り以来、甲子を書せずと云ふべし。詩は丙辰歳八月中于下潠田舎穫稲の一篇自り外には復た書する者無し。丙辰は義熙十二年なり。又た三年にして巳未、恭帝立ちて元熙と改元す。又た一年にして庚申六月、宋は晋に代はりて永初と改元す」とある。

1［閑居］のんびりと暮らす。もの静かな生活。　［三十載］三十年。淵明の最初の仕官は二九歳。ここは概数。〈李善注〉「漢書（巻五七司馬相如伝下）に曰はく、司馬相如は疾と称して閑居すと」。称疾は仮病をつかう。〈張銑注〉「閑居は静居なり」。

2［遂］かくて。そのまま。ずっと。　［塵事］俗事。世俗の煩わしい事柄。　［冥］はるか遠い。暗（くてわからな）い。〈李善注〉「塵事とは塵俗の事なり。郭象の荘子（斉物論「而して塵垢の外に遊ぶ」の）注に曰はく、凡て真（性）に非ず。皆な塵垢なりと。説文（巻七上）に曰はく、冥は窈なりと。又た（説文巻七下に）曰はく、窈は深遠なりと」。真性は天性。自然のまま。塵垢は世俗の汚れ。真性の対語。〈張銑注〉「塵事とは塵俗の事なり。冥は遠」。

○詳解3　1閑居な生活とは1〈李善注〉の『漢書』の文の前後にある「未だ嘗て公卿国家の事に与るを肯んぜず」、「官爵を慕はず」のこと。閑居に対するのが、2塵事である。

○詳解4　2〈李善注〉の郭象注の真性は塵事の対義語で、淵明の主義を理解する要語の一つである。

3［詩書］『詩経』と『書経』。ともに儒家の経典。　［敦］懇ろにする。貴ぶ。　［宿好］宿《かね》てよりの好み。年来の好み。〈李善注〉「左氏伝（僖公二十七年）に趙衰曰はく、郤穀は（可なり。臣亟〻其の言を聞くに）礼楽を悦び、而して詩書に敦しと」。礼楽は礼儀と音楽。〈張銑注〉「敦は厚なり。宿好は旧より好む所を謂ふなり」。

4［林園］林と園。自然界。　［世情］世の中の事情。世俗の様子。〈李善注〉「纏子（佚）の董無心に曰はく、無心は鄙人なり。世情を識らずと」。鄙人は見識のない人。〈張銑注〉「幽隠の事にして俗塵無きなり」。幽隠は俗世を避けて隠れ住む。俗塵は世俗の煩わしさ。

○詳解5　1から4までの詩意は(1)1弱齢寄事外・2委懐在琴書（三頁）に通じる。1閑居・2与塵事冥・4林園・無世情は事外に通じ、3詩書は琴書に、3敦宿好は委懐に通じる。

○詳解6　3の詩書は1閑居生活の一端をいい、読書人であることをいうのであろうが、それは少くして儒家に関心があったことを明言する。「飲酒二十首」其の十六に「少き年より人事罕にして、游好は六経に在り」というのもそうである。人事は俗人の世の事。塵事・世情に同じ。游好は交際。好み。六経は儒家の六つの経典。3〈李善注〉の『左氏伝』にはこれに続けて「詩書は義の府なり。礼楽は徳の則なり」とある。義之府は義を実践するための宝庫。徳之則は徳を実践するための規範。

○詳解7　陸機の「文の賦」の李善注の『纏子』董無心にも「罕に君子に事ふるを得れば、世情の尤非を識らざる

(2) 辛丑の歳七月、赴仮して江陵に還らんとして夜塗口を行く一首

なり」とあって、世情の語がある。これを4〈李善注〉の『纏子』の文と重ねると、董無心が不識世情のは、事君子が稀であったことによる。事君子は世俗の事柄である。

5［如何］どうして。何たることか。［舎此去］これを捨ててしまう。舎は捨に同じ。此は4林園をさす。〈呂向注〉「此は林園を謂ふなり」。

6［遥遥］はるか遠いさま。［西荊］西の荊州。詩題の江陵のこと。江陵は荊州に属し、そこは都の建康から西にあたるゆえ西荊という。〈李善注〉「西荊は州なり。時に京都は東に在り。故に荊州を謂ひて西と為すなり」。〈呂向注〉「南荊は荊州。遥遥は行く皃」。足利本は西を南に作る。

○詳解8　本詩の前年の作「庚子の歳の五月中、都従り還るに風に規林に阻まる二首」其の二に「静かに念ふ園林の好きを、人間良に辞すべし、当年詎ぞ幾《いくばく》も有らん、心を縦《ほしいまま》にして復た何をか疑はん」とあり、人間を捨て園林に帰ると言いきったことを思えば、5如何は自嘲・自誚をこめた表現か。人間は俗世間。官界。園林は4林園に同じ。

7［叩枻］枻《かい》で舟端を叩く。舟を漕ぐことをいう。［新秋月］初秋の月。詩題の七月は初秋。あるいは出たばかりの秋の月か。〈李善注〉「楚辞（漁父篇）に曰はく、漁父は（莞爾として笑ひ）枻を鼓して去ると。王逸曰はく、船舷を叩くなりと」。鼓枻は船端を叩く。一説に船を漕ぐ。船舷は船端。船縁《べり》。〈呂延済注〉「叩は擊なり。枻は舩傍の版。新は愛なり」。擊は撃に同じ。舩傍版は船縁の板。愛は賞でる。好む。

8［臨流］川の流れを前にする。［友生］朋友。友人。〈李善注〉「楚辞（九章・抽思）に曰はく、流水に臨みて太息すと。毛詩（小雅・常棣）に曰はく、兄弟有りと雖も、友生に如かずと」。〈呂延済注〉「友生は朋友なり」。

○詳解9　7新秋月を足利本は親月舩に作る。とすると〈呂延済注〉に新愛也とあるのは新は親の誤りか。足利本によると7は枻を叩きて月舩に親しむと訓むか。

9［涼風］すず風。ひんやりした風。

10［夜景］夜の景《ひかり》。月光。［湛］清く澄む。あるいは広くゆきわたる。［虚明］透き通って明るい。虚は何もない。あるいは月の満ち欠け。〈李周翰注〉「夜景は月なり。湛は澄なり。月に盈虚有り。故に虚明と曰ふ」。

○詳解10　9・10は対句として解する。10夜景の意味は夜の景色ではなく、9涼しき風に対して夜の景《ひかり》とする。また9将に夕ならんとすに対して、10虚明は虚と明ではなく、虚ろに明るしとする。この解によって空や川の明るさをうたう11昭昭・12皛皛に無理なく連なる。なお『佩文韻府』に引く夜景の用例は淵明以前にない。

11［昭昭］照り輝いて明るいさま。晴れて明るいさま。［天宇］大空。天界。［闊］広々している。〈李善注〉「淮南子（精神訓）に曰はく、大宵の宅に甘瞑し、昭昭の宇に覚視すと。李顒の離思篇（佚）に曰はく、烈烈として寒気厳しく、寥寥として天宇清しと」。大宵之宅は暗い世界。大宵は長い夜。甘瞑は気持ちよく寝る。昭昭之宇は明るい世界。覚視は心のうちに悟り視る。烈烈は激しいさま。寥寥は静かなさま。〈李周翰注〉「昭昭は晴明の皃。天宇とは天の地を覆ひて屋宇の如くなるを謂ふなり。闊は広なり」。屋宇は家。建物。

12［皛皛］明るく輝いているさま。一面白いさま。［川上］川の上。川面。［平］平らか。あるいは清らか。〈李善注〉「説文（巻七下）に曰はく、通白を皛と曰ふ。皛は明なりと」。通白はまっ白。〈李周翰注〉「皛皛とは月光の水上を照らすを謂ふ。平は浄《きよ》き皃」。

○詳解11　9から12までは江陵へ行く途中の夜の情景描写で、皎皎たる情景である。11〈李善注〉の『淮南子』の文およびこれに続く「無委曲の隅に休息し、無形埒の野に游敖す」によると、淵明は昭昭の宇だけではなく、これと並ぶ大宵の宅、あるいは無委曲之隅、無形埒之野にも関心があったと思われる。11はこれらを含めた表現か。無委曲之隅は曲折のない処。無形埒之野は形や境のない処。ともに広漠たる道をいう。

13［懐役］役目を心に思う。職務のために赴く旅を心にかける。［不遑寐］寝る暇がない。うたたねする。〈李善注〉「毛詩（小雅・小弁）に曰はく、仮寐するに遑あらずと」。仮寐は仮眠する。うたたねする。〈劉良注〉「遑は暇」。

14［中宵］夜中。［尚］それでもなお。［孤征］ただ一人で行く。〈劉良注〉「宵は夜、孤は独、征は行なり」。

○詳解12　13・14のさまは、1閑居・4林園とは全く逆の、2塵事・4世情にはまりこんだ生活である。昼夜兼行の旅は〈吉川解〉に「何かあわただしい用務をもっての旅であるには相違ない」とあるとおりである。

15［商歌］商の調子の歌。商は五音（宮・商・角・徴・羽）の一つで、悲痛な調子の歌。ここでは自ら官を求める意。春秋衛の甯戚が斉の桓公の車下で商歌し、よって才を認められた故事に拠る。［非吾事］私のする事ではない。私には関係ない。〈李善注〉「淮南子（主術訓）に曰はく、甯戚は車下に商歌す。而して桓公は慨然として悟ると。（淮南子・氾論訓「甯戚の商歌するや」の）許慎（の注に）曰はく、甯戚は衛人なり。斉の桓公の覇を興すと聞き、因りて自ら達する無く、車を将ゐて自ら往く。商は秋声なりと。荘子（譲王篇）に卞随曰はく、吾が事に非ざるなりと」。無因自達は自分から近づく方法がない。秋声は秋の声。商は四季では秋。〈劉良注〉「甯戚は車下に商歌し、以て桓公に干《もと》む。此れ我の事に非ざるを言ふ」。干桓公は桓公に官を求める。

16［依依］もたれかかるさま。心ひかれるさま。［耦耕］二人並んで耕す。ここでは世俗を捨てて田園生活をする意。長沮・桀溺の故事に拠る。〈李善注〉「論語（微子篇）に曰はく、長沮・桀溺は耦して耕すと」。〈劉良注〉「長沮・桀溺は耦して耕す。自ら我が心を逸《ほしいまま》にして依依として之を慕ふなり」。自逸我心は自分からわが心を解き放つ。心を俗外に遊ばせる。

○詳解13　15商歌について15〈李善注〉は『淮南子』と許慎注を引くが、『淮南子』ならば道応訓の「甯戚は斉の桓公に干めんと欲するも、困窮して以て自ら達する無し」から「桓公は大いに説び、将に之を任ぜんとす」までを引くがよい。『呂氏春秋』挙難篇にもみえる。

⑵　辛丑の歳七月、赴仮して江陵に還らんとして夜塗口を行く一首

○詳解14　15〈李善注〉の『荘子』の卞随の非吾事也は、湯王が桀王を伐つ相談を卞随にしたとき、卞随が断わって言ったものである。その後、桀王を伐った湯王は王位を卞随に譲ろうとするが、卞随はまたも「吾は乱世に生まる。而して無道の人再び来たりて我を漫《けが》すに其の辱行を以てす。吾は数〻聞くに忍びざるなり」と言って断り、「乃ち自ら椆水に投じて死す」のである。俗事にかかわることは卞随には死に等しいことであった。淵明にもおそらく卞随ほどの思いがあったというのであろう。

○詳解15　16〈劉良注〉の自逸我心は淵明の主義を理解する要語の一つである。

17［投冠］冠を投げ捨てる。役人をやめる。冠は官吏の物。［旋旧墟］故郷に帰る。墟は村里。旧墟は4林園のこと。〈張銑注〉「此の冠冕を投じて将に旧居に帰らんとす」。冠冕はともにかんむりの意。

18［好爵］立派な爵位。高位高官。［栄］栄華とする。〈李善注〉「周易（中孚）に曰はく、我に好爵有り。吾は爾と与に之を縻《わか》たんと」。〈張銑注〉「好爵を以て栄華と為さざるなり」。

○詳解16　〈陶澍本〉は18栄の字を縈の字に作る。縈の字ならば、18は好爵に縈《つな》が為《れ》ずと訓む。縈は縛る、からみつく意。栄の字、縈の字のいずれに従うかで、18の詩意は変わる。好爵を栄と為さずよりも好爵に縈が為《れ》ずの方が、好爵を否定する思いが強い。淵明の「貧士を詠ず四首」其の四に「好爵をば吾は栄とせず」と同類の表現があり、ここも好爵を強く否定する縈の字がよかろう。

19［養真］生まれつきの本来の心をみがく。自然のままの、世俗に汚れぬ心を育てあげる。［衡茅］冠木門と茅ぶきの屋根。粗末な小屋で隠者の家にいう。〈李善注〉「曹子建の弁問（佚）に曰はく、君子は隠居して以て真を養ふなりと。衡は門、茅は茨なり」。〈呂向注〉「衡茅は茅屋なり。言ふこころは無為の道を茅宇の下に養ふと」。

20［庶］どうか〜したいものである。［以善］善であるということで。善は自分から正しいとすること。［自名］自分が自分に名づける。〈李善注〉「范曄の後漢書（巻二四馬援伝）に馬援曰はく、吾が従弟の少遊曰はく、士は一時に生まれ、郷里　善人と称せば、斯に可なりと。鄭玄の礼記（中庸「必ず其の名を得」の）注に曰はく、名は令聞なりと」。従弟は年下のいとこ。一時はこの世。郷里は郷里の人々。称は呼ぶ。名づける。あるいは称賛する。令聞はよい誉まれ。よい評判。〈呂向注〉「庶幾《ねが》はくは善名を為さん」。善名はよい評判。

○詳解17　19養真は19〈李善注〉の「弁問」によると隠居者のすることであり、19〈呂向注〉によると真は無為之道であるとする。隠居といい無為之道といい、真は道家の語。張協の「雑詩十首」其の九にも「真を養ふは無為を尚び、道の勝るは陸沈を貴ぶ」とある。真は淵明の主義を表現する重要語の一つ。⑴詳解22（一三頁）参照。

○詳解18　20の解釈について〈斯波解〉「自分で満足のゆく善人となりたいものだ」、〈一海解〉「善の字は淵明の詩にしばしばあらわれる。それは儒家のいう善、すなわち、人人のたたえる積極的な正しい行動に与えられたことばのようであり、ここの意味も、自分の行動なり人格を一言でもって評するなら、それは善ということばであってほしい、自分はそうなりたい、ということであろう」。二つの解はやや異なる。〈斯波解〉は人々の評判は気にせず、自分で満足できる控え目な人間でありたいとするもので、19真と方向を同じくする。〈一海解〉は人々に称賛され、世間の規格にあった行動のできる前向きな人間でありたいとするもので、真とは方向を異にする。20善の用例とする20〈李善注〉の『後漢書』をみると、次の省略がある。「（馬援は）従容として官属に謂ひて曰はく、吾が従弟の少遊は常に吾の慷慨して大志多きを哀しみて曰はく、士は一世に生まれ、但だ衣食裁《わづ》かに足り、下沢車に乗り、郡の掾吏と為り、墳墓を守りて、郷里　善人と称するを取れば、斯に可なりと」。下沢車は下役人の乗り物。『後漢書』を引く李善の意図が省略文まで及ぶとすると、郷里の人々が少遊を善人と称するのは、衣食裁足、乗下沢車、為郡掾吏、守墳墓の四つの行為に対してである。これらは人々の評判は気にせず、自分で満足できる控え目な行為といえよう。そのことは少遊常哀吾慷慨多大志によってもいえよう。19真と20善との対比は、淵明のうちに儒家と道家とが同居しているとする例証ともなり得ようが、『後漢書』の用例および17・18

の流れからして20の解釈は〈斯波解〉に従いたい。因みに『老子』には善の字が四九回用いられており、福永光司氏は「この章（引用者注・第二十七章）は、老子のいわゆる『善』について説明する。老子において善とは水のように定形にとらわれぬことであり（第八章）、果実の熟するように、おのずからにして物事を成し遂げてゆくことであり（第三十章）、世俗のいわゆる善の不善なることを知って無為の業《わざ》に安んじ（第二章）、善悪相対の立場を超えて、あるがままの道の世界に身を置くことであった（第二十章）。すなわち無為自然であることが善であり、人間のはからいを捨てること、巧まざる巧みさが善であった」（朝日新聞社『老子』）と説く。

○詳解19　20自名は20〈李善注〉の鄭玄注によると自分が自分を称揚する意となるが、淵明にそこまでの意識があったかどうかその判断はむずかしい。ここでは自分が自分に名づける、自分が自分を呼ぶ意とする。『礼記』祭統篇に「銘とは自ら名づくるなり」とあり、鄭玄注に「自名とは其の先祖の徳を称揚して己の名を下に著はすを謂ふ」というのによると、自名は自分の名を銘に刻して自分の名を後世に明らかにする意である。

(3)0　挽歌詩一首　挽歌《ばんか》の詩一首

荒草何茫茫　荒草は何ぞ茫茫《ばうばう》たる／生い茂った雑草は何と広大なことか
白楊亦蕭蕭　白楊《はくやう》も亦た蕭蕭《せうせう》たり／はこやなぎはまた風に寂しく吹かれる
厳霜九月中　厳霜《げんさう》九月の中《うち》／ひどい霜の降りる九月の中ごろ
送我出遠郊　我を送りて遠郊に出づ／（死んだ）私を送って遠く町はずれに出る
四面無人居　四面には人居無く／あたり一面には人家はなく
高墳正嶕嶢　高墳《かうふん》は正《まさ》に嶕嶢《せうげう》たり／土を盛った墓がただそびえているだけ
馬為仰天鳴　馬も為《ため》に天を仰ぎて鳴き／（柩《ひつぎ》を挽《ひ》く）馬も（私の）ために天を仰いで嘶《いなな》き
風為自蕭条　風も為に自《おのづか》ら蕭条《せうでう》たり／（辺りに吹く）風も（私の）ために自ずと寂しげである
幽室一已閉　幽室《いうしつ》一たび已に閉《と》ぢなば／墓穴はいったん閉じられてしまうと
千年不復朝　千年復た朝《あした》ならず／永久に二度と再びは朝はやって来ない
千年不復朝　千年復た朝ならず／永久に二度と再びは朝がやって来ない
賢達無奈何　賢達すら奈何《いかん》ともする無し／（それは）賢人や達人でさえどうにもならない
向来相送人　向来《さき》に相ひ送りし人は／今しがた（私を）送ってくれた人たちは
各已帰其家　各ゝ已に其の家に帰れり／みんなとっくに家に帰ってしまった
親戚或余悲　親戚は余悲《よひ》或《あ》り／（帰っても）親戚の者は尽きぬ悲しみにひたり
佗人亦已歌　佗人《たにん》も亦た已に歌へり／他人も（親戚同様に）もう（弔いの歌を）歌っている

17　死去何所道　　死去すれば何の道《い》ふ所ぞ／死んでしまえば言うことは何もない
18　託体同山阿　　体を託《たく》して山阿《さんあ》に同じくせん／（私の）身を山に寄せてその土と一つになろう

□わが屍を野辺に送られ、墓穴に入ってしまえば、この世と断ち切られる思いを現実味をこめてうたう。

0巻二八挽歌。死者を悲しみ傷む歌。挽は棺を乗せた車を引く。分類名としての挽歌の〈李善注〉に「譙周の法訓（佚）に曰はく、挽歌なる者は、高帝　田横を召すに、尸郷に至りて自殺す。従ふ者は敢て哭せずして哀しみに勝へず。故に此の歌を為り、以て哀音を寄すと」とある。高帝は漢の高祖。在位前二〇六～前一九五。田横は斉王。尸郷は今の河南省偃師県の西南。また繆襲の「挽歌詩」の〈李周翰注〉に「漢の高祖　田横を召すに、尸郷に至りて自殺す。従ふ者は敢て哭せずして哀しみに勝へず。故に悲歌を為り、以て其の情を寄す。後に之を広めて薤露・蒿里の歌と為し、以て喪を送るなり。李延年分かちて二等と為すに至るや、薤露は王公・貴人を送り、蒿里は士大夫・庶人を送り、柩を挽く者をして之を歌はしむ。因りて呼びて挽歌と為す」とある。李延年は漢の人。〈陶澍本〉は「挽歌詩」として三首載せ、本詩は其の三にあたる。

1［荒草］地をおおうほど生い茂った雑草。　［茫茫］広大なさま。果てしないさま。〈李善注〉「古詩（十九首・其の十二）に曰はく、四に顧みれば何ぞ茫茫たる、東風は百草を揺るがせりと」。〈張銑注〉「茫茫は広大なる皃」。

2［白楊］はこやなぎ。　［蕭蕭］もの寂しいさま。風の吹く音。〈李善注〉「又た（古詩十九首・其の十三に）曰はく、白楊は何ぞ蕭蕭たる、松柏は広路を夾むと。楚辞（九歌・山鬼）に曰はく、風は颯颯として木は蕭蕭たりと」。松柏は松と柏。ともに常緑樹。颯颯はさっと吹く風の音。〈張銑注〉「蕭蕭は風の吹く声」。

○**詳解1**　1荒草・2白楊は墓地を暗示する語。淵明の「挽歌の詩三首」其の二に「昔は高堂の寝に在りしに、今は荒草の郷に宿す」とあり、荒草郷は雑草の生い茂った墓地をいう。また2〈李善注〉の「古詩十九首」には

「車を上東門に駆りて、遥かに郭北の墓を望む」とあり、李善注に「白虎通（崩薨篇）に曰はく、庶人に墳無く、樹うるに楊柳を以てすと」という。冒頭からこれらの語を用いて、本詩が挽歌詩であることを示唆する。

3［厳霜］ひどい霜。草木を枯らすほどの霜。［九月］陰暦の九月。季秋。［中］半ば。中ごろ。〈李善注〉「楚辞（九弁）に曰はく、冬又た之に中《かさ》ぬるに厳霜を以てすと」。

4［送我］私を（墓地へ）見送る。我は生者の淵明が死者の淵明に代わっていう。［遠郊］遠くの町はずれ。片田舎。〈李善注〉「爾雅（釈地）に曰はく、邑の外を郊と曰ふと」。〈劉良注〉「亡き者に代はりて我と称するなり。遠郊は百里なり」。百里は都から離れる距離。

○**詳解2**　3季秋九月に霜が降りるとするのは、『礼記』月令篇の「季秋の月、日は房に在り。（略）是の月や、霜始めて降れば、則ち百工休む」に拠るが、3〈李善注〉が厳霜を冬と関連させる『楚辞』を引くのは、厳霜の語例を挙げるだけで、淵明の九月中という季節までは及ばないのであろう。

○**詳解3**　4によって古くから野辺の送りがあったことが知れる。陸機の「挽歌の詩三首」其の一にも「周親は咸な奔り湊《あつま》り、友朋も遠く自り来たる、翼翼として軽軒を飛ばし、駸駸として素騏に策つ、轡を按《ひか》へて長薄に遵ひ、子を長夜の台に送らんとす」とある。

5［四面］四方。あたり一面。遠郊の四面をいう。［人居］人家。

6［高墳］土を高く盛りあげた墓。墳は墳墓。［正］まちがいなく。ただただ。［嶕嶢］高くそびえるさま。〈李善注〉「字林（佚）に曰はく、嶕嶢は高き貌なりと」。〈李周翰注〉「嶕嶢は高き皃」。

○**詳解4**　5・6は墓のある処には生者の影はなく、死者の墓だけが高くそびえていることをいい、死者は生者と完全に切り離され、寂寥・孤独を強調する。

○**詳解5**　詳解1〈李善注〉の『白虎通』の「春秋含文嘉に曰はく、天子の墳は高さ八仞、樹うるに松を以てす。

諸侯は之を半ばにし、樹うるに柏を以てす。大夫は八尺、樹うるに欒を以てす。士は四尺、樹うるに槐を以てす。庶人は墳無く、樹うるに楊柳を以てす」によると、6高墳は天子ないし諸侯の墓で淵明の墓とはいえないが、これは淵明がやや気どって言ったのであろう。因みに2白楊は庶人の墓に植える楊柳と一致する。

7［馬為］馬は（我つまり死者）のために。［仰天鳴］天に向って嘶く。仰天は嘆息するさま。〈李善注〉「蔡琰（悲憤）の詩に曰はく、馬は為に立ちて踟蹰すと」。

8［風為］風は（我つまり死者）のために。［自蕭条］おのずともの寂しい。吹くこと自体もの寂しい。〈李善注〉「漢書（巻四五息夫躬伝）の息夫躬の絶命の辞に曰はく、秋風は我が為に吟ずと」。〈呂延済〉「其の悲哀を助く」。助其悲哀は（馬や風は）我の悲哀を増長する。

○詳解6　7〈李善注〉の蔡琰詩のもう一方の句は「車は為に轍を転ぜず」で、車とそれを牽く馬とを対にする。また8〈李善注〉に引く息夫躬のもう一方の句は「浮雲は我が為に陰《かく》る」で、風とそれに従う雲とを対にする。これに対して馬と風とを対にする淵明の発想は管見になく、類を異にするものを対にすることによって、我の深い嘆息・悲哀を暗示せんとするのであろう。

9［幽室］奥深い部屋。墓穴。［一已閉］いったん閉じてしまう。〈劉良注〉「幽室は墳墓なり」。

10［千年］永久に。［不復朝］朝は二度とはやって来ない。夜のままである。朝は光の射しこむ時間をいう。〈劉良注〉「不復朝は生くる期無きなり」。

○詳解7　9・10と同趣のことが陸機の「挽歌の詩三首」其の二に「広宵は何ぞ寥廓たる、大暮は安くんぞ晨《あした》なるべけんや、人は往きて反る歳有るも、我は行きて帰る年無し」とある。行は世を終える。

11［千年不復朝］10参照。

12［賢達］賢人と達人。［無奈何］どうすることもできない。なす術がない。〈張銑注〉「皆な此に帰す。故に奈何ともする無し」。皆は賢達を含めて人はみな。此は幽室。死。

○詳解8　10・11千年不復朝の同一語の反復について〈一海解〉「この句のくりかえしは、全篇三首の連作であるこの詩が結末の部分に近づいたことを知らせる。脚韻もここでかわる」。10・11に配された淵明の同一語の反復効果は、10は前の9に、11は後の12に付いて反復語を中断し、しかも以下換韻していることである。この技法は淵明の独創によるのであろう。因みに陸機の「挽歌の詩三首」其の一に「子を呼ぶも子は聞かず、子に泣くも子は知らず」とあるのは、同一語の反復でもなく、二句が中断されることもない。

○詳解9　12賢達は儒家の孔子・孟子、道家の老子・荘子の両思想家をさすのであろう。詩意からすると2〈李善注〉の「古詩十九首」其の十三の「人生は忽として寄するが如く、寿には金石の固きこと無し、万歳も更〻相ひ送り、聖賢も能く度《こ》ゆること莫し」の聖賢に拠るか。淵明の作品でいえば「農を勧む」に「冀欿は儷《つま》を携へ、沮溺は耦を結ぶ、彼の賢達を相《み》るに、猶ほ壟畝に勤む」とある賢達は、隠者の郤欿や長沮・桀溺をさす。また「子の儼等に与ふる疏」に「天地は命を賦し、生には必ず死有り。古自り賢聖、誰か能く独り免かれん。子夏　言ふ有り、死生には命有り、富貴は天に在りと。四友の人は、親しく音旨を受く」とある賢聖は、孔子の高弟の子夏および顔回・子貢・子張・子路の四友をさす。さらに「羊長史に贈る」に「千載の上を知るを得るは、正に古人の書に頼る、賢聖は余跡を留め、事事は中都に在り」とある賢聖は、儒家・道家の別なく、古人の書にみえる賢聖すべてをさすであろう。淵明の作かといわれる「集聖賢羣輔録」には広い視野からの聖賢が名を列ねる。

13［向来］さっき。今しがた。来は助辞。向前に同じ。［相送人］（墓地のある遠郊まで我を）送ってくれた人々。野辺の送りをしてくれた人たち。相は一方が他方を意識する用法。

14［各］それぞれ。みんな。15親戚や16佗人をいう。［已帰］とっくに帰ってしまった。［其家］各自の家。自分の家。

○詳解10　13・14は生者は帰る家があるが、死者にはないことをいい、詩意は5・6に同じ。詳解4（二九頁）参照。

15［親戚］同じ血すじの者。身内の者。16佗人の対語。［或余悲］引き続き残っている悲しみがある。尽きぬ悲しみがある。或は有の意に解する。

16［佗人］15親戚以外の人。佗は他。［亦已歌］（佗人）もまた（親戚同様に挽歌のような死者を弔う歌を）とっくに歌っている。亦は並列の意に解する。〈呂向注〉「情に厚薄有るを言ふ」。15を厚い情、16薄い情と解している。

○詳解11　15・16には三つの解がある。一解は16〈呂向注〉に拠り15親戚と16佗人の間には厚情と薄情の差があるとするもの。〈吉川解〉「親戚は或いは悲しみを余《あま》さんも、他人は亦《ある》いは已《すで》に歌う」と訓み、「親戚たちは、さすがまだありあまる悲しみをのこしている。しかし他人の中にはもう愉快げに歌を歌っているものもある」と訳し、これを「現実へのいたいたしい醒覚、隠遁者であるにも拘らず、彼が一生もちつづけざるを得なかったと私が考える醒覚」と説く。〈一海解〉「親戚《しんせき》　或《ある》いは悲《かな》しみを余《あま》すも、他人《たにん》　亦《ま》た已《すで》に歌《うた》う」と訓み、「親戚ハアルイハマダ悲シンデイヨウガ、他人ノ中ニハモウ鼻歌ウタウ奴モイル」と訳し、亦已歌の語釈に「もう歌っているものもいる」と説く。二解は15親戚・16佗人の間には厚情・薄情の差はなく、ともに悲しみ嘆くとする。〈斯波解〉「親戚或は余りの悲みあり、他人また已に歌ふ」と訓み、歌の字に注して「挽歌を歌ふ」と説く。三解は一解と二解とを折衷する。〈花房解〉「親戚《しんせき》　余悲《よひ》或《あ》らんも、佗人《たにん》　亦歌《またうた》を已《をは》らん」と訓み、「親戚は、名残の悲しみを含むものもあろうが、血のつながらぬ人々は、また、嘆きの歌をとうに歌い終わっていよう」と訳す。二解は『礼記』曲礼篇上の「墓に適けば歌はず、哭する日には歌はず」、鄭玄注の「楽しむ所に非ず」、「哀しみ未だ忘れざるなり」に拠るか。一解はこの礼法を逆にとる解であり、また淵明の「自祭の文」の最終章の「前誉を貴ぶに匪ずして、孰か後歌を重んぜん」に拠ると、一解も成立するか。前誉は生前の名誉。後歌は死後の賛歌。いま二解に従うことにする。

17［死去］死し去る。死んでゆく。［何所道］何も言うことはない。言ったところでどうにもならない。

18［託体］体を寄せる。身を任せる。体は死んだ肉体。［同山阿］山の隈に同化する。山の土と一つになる。〈李周翰注〉「大陵を阿と謂ふ」。大陵は大きい丘。
○詳解12　17何所道には人生を諦観・達観した淵明の心境がみられる。一方淵明の「自祭の文」の最後三句の「人生は実に難し、死は之を如何せん、嗚呼哀しい哉」には世俗への未練や拘泥があるようにみられる。これは矛盾である。〈吉川解〉「しかしこの矛盾の中にこそ、淵明の文学の高貴さがあるのではないか。哲学による達観、それも淵明にとっては真実であった。それとともに、哲学などによっては払いのけられない不安、それも淵明にとって真実であった。両者は矛盾といえば矛盾であるが、その矛盾を矛盾のままに表白しているのが、淵明の文学なのではないか」。なお「自祭の文」の嗚呼哀哉は⑽73注・詳解72（一八六頁）参照。

(4) 10　雑詩二首（其一）

雑詩二首（其の一）

1　結廬在人境　廬《いほり》を結びて人境に在り／粗末な小屋を構えて俗人の居る処に住み

2　而無車馬喧　而《しか》るに車馬の喧《かまびす》しき無し／しかし（役人の乗る）車や馬の喧《やかま》しさはない

3　問君何能爾　君に問ふ何ぞ能く爾《しか》るやと／聞いてみるがどうしてそのようで居られるのか

4　心遠地自偏　心遠くすれば地　自《おのづか》ら偏《へん》なり／心を遠くにおくと住む処は自然に辺鄙になるというもの

5　采菊東籬下　菊を采る東籬《とうり》の下／菊を（小屋の）東側の垣根のあたりで摘みとり

6　悠然望南山　悠然《いうぜん》として南山を望む／ゆったりとした思いで南側の山をながめやる

7　山気日夕佳　山気　日夕《にっせき》に佳《よ》く／山の雰囲気は（うす暗い）日暮れに美しく

8　飛鳥相与還　飛鳥相ひ与《とも》に還《かへ》る／空飛ぶ鳥は群をなして（山のねぐらへ）帰る

9　此還有真意　此の還《かへ》ることに真意有り／この帰るということに真意がある

10　欲弁已忘言　弁ぜんと欲するも已に言を忘る／説明しようと思ったが（真意を会得したいま）その言葉はもう忘れた

□世俗にいながら超俗の心境に浸り、山に帰る鳥に自已を重ねて、真意を見いだした思いをうたう。

0巻三〇雑詩下。いく首か集めた詩。王粲の「雑詩」の〈李善注〉に「雑とは流例に拘らず。物に遇へば即ち言ふ。故に雑と云ふなり」とある。不拘流例は一定の枠にしばられないこと。また〈李周翰注〉に「興致一ならず。故に雑詩と云ふ」。興致は感興。趣意。淵明のこの「雑詩二首」は〈陶澍本〉は「飲酒二十首」の其五と其七とするもので、『文選』収載の際、昭明太子が詩題を改めたのであろう。なお淵明には「雑詩」と題する詩が十二首ある。

○詳解1　0「雑詩」には詩の題名としてのそれと、分類上の類名としてのそれとがあり、その定義は必ずしも明らかではない。拙論「『雑詩』という意味」（『中国中世文学研究』第二号・中国中世文学研究会）は、先の李善注・李周翰注をはじめ、郭伯恭・空海・斯波六郎氏・一海知義氏の解釈を検討し、さらに雑の字を冠する雑詠・雑体・雑曲・雑句・雑題等を考察した結果、次のように整理した。「六朝、特に文選を中心としての『雑詩』の意味は、古くから、雑詩に対する定義としてなされていた空海の説と、李善の注のうち、前者は雑詩の意味を満足に説明したものではないと考え、また後者は、その意味は十分にはわかりかねるが、それを賢明に解釈し敷衍して下さった一海氏の説によっても、やはり納得のゆかぬ点がないでもなかった。また一方、六朝にみられるいくつかの『雑』字の用例などを検討してみると、故斯波博士の説が最も妥当であると思われた。結局、『幾首かの詩をとりまとめて、それに雑詩と題した』のが、詩題としての『雑詩』であり、『他のいづれの類目にも入れられないさまざまの詩をまとめて、一類を立てて雑詩とした』のが、類名としての『雑詩』であるというのが、文選における『雑詩』の意味であろう」。〈森野解〉「『雑詩』二首は、彼の『飲酒』二十首の中から、『文選』の撰者、昭明太子が選んだもの。／『文選』に選ばれている二首は、淵明の言いわけがましさ、あくの強さの感じられる他の十八首と異なり、自然の中にひたる作者の心境が、のびやかに詠じられている。『文選』編纂に際しての昭明太子の作品選択の基準を示す一例といえよう」。雑詩二首に共通する題材は菊と鳥。このうち鳥はねぐらに帰る鳥で、この鳥に淵明は真を発見する。

1［結廬］粗末な小屋を構える。［人境］俗人の住んでいる処。俗世間。〈李善注〉「結は猶ほ構のごときなり」。〈劉良注〉「結は構、廬は室なり」。室は家。

2［而］しかし。　［車馬喧］車や馬の喧噪。車馬は役人の乗り物。2は役人の往来、役人との交際がないこと。

○詳解2　淵明の詩「園田の居に帰る五首」其の二に「野外は人事罕にして、窮巷には輪鞅寡し」とあるように、野外（町はずれ）に人事（世俗の事柄）が罕で、その窮巷（路地）に輪鞅（役人の乗物）が寡ないのは当然のことであるが、1・2は当然のことではない。1人境に結廬するのは大隠。王康琚の「反招隠の詩」に「小隠は陵藪に隠れ、大隠は朝市に隠る」とある。小隠は小者《こもの》の隠者。陵藪は山と林。自然界。大隠は大者《おおもの》の隠者。朝市は朝廷と市場。俗世間。淵明は自らを大隠にみたてるのであろう。

3［問君］質問する。尋ねてみる。君は淵明の内に二人を設定し、その中の一人。自問の表現。［何能爾］どうしてそのようであることができるのか。爾の内容は1・2。〈李善注〉「鄭玄の礼記（檀弓篇上の「爾　従従爾たること母かれ」の下の爾の字の）注に曰はく、爾は助語なりと」。助語は語助。〈張銑注〉「君に問ふ何ぞ能く此くの如きかとは、自ら以て問ひを発し、将に下文に明らかにせんとするなり」。下文は4で自答。

4［心遠］心が（人境から）遠ざかる。心が奥深くもの静かである。［地自偏］住んでいる処は自然に片田舎になる。地は結廬した人境。自はひとりでに。ちゃんと。偏は偏僻。辺鄙な地。山や林。〈李善注〉「（嵆康の）琴の賦に曰はく、体清く心遠ければ邈かにして極め難しと」。体清は（琴の）体質は清澄である。心遠は（琴の）心神は深遠である。体・心はともに本来の性質、天性の意であろう。〈張銑注〉「遠とは心自ら幽遠なれば、喧境に処ると雖も、偏僻なるが如きを謂ふなり」。幽遠は奥深くもの静かである。喧境は喧燥な処。

○詳解3　淵明は隠者の住む処は山林であるとする俗習に従わず、心のありようや心の置きどころを重視する。4心遠の二字が肝要。

○詳解4　4心遠の二字について4〈張銑注〉に心自幽遠というのは心のありようをいうが、それは心が人境から遠ざかった処にあるゆえに、心自幽遠になれるのである。また〈李善注〉がここに「琴賦」の心遠の二字を引くのは、琴の天性が深遠であり、それは俗中になく、俗外のものであると解してのことであろう。心遠は淵明の主義を表現する要語一つ。

5［采菊］菊を摘みとる。［東籬下］（廬の）東側にある垣根のあたり。籬は竹や柴などで粗く編んだ垣根。下はほとり。そば。〈呂向注〉「菊は香草なり。黄華以て酒に泛ぶべし」。黄華は黄色の花びら。

6［悠然］はるか遠いさま。心のゆったりしたさま。［望］ながめる。遠く見わたす。［南山］（結廬した九江県の）南方にある山。山名は廬山だが、一山の名ではなく連峰の名。〈呂向注〉「悠然は遠き皃。此れ性を得て自ら縦逸するなり」。此は6をさす。性は天性。本性。4の心に同じ。自縦逸也は自分の思うままにする。

○詳解5　5〈呂向注〉によると淵明の菊は観賞用ではなく、泛酒に使うのだとする。(4)2の3・4注（四一頁）参照。

○詳解6　6望の字を〈陶澍本〉は見の字に作る。これについて〈何焯解〉には「望は一に見に作る。一句に就きて言へば、望の字は誠に見の字に若かず。自然に近しと為す。然るに山気・飛鳥は皆な望中に有る所とするは非にして、復た偶然に此れを見るなり。悠然の二字は上の心遠従り来たる。東坡の論は必ずしも附会ならず」とある。淵明が悠然となるのは、4心遠という心の置きどころによるとする何焯は、望の字より見の字が自然であるとする。また7山気・8飛鳥も望の字ではなく、見の字の方が偶然性があるとする。なお東坡之論は『東坡題跋』巻二にあり、見の字をよしとする。

○詳解7　6悠然について〈吉川解〉には「普通には、悠然は、見という動詞の副詞であり、詩人自身が、悠然として、南の山、すなわち廬山を、見ているのである、と解されている。／しかし悠然見南山という句は、いま一つの読み方をも容れ得る。／それは悠然を、見る淵明の形容でなく、見られる南山の形容として読むことである。そうした意味をいわんとして、悠然見南山と字をおくことは、五言詩の句法として、不可能ではない」とあり、例証として「飲酒二十首」其の八の「卓然見高枝」をあげる。

7［山気］山にかかったもや。山の雰囲気。［日夕］日の夕。日暮れ。［佳］すばらしい。美しい。〈李周翰注〉「日暮れて山気蒙翠たる、所謂佳なり」。蒙翠はみどり色にかすんでいる。ぼんやりと薄暗い。

8［飛鳥］空飛ぶ鳥。［相与］うち連れて。群がって。［還］（山のねぐらへ）帰る。〈李善注〉「管子（宙合篇）に曰はく、夫れ鳥の飛ぶや、必ず山に還り谷に集まるなりと」。〈李周翰注〉「飛鳥は昼に游びて夕に相ひ与に山林に帰る。此れ天性を得て自ら任す者なり」。此は8をさす。

○詳解8　7〈李周翰注〉によると山気は目に見える山の形をいうのではなく、山が醸し出す目には見えぬ現象をいうのであろう。

○詳解9　8飛鳥相与還という行為は8〈李周翰注〉に得天性自任者也とあるように、自任は鳥の天性である。鳥のこの天性は6〈呂向注〉に得性自縦逸也という6の淵明の行為の悠然望南山に通じる。天性は淵明の主義を理解する要語の一つである。

○詳解10　8〈李善注〉の『管子』の文の前には「鳥飛・準縄は、此れ大人の義を言ふなり」とある。鳥飛を8飛鳥に重ねると淵明の飛鳥は大人之義をいうことになる。大人之義は有徳者の正しいあり方。また後文にも「山に還らざれば則ち困しみ、谷に集まざれば則ち死す」とある。還を8還に重ねると淵明の飛鳥が還山（集谷）することによって困（死）から免かれ、楽（生）を全うできるということになる。〈李善注〉には前後の文を引かないが、淵明の詩意はこれらを含むであろう。

9［此還］この帰るということに。［真意］真実。自然の姿。あるいは本心。〈李善注〉「楚辞（七諌・自悲）に曰はく、狐の死せんとするや必ず丘に首《むか》ふ。夫れ人孰か能く其の真情に反ら（ざら）んやと。王逸注に曰はく、真（情）は本心なりと」。本心は生まれつきの真心。6〈呂向注〉の性・8〈李周翰注〉の天性に同じ。

10［弁］区別して明らかにする。道理を説き明かす。［已忘言］（真意を会得してしまうと必要がなくなり、それを説明する）言葉を忘れた。〈李善注〉「荘子（外物篇）に曰はく、言は意に在る所以なり。意を得て言を忘るなりと」。言者所以在意也は言葉は真意を会得するためにある。目的とする意を会得するために、手段としての言がある。得意而忘言は目的とする意を会得すると、手段としての言は忘れる。〈李周翰注〉「而して我　此の真意を言はんと欲するも、吾も亦た自ら真意に入るなり。故に其の言を遺忘して言無きなり」。吾亦自入真意也は（欲言此真意）自分も（此還にある）真意（の世界）に入ってしまった。吾が此還によって真意を会得したこと。

○**詳解11**　9還の字を〈陶澍本〉は中の字に作る。此還ならば8を、此中ならば7・8を受ける。

○**詳解12**　9真意については〈斯波解〉には「真想（二八の12）に同じ。役人生活を捨てて隠遁生活をしようとする心もちをいふ」、〈吉川解〉には「私は、これまで、真意の二字を、ただちに真実の意と解して来た。前章で、それを宇宙の真実といったのも、そのためである。しかしよく考えて見るに、それは軽率な解釈であったようである。／ひそかに思うに、真意の二字は、真、すなわち真実への端緒、示唆、予兆、ということなのではあるまいか。（中略）南山の方へと帰りゆく飛鳥の姿、その中にこそこの世界の真実はある、とはっきり輪郭を伴った事体としていい切ったのではなく、その中に真実への示唆がある、此の中に真の意《きざし》有り、と、事体を雰囲気に於いてとらえ、余裕をおいていったとする方が、より淵明的である」、〈一海解〉には「この世における真実なものを希求する心、と読みたい」、〈花房解〉には「俗事から離れて、田園で静かな暮らしをしたいという、心の底からの考え」とある。

○**詳解13**　10弁の字について〈何焯解〉に「弁の字は前の問の字と相ひ応ず」とある。弁は3の問と照応しており、問いを説き明かそうとするのだとする。

○**詳解14**　10忘言について〈斯波解〉には『荘子』知北遊篇の「狂屈曰はく、唉《ああ》、予之を知れり、将に若《なんぢ》に語らんとすと。中ばにして言はんと欲して、其の言はんと欲する所を忘る」を引く。

⑷20　雑詩二首（其二）　　雑詩二首（其の二）

1　秋菊有佳色　秋菊　佳色《かしょく》有り／　秋の菊は美しく色づいており

2　裛露掇其英　露に裛《ぬ》れて其の英《はな》を掇《と》る／　露に濡れてその花を摘《つ》みとる

3　汎此忘憂物　此の憂ひを忘るる物に汎《うか》べ／（それを）この憂いを忘れるという物《さけ》に浮かべ

4　遠我達世情　我が世を達せんとする情を遠くす／私の世俗から超越したいという思いを深くする

5　一觴雖独進　一觴《いっしょう》をば独り進むと雖も／酒杯一つを（自分に）一人で進めているが

6　杯尽壺自傾　杯《さかづき》尽くれば壺《つぼ》も自《みづか》ら傾く／杯が空《から》になると自分で徳利を傾けて注《つ》ぐ

7　日入羣動息　日入れば羣動《ぐんどう》息ひ／日が西に沈むと動く物はすべて休み

8　帰鳥趨林鳴　帰鳥は林に趨《おもむ》きて鳴く／ねぐらに帰る鳥は林に向かって鳴く

9　嘯傲東軒下　東軒《とうけん》の下に嘯傲《せうがう》し／東側の軒《のき》のあたりでのびのびと詩をうたい

10　聊復得此生　聊《いささ》か復た此の生を得たり／とりあえずこの人生に満足するとしたい

□菊花酒を飲んで世俗の憂いから遠ざかり、ねぐらに帰る鳥をみて自分の人生に満足感をおぼえる。

1 [秋菊] 秋咲く菊。⑷1詳解5（三七頁）参照。　[佳色] 美しく色づく。

2 [裛露]（衣が）露に濡れる。　[掇] 採る。拾う。　[英] はな。はなぶさ。〈李善注〉「文字集略（佚）に曰はく、裛は衣に坌《あつま》る香なりと。然るに露の花に坌るも亦た之を裛と謂ふなりと。毛萇詩（周南・芣苢）の伝に曰はく、掇は拾なりと」。坌衣香也は衣類に染みついた香。〈劉良注〉「掇は采、英は花なり。菊に佳色有り。故に露に裛れるに乗じて之を采る」。乗裛露は（衣類が）露に漏れるのにまかせて。

○詳解1　1は秋菊の色に注目するが、⑷1の5〈呂向注〉は香に注目する。色・香を楽しんで泛酒、3汎此忘憂物したのであろう。

○詳解2　2裛露の解は二つある。一解は2〈李善注〉の然の字以下の李善解で、露が花に染みつく、露が花を濡らす意とする。李善は裛の字を露と花との関係で説明する。二解は2〈劉良注〉の解。劉良は裛の字を露と衣との関係で説明する。〈一海解〉が2を「露《つゆ》に裛《ぬ》れし其の英《はなぶさ》を掇《つ》む」と訓み、語釈に「［裛］濡れる。この語は下の『英』にかかる」というのは、李善の解に拠るのであろう。〈吉川解〉が2を「露に裛《ぬ》れしままに其の英《はな》を掇《つ》み」と訓むのは、『文字集略』に拠る劉良の解に従うのであろう。ここでは劉良の解に従い、衣が露に裛れて（私は露に濡れて）とする。

3［汎］浮かべる。漂わせる。［忘憂物］憂いを忘れさせてくれる物。酒のこと。〈李善注〉「毛詩（邶風・柏舟）に曰はく、我に酒の、以て遨《たの》しみ以て遊ぶもの無き微《な》しと。毛萇曰はく、我に酒の、以て（敖遊し）憂ひを忘るべきもの無きに非ざるなりと」。潘岳の秋菊の賦（佚）に曰はく、流英を清醴に汎ぶれば、浮萍の波に随ふに似たりと」。遨は楽しむ。敖に同じ。流英は風に散る花。清醴は清んだ甘酒。浮萍はうき草。〈劉良注〉「忘憂物は酒を謂ふなり」。

4［遠］遠ざける。幽遠な処に居る。［達世情］世俗を超越したい心情。〈李善注〉「纏子（佚）の董無心に曰はく、無心は鄙人なり。世情を識らずと」。⑵4（二〇頁）参照。〈劉良注〉「之を酒に泛べ、自ら天性を飲む。故に世上に達せんとするの情を遠くするものは、我に若かざるなり」。之は秋菊。天性は本性。世上は世の中。世俗。

○詳解3　4遠我達世情の解は〈李善注〉と〈劉良注〉で異なる。『纏子』の不識世情を用例とし、世情を一語とする〈李善注〉によると4は遠㆔我達㆓世情㆒となる。一方達世上之情と説く〈劉良注〉によると遠㆓我達㆑世情㆒

となる。4だけをみると二つの解は成り立つが、3と対句であることに注目すると、〈劉良注〉に従いたい。3は汎二此忘レ憂物一と訓めるが、汎三此忘二憂物一とは訓めない。なお因みに『佩文韻府』には憂物・達世の用例を示さない。

○詳解4　4遠我達世情ついて、このとき淵明はすでに世俗を超越していて菊花酒によってさらにその情を遠くにやって深めたいと解するか、淵明はまだ世俗を超越していないが菊花酒によってその情を遠くにやって実現したいと解するか、微妙である。これについては10〈呂向注〉（四四頁）の達生を「『達生』とは『荘子』の言葉で、天理の自然に順い私心を捨てて無為となる、というほどの意味であり、それであれば淵明は既に悟りを得た境地にあることになる。しかし淵明は、そのような達生の境地に自分があるとは恐らく思ったことはなかったであろうし、また此の二句『嘯敖東軒下、聊復得此生』の意味も、今自分の自然の性のままに生きていることに満足していることを言っているようであるから、呂向の注は集注本のごとく『聊か復た此の生の楽しみを得たるなり』とあるのが正しいかろう」と説く〈森野解〉は、示唆に富む解である。

○詳解5　4遠我達世情の遠～情は(4)1の4心遠地自偏（三四頁）の心遠と近似の表現で、情を世俗から遠ざけることをいうのであろう。淵明の「連雨に独り飲む」の一節にも3・4と詩意を同じくする「故老は余に酒を贈り、乃ち言ふ飲まば仙を得んと、試みに酌めば百情遠ざかり、觴を重ぬれば忽ち天を忘る」があり、情遠の表現を用いる。百情遠は（世俗にかかわる）諸〻の感情が（世俗から）遠ざかる。心遠・情遠・遠～情は淵明の主義を表現する要語の一つである。(4)1詳解4（三六頁）参照。

○詳解6　〈陶澍本〉は4達の字を遺の字に作る。遺世情は世を遺《わす》る情、または世を遺《す》つる情と訓む。遺世の用例は曹植の「七啓」に「亦た将に才人の妙妓有りて、世を遺れ俗を越え、北里の流声を揚げて、陽阿の妙曲を紹《つ》がんとす」とある。

○詳解7　3忘憂の憂の実体は4達世情からすると、世つまり世俗にかかわる事柄。それは名誉地位であり官吏生活である。

○詳解8　4〈劉良注〉に天性の語がある。この天性は酒についていう。酒の天性とは3毛萇曰にある忘憂。人が忘憂できるのは酒の天性を飲むからである。天性は淵明の主義を理解する要語の一つ。⑷1詳解9（三八頁）参照。

5［一觴］一つの酒杯。觴は酒杯の総称。［雖独進］（自分で注いで自分に）一人で進めているが。〈劉良注〉「独り酌み独り杯を進むるなり」。

6［杯尽］杯が空《から》になる。［壺自傾］（また）自分から徳利を傾け（て杯に酒をいっぱいにす）る。忘憂のために飲む。〈劉良注〉「又た自《みづか》ら壺を傾けて満たすなり」。

○詳解9　5に一の字と独の字を用いるのは、酒の相手はなく、独酌で飲《や》っている淵明の静寂な酒を表す。

○詳解10　6壺自傾には〈劉良注〉とは異なる解がある。〈斯波解〉に「一觴《ひとつき》づつ独り進むるなれども、杯尽きて壺自《おのづか》ら傾きぬ」と訓み、〈森野解〉に「杯ひとつ、独り飲んでいるが、杯の酒は尽き、壺もやがて横になる」と訳す。二つの解に分れるのは杯尽の二字と壺自傾の三字との連接関係および自の字の解の違いによるが、いずれも句意は通じ5との関係においても静寂な淵明は表現される。ただ〈劉良注〉ならば忘憂のための酒はまだ続くが、〈斯波解〉〈森野解〉はここでひとまず終ることになる。

7［日入］日が西に沈む。［羣動］（日中に）動くもろもろの物。あらゆる生き物。あるいは群になって動く物。［息］休息する。終える。〈李善注〉「荘子（譲王篇）に善巻曰はく、余は日出でて作し、日入りて息ふと。尸子（佚）に曰はく、昼動きて夜息ふは、天の道なりと。杜育の詩（佚）に曰はく、下に臨みて羣動を覧ると」。

8［帰鳥］ねぐらへ帰る鳥。［趨林鳴］林に向かって鳴く。林はねぐらのある処。〈李善注〉「曹子建の白馬王の彪に贈る詩に曰はく、帰鳥は喬林に赴くと」。〈張銑注〉「衆物の羣動する者は、日入りて皆な息ふ。故に帰鳥は林に趨き飛びて喧しく鳴くなり。此れ自《おのづか》ら其の真理に合す。故に之を言ふ」。

○詳解11　8〈張銑注〉の衆物之羣動者はあらゆる物のうちで群になって動く物の意で、そのうち淵明にとって最も好ましい帰鳥を8にうたう。羣の字を運の字に作る本もあり、〈森野解〉は「正文『羣動』の説明であるから、『衆物の運動する者』の方がよい」とする。

○詳解12　7日入羣動息は7〈李善注〉の『尸子』にあるように天之道なのである。また8帰鳥趨林鳴は8〈張銑注〉にいうように真理なのである。天之道・真理は自然の道理・法則のことである。また7〈李善注〉の『荘子』の文の直後には「天地の間に逍遥して、心意は自得す」とあるように7日入息は逍遥・自得の境地なのである。〈張銑注〉の真理は淵明の主義を理解する要語の一つ。

○詳解13　詳解11および(4)1詳解9（三八頁）からわかるように、7日入羣動息・8帰鳥趨林鳴は、(4)1の7山気日夕佳・8飛鳥相与還（三四頁）と同じ内容である。帰鳥・飛鳥還は淵明の主義を表現する要語の一つである。淵明にはねぐらに帰る鳥に超俗の思いを託した「帰鳥」という詩もある。

9［嘯慠］嘯《うそぶ》き楽しむ。超越する。嘯は口をすぼめて詩を吟じる。慠は思いのままに楽しむ。傲に通ず。［東軒下］（廬の）東側の軒《のき》のあたり。〈呂向注〉「嘯傲は超逸する皃。軒は檐なり」。超逸は超越する。達観する。

10［聊復］まあまあとりあえず。いろいろ事情はあるがともあれ。願望をこめる語。復は助辞。［得此生］（自分の）この一生に満足する。得は自得する。満足する。此生は自分の人生。自然のままに生きる人生〈李善注〉「郭璞の遊仙の詩（佚）に曰はく、嘯慠して俗羅を遺ると。得此生とは。劉瓛の易の注（佚）に曰はく、無自り有を出だすを生と曰ふ。生は性を得るの始めなりと」。俗羅は世俗の累わしさ。世羅に同じ。性は自然のままの心。〈呂向注〉「言ふこころは自ら東檐の下に超逸して、聊か復た此の達生の楽しみを得るなりと」。

○詳解14　9嘯の字は(8)詳解88（一〇三頁）、9慠の字は(8)詳解35（八三頁）、10聊の字は(1)詳解25（一五頁）、(8)詳解

90（一〇四頁）参照。

○詳解15　10〈李善注〉について〈森野解〉には郭璞の「遊仙詩」は嘯慠遺俗羅の五字で、集注本には得此生の下に謂自得於此一生也の八字があり、これは聊復得此生を此の一生に自得するを謂うなりと李善が解釈したとある。自得は詳解12（四四頁）参照。嘯慠遺俗羅得此生の八字を二つの四字句とし、嘯慠して俗を遺れ、此の生を羅得すと訓んだり、逯欽立の『全晋詩』に「嘯嗷遺俗羅。得此生。」と句点して「逯案ずるに、得此生の上、当に二字を脱すべし」注したりするのは、誤りであろう。因みに残存する郭璞の「遊仙詩」には四字句の詩はない。

○詳解16　10〈呂向注〉にいう達生については詳解4（四二頁）参照。

(5)0　詠貧士詩一首　貧士《ひんし》を詠ず詩一首

1　万族各有託　万族は各〻託する有るも／あらゆる物はそれぞれ頼る所があるが
2　孤雲独無依　孤雲は独り依る無し／離れ雲だけは頼る所がない（貧士も同じこと）
3　曖曖虚中滅　曖曖《あいあい》として虚中に滅《き》え／（離れ雲は）日暮れどき大空に消えてなくなり
4　何時見余輝　何れの時にか余輝《よき》を見ん／いつまで待っても名残りの光を見ることはない
5　朝霞開宿霧　朝霞　宿霧を開けば／朝の霞が昨夜来の霧を除き晴らすと
6　衆鳥相与飛　衆鳥は相ひ与に飛ぶ／鳥たちはいっせいにねぐらを飛び立つ
7　遅遅出林翮　遅遅として林を出づる翮《つばさ》は／ゆっくりと遅れてねぐらを出た（はぐれ）鳥は
8　未夕復来帰　未だ夕《ゆふべ》ならざるに復た来たり帰る／日が暮れぬうちにもう（ねぐらへ）帰ってくる
9　量力守故轍　力を量《はか》りて故轍《こてつ》を守る／自分の力を考えてこれまでの生き方を守り続けた
10　豈不寒与飢　豈に寒さと飢ゑとあらざらんや／（そのために）寒さと飢えにつきまとわれている
11　知音苟不存　知音　苟《いやし》くも存せずんば／（こうした）自分を理解してくれる者がいないとすれば
12　已矣何所悲　已《や》んぬる矣《かな》何の悲しむ所ぞ／どうしようもない（と歎きはする）が悲しむことではない

□ちぎれ雲やはぐれ鳥に貧士を喩え、世渡りが下手なために、衣食にこと欠く生きかたを打ち明ける。
0巻三〇雑詩下。貧乏であって節操のある者をうたう詩。貧は財産が乏しいこと。富の対。士は学問や人格のある男子。「詠貧士詩」は〈陶澍本〉には七首あり、本詩は其の一。

○**詳解1** 〈森野解〉「此の篇が第一首で、序のかわりとなり、つづく六篇は、貧を守って名を後世に残した聖賢のことを詠う」。其の二は詠史の詩に属する。淵明以前にも貧士を詩の題材とすることはあるが、その場合多くは「詠史の詩」と題して詠われた。淵明以前、詩題に貧士をすえるのは『古詩紀』によると江逌の「貧を詠ず」(巻四二)がある。ただしこの詩は『芸文類聚』には詩題を言わず、「晋の江逌の詩」として巻三五の貧に載せる。同じく『芸文類聚』貧に載せる「晋の張望の詩」は、『古詩紀』巻六四には宋(一に晋人に作る注あり)の張望の「貧士」として載せる。淵明以後には宋の蕭璟の「貧士の詩」、梁の朱超の「貧を詠ず詩」などがある。因みに淵明以前の作と思われる江逌の詩は次のとおりである。「蓽門 扉を啓かず、環堵 蒿榛を被る、空瓢は壁下に覆《くつがへ》り、箪上には自ら塵を生ず、門を出づれば誰《たれ》氏の子ぞ、憊《くる》しめる哉一に何ぞ貧しき」。江逌の詩と比べて明らかなように、淵明の「貧士を詠ず詩」は内容といい連作七首といい、特異で淵明の面目を大いに施すものである。

○**詳解2** 0貧士は貧者とは違う。貧士は『論語』学而篇にいう「貧にして道を楽」しむ者であり、また『列子』天瑞篇に「貧は士の常なり、死は人の終なり」、『後漢書』巻八一范式伝に「貧は士の宜しきなり。豈に鄙《いや》しと為さんや」とあるように、士にとっては貧は通常の状態であり、一向に恥ずべきことではなくむしろ誇りでさえある。貧士はおそらく淵明自身を投影するであろう。〈何焯解〉「詩は以て志を言ふ。君子固窮の七篇は、皆な自ら道ふなり」。

1 [万族] 万の種類。世の中にあるありとあらゆる物。 [託] 頼る。預ける。〈李善注〉「陸機の鼈《かめ》の賦(佚)に曰はく、美悪を惣べて兼融し、万族を一区に播くと」。惣美悪は美と悪とを一つにする。兼融は和らぎ楽しむ。一区は一区画。世界。〈李周翰注〉「万類は各〻託附する所有り」。

2 [孤雲] ちぎれ雲。はぐれ雲。 [依] 頼る。もたれる。〈李善注〉「孤雲は貧士に喩ふるなり」、「楚辞(九章・悲回風)に曰はく、浮雲の相佯を憐むと。王逸の注に曰はく、相佯は依拠する無きの貌なりと」。浮雲はただよう雲。依拠は頼る。〈李周翰注〉「而るに孤雲は廻り出で独り依る所無し」、「蓋し以て貧士に喩ふるなり」。廻出はぐるぐるまわる。止まらない。

○詳解3　1と2は対句。万と孤、各と独、有と無は逆のことを対にして、2を引きたたせる。

○詳解4　2〈李善注〉が2の出典として『楚辞』と王逸注を引くのは詩意としてはあたるが、孤雲の用例ではない。『佩文韻府』ほかによると詩文に用いられる孤雲は淵明の本詩を嚆矢とする。2と類似の表現が淵明の「王撫軍の座に於て客を送る」に「寒気は山沢を冒し、游雲は倏《たちま》ち依る無し」とあるが、孤雲ではなく浮雲と同種の游雲である。雲の表現をいま『文選索引』より摘出すると、流雲・行雲・飛雲・浮雲や雲屯・雲布・雲合・雲飛・雲浮・雲起・雲廻・雲動・雲散・雲集・雲乱・雲羅などがある。雲は集まったり離れたり、動くものとして表現される。これに対して淵明の孤雲は動くことなく、一つ所にじっとしているようである。そこに狐雲の存在がある。孤雲は新鮮で淵明独自の表現といえる。また孤雲の孤と独無依の独とに淵明の存在を託すのであろう。〈何焯解〉「孤雲は自ら其の高潔なるに比す」。

3［曖曖］日がかげって薄暗いさま。［虚中］空中。大空。［滅］消える。なくなる。〈李善注〉「王逸の楚辞（離騒の「時は曖曖として其れ将に罷《きは》まらんとす」の）注に、曖曖は昏昧の貌」。昏昧は日が暮れて暗い。〈劉良注〉「曖曖は暗き皃。言ふこころは暗昧として虚中に游び、終に以て消滅す」。

4［何時］いつ。その時がないことをいう。［見］みる。会う。主語は孤雲。［余輝］余分の光。ありあまる光。あるいは残余の光。名残の光。〈李善注〉「陸機の擬古（「明月何ぞ皎皎たるに擬す」）の詩に曰はく、之を照らせば余輝有りと」。余輝はありあまる光。〈劉良注〉「何ぞ復た光輝有るを見んや。貧士栄富の望み無きを謂ふ」。栄富は栄誉と富貴。

○詳解5　3曖曖は3〈李善注〉の王逸注によると、日がかげって薄暗いさまの意である。「園田の居に帰る五首」

其の一に「曖曖たり遠人の村、依依たり墟里の煙」とある曖曖も、墟里煙との関係から王逸注で説明し得る。〈一海解〉は本詩の曖曖と「曖曖遠人村」の曖曖に「遠くかすんで見える形容」と注するが、〈斯波解〉は本詩には「うすぐらいさま」といい、「曖曖遠人村」の曖曖には「おほはれてかすかなさま。ここは遠村の人家が春霞や樹林などにおほはれているのをいったのであらう」といい、注を異にする。いま王逸注に従う。

○**注解6**　4余輝の解釈は語釈に示したように二解ある。4〈李善注〉の陸機の用例は引用句に続く「之を攬《と》らんとするも手に盈たず」との関連から、ありあまる光に解する。4〈劉良注〉は余の字を解さないが3〈劉良注〉とのつながりからして名残りの光に解し、また淵明の「王撫軍の座に於て客を送る」に「晨《あした》の鳥は暮には来たり還り、懸車は余暉を斂《をさ》む」とある余暉も懸車（夕方の光）からして名残りの光に解する。本詩4の余輝は二解いずれでもよかろうが、夕暮れどきわずかな光を受け明るさを保っていた雲が、光を失い大空に消えてなくなったという3との関連からして、消え入りそうなわずかな残りの光とする解が、貧士の存在がいっそう引きたつであろう。4〈劉良注〉の謂貧士無栄富之望も、この線上の解釈であろう。

5［朝霞］朝の霞。［開］散らす。晴らす。［宿霧］宿《かね》ての霧。昨夜来の霧。〈張銑注〉「早朝　夜気已に開く」、「朝霞は早き時を謂ひ、宿霧は夜の気を謂ふ」。

6［衆鳥］もろもろの鳥。鳥たち。［相与飛］つれだって飛ぶ。うちつれて飛び立つ。〈李善注〉「衆人に喩ふるなり」。〈張銑注〉「衆鳥皆な飛ぶ。衆人の各〻営為する所有るに喩ふるなり」。営為は営むこと。日常生活の営み。

○**詳解7**　5朝霞の解釈は三解ある。一解は字のごとく朝の霞。二解は5〈張銑注〉の早朝。三解は朝やけ。三解は張協の「雑詩十首」其の四に「朝霞は白日を迎へ、丹気は湯谷に臨む」とある呂延済注の「日出づるの際、東方に赤気有るは、日を迎ふるが若し。暘谷は日出づる処。朝霞も亦た丹気なり」による。また4宿霧には二解ある。一解は字のごとく宿《かね》ての霧。二解は5〈張銑注〉の夜の気。宿霧の用例は淵明以前には見えない。朝霞・宿霧とともにいま一解に従う。

○詳解8　6衆鳥は1万族と重なる。従って万族も6〈李善注〉にいうように衆人に喩えられる。6相与飛とは6〈張銑注〉にいうように衆鳥の営為である。これを5との関係でいえば、朝は朝霧とともにねぐらを飛び立つ、それが衆鳥の営為なのである。また6を(4)1の7山気日夕佳・8飛鳥相与還（三四頁）との関係でいえば夕方は日の入りとともにねぐらへ帰る、それが飛鳥つまり衆鳥の営為なのである。要するに朝になるとねぐらを出る、夕方になるとねぐらへ帰る、しかもそれを多くの鳥がつれだってする――自然の運行に適応できる性質があり、仲間ともうまくやっていく鳥である。

7［遅遅］ゆっくり進むさま。のろくてにぶいさま。［出林翮］ねぐらを出る鳥。林は巣を作る処。翮は羽の根もと。鳥をいう。〈李善注〉「亦た貧士に喩ふ」。〈呂向注〉「此れ困鳥の遅遅として緩かに其の羽を挙ぐるを謂ふ」。困鳥は困しむ鳥。生活の営みが下手な鳥。

8［未夕］日が暮れぬうちに。夕方になる前に。［復］語調を整える助字。［来帰］（ねぐらへ）帰ってくる。〈呂向注〉「未だ夕ならざるに来たり帰るとは、衆鳥の次《やどり》に及ばざるを謂ふ。貧士も亦た衆人に及ばざるなり」。次は宿。ねぐら。

○詳解9　7遅遅出林翮は一羽の鳥であろう。〈斯波解〉「一鳥有り、衆鳥に異なれることをいふ」。この翮は2孤雲と重なり、孤雲になぞらえていえば孤鳥となる。従って翮も2〈李善注〉のようにいえば貧士に喩えられる。8との関係で7をいえば（朝は朝霧とともにではなく）遅くねぐらを出、（夕方は日の入りとともにではなく）日の入り前にねぐらへ帰る、しかもそれをするのは一羽の鳥だけ――この鳥は自然の運行に適応する性質に欠け、仲間ともうまくやっていけない鳥である。

○詳解10　淵明の詩には6の鳥でも7の鳥でもない、もう一つの鳥がある。それは「飲酒二十首」其の四にうたわれる鳥である。「栖栖たり失羣の鳥、日暮れて猶ほ独り飛ぶ、徘徊して定止無く、夜夜　声は転た悲し、厲響清遠を思ひ、去来何ぞ依依たる、孤生の松に値へるに因り、翮を斂めて遥かに来たり帰る、勁風に栄木無きも、此の蔭《かげ》独り衰へず、身を託するに已に所を得たり、千載相ひ違はず」。この鳥がはぐれ鳥（失羣鳥）であることでは7の翮と同じだが、定まったねぐらをもたず（無定止）、日が暮れても一羽だけで飛んでいる（日暮猶独飛）点では異なる。この鳥は定まったねぐらはないが俗外にねぐらを求め（思清遠）、一本だけで生えている松に出あうと（因値孤生松）翮をたたみ（斂翮）、この所こそがわが身を託するねぐらである（託身已得所）とする。

○詳解11　詳解8・9・10を整理すると、淵明の詩には三つの型の鳥がうたわれる。一つは日の出とともにねぐらを出て、日の入りとともにねぐらへ帰る、連れのある鳥。〈吉川解〉「鳥は、自由、平和、幸福の象徴として、もっともしばしば、淵明の詩文に現れる」。二つは日の出よりも遅くねぐらを出て、日の入りよりも早くねぐらへ帰る、はぐれた鳥。〈吉川解〉「しかし、この鳥は、なお幸福である。帰るべきねぐらをもち、そこへ帰ることを知っているからである」。三つは日の入りが過ぎても、定まったねぐらがなく、ずっと飛び続け、ようやくにしてねぐらを探しあてる、はぐれた鳥。〈吉川解〉「ところで、鳥の中には、更にあわれな、最も不幸なのがいる。それはねぐらを持たない鳥」。衆人に喩えられる一つめの鳥は淵明にとっては理想的な鳥であり、貧士に喩えられる二つめの鳥は現実的な鳥であろう。また三つめの鳥はもっとも現実的な鳥であろう。

9［量力］自分の力を考える。量はおしはかる。考える。力は力量。能力。［故轍］以前の轍。ここでは今までやってきた方法。従来からの生きかた。〈李善注〉「左氏伝（昭公十五年）に、晋の荀呉曰はく、力を量りて行はんと」。〈呂延済注〉「貧士は其の微力を量り、其の故跡を守る」、「轍は跡なり」。

10［寒与飢］寒さと飢え。衣食が不自由であること。〈李善注〉「又た（左氏伝・襄公二十五年に）曰はく、飢寒を之れ恤《うれ》へずして、誰か能く楚を恤へんや」。恤は気にかける。〈呂延済注〉「為に営求せずして常に饑寒に苦しむ」。

為は其の微力を量り其の故跡を守るがゆえに。営求は営み求める。営為に同じ。

○**詳解12**　9と10との関係は、9が原因、10が結果。9量力の力は具体的には8にいう衆鳥に及ばぬはぐれ鳥の生活力のこと。また9守故轍は「園田の居に帰る五首」其の一に「荒を開く南野の際、拙を守りて園田に帰る」の守拙と同じであり、9・10と同じことをうたうのが「飲酒二十首」其の十六の「竟に固窮の節を抱きて、飢寒は更《へ》し所に飽く」である。拙・固窮は淵明の主義を表現する要語である。

11［知音］音のわかる人。自分を理解してくれる人。［苟］かりにも。まことに。［不存］存在しない。〈李善注〉「古詩（十九首・其の五）に曰はく、歌ふ者の苦しみを惜《いた》まずして、但だ知音の稀なるを傷むと」。〈呂延済注〉「知音は我を知る者を謂ふなり」、「我を知る者は且《か》りにも無し。苟は且なり」。

12［已矣］どうしようもない。歎きの辞。［何所悲］どうして悲しむことがあろう。悲しいことは何もない。〈李善注〉「楚辞（離騒）に曰はく、已んぬる矣、国に人無く我を知るもの莫し」。〈呂延済注〉「則ち歎を為すも何の悲しむ所ぞ」、「已矣は歎なり」。為歎は歎きはするが。

○**詳解13**　11知音の典故として11〈李善注〉は「古詩十九首」をあげるが、『列子』湯問篇の「伯牙は善く琴を鼓し、鍾子期は善く聴く」がよい。淵明の用いる知音は9故轍を守り、そのために10寒さと飢えにつきまとわれる自分の生きかたを理解してくれる人をいう。

○**詳解14**　12は直接的には11に対する淵明の心情の表現であるが、11知音が詳解13で説いたように9・10がその内容であれば、12は9・10を含めた三句に対する心情の表現となる。12の上二字の已矣と下三字の何所悲との関係は、12〈呂延済注〉によると歎きはするが悲しみはしないの意のように読める。つまり故轍を守りそのために寒さと飢えにつきまとわれる自分の生きかたを理解してくれる者がいない——それは淵明にとっては（どうしようもないことと）歎くことではあるが、悲しむことではないのである。〈一海解〉「［已矣］人の力ではどうしようもない事態に対して発する嘆声」。また「会ること有りて作る」の「餒ゑ也已《や》んぬる矣夫《かな》」の已矣夫の〈一海解〉には「矣、夫は共に咏嘆の助辞。已矣夫《やんぬるかな》とは、既定の事実について、已《や》むをえないことではないか、とする咏嘆」とある。

(6)0　読山海経詩一首　　山海経《せんがいきやう》を読む詩一首

1 孟夏草木長　孟夏《まうか》に草木は長く／初夏には草や木は長く伸び
2 繞屋樹扶疎　屋《いへ》を繞《めぐ》りて樹は扶疎《ふそ》たり／家の周囲ぐるり樹々は茂り広がる
3 衆鳥欣有託　衆鳥は託するところ有るを欣《よろこ》び／鳥たちは身を寄せる所があるのを喜び
4 吾亦愛吾廬　吾《われ》も亦た吾が廬《いほり》を愛す／私もまたこのわが家が気に入っている
5 既耕亦已種　既に耕し亦た已に種ゑしに／田畑もすっかり耕し種もまき終えたので
6 且還読我書　且《しばら》く還りて我が書を読む／まあまあ家に帰って私の本を読むとする
7 窮巷隔深轍　窮巷《きゆうかう》は深轍《しんてつ》を隔つれば／奥まった路地は大通りから遠く離れており
8 頗廻故人車　頗《すこぶ》る故人の車を廻《めぐ》らしむ／古なじみの車が訪ねてくれることもまれ
9 歓言酌春酒　歓言して春酒を酌《く》み／ひとり楽しんで春できの酒を酌《つ》ぎ
10 摘我園中蔬　我が園中の蔬《そ》を摘《つ》む／私の庭で穫《と》れた野菜を摘《つ》んで肴《さかな》にする
11 微雨従東来　微雨は東従り来たり／こぬか雨が東の方から降って来て
12 好風与之倶　好風は之と倶にす／快い風がそれと一緒にやってくる
13 汎覧周王伝　汎《ひろ》く周王の伝を覧／周王の伝を見わたしたり
14 流観山海図　流して山海の図を観る／山海の図を見わたしたりする
15 俛仰終宇宙　俛仰《ふぎやう》のうちに宇宙を終ふ／たちまちのうちに宇宙を見尽くす
16 不楽復何如　楽しまずして復た何如《いかん》せん／楽しくなくてどうしよう

□農作業の合間に自家製の酒と肴を手に、『山海経図』を眺める得も言えぬ楽しみに熱中する。0巻三〇雑詩下。『山海経』を読んで思うことの詩。〔山海経〕地理書。禹王またはその臣の伯益の著ともいうが、後人の偽作説が行われている。〈李周翰注〉「山海経は衆山・百川・草木・禽獣を記す所の書。潜は之を読む。因りて詠を発す」。「読山海経詩」は〈陶澍本〉には十三首あり、本詩は其の一である。

○詳解1　0「読山海経詩」について〈一海解〉「一連十三首の序にあたる第一首と、結論めいたうたいぶりの第十三首をのぞき、すべて『山海経』あるいは第一首に見える『穆天子伝』の記事を織りこみつつうたう」。〈森野解〉には陸善経注を引き「この篇が第一首で、『山海経』を読むにいたったわけを述べる」とある。

○詳解2　前野直彬氏は『山海経』の性格として地理書・異物志・祭祀《さいし》の書・卜占《ぼくせん》の書の四つをあげ、さらに次のように説く。「この書を最も有用なものとしたのは、山川を跋渉する人々だったにちがいないということである。（略）それは、信仰のために山川を巡った人々である。（略）秦の始皇帝が不老不死の術を求めたとき、彼のそばに集まった方士と称する神秘の術に通じた人々は、東方の海上に蓬萊《ほうらい》山があり、神仙《しんせん》が住み、不老不死の薬を持つなどと進言した。（略）そして、時代が下り、六朝《りくちょう》ともなれば、方士または道士、さらには志のある一般人までが、中国各地の深山に分け入った」（『山海経』集英社）。淵明は方士でも道士でもないが、志のある一般人としてこの『山海経』に関心を寄せ読んだものと思われる。〈一海解〉「一つ一つの詩は、淵明がどうしたものに、またどのような行為に関心をもったかを知らせてくれて興味深い」。

○詳解3　淵明以前に『山海経』を詩題にすえる詩人はいない。一般に書名を詩題にすえるのは晋代以降のようである。傅咸の「孝経の詩」「論語の詩」「毛詩の詩」「周易の詩」「周官の詩」「左伝の詩」、陸機の「漢書を講ずる詩」などがそれである。傅咸や陸機が詩題にすえる書は経書や正史などの正統な書であるが、淵明の『山海経』は「子は怪力乱神を語らず」（『論語』述而篇）として孔子が語ることを拒んだ非正統で奇怪な書である。

1 ［孟夏］ 初夏。陰暦四月。 ［草木］ 草や木。 ［長］ 伸びる。長さをいう。〈張銑注〉「此れ先づ時候を述ぶ」。

2 ［繞屋］ 家の周囲をとりまく。繞はぐるりととりまきめぐる。 ［樹］ 木々。立ち木の総称。 ［扶疎］ 枝や葉が盛んに茂っているさま。広がりをいう。〈李善注〉「（司馬相如の）上林の賦に曰はく、条を垂れて扶疎たりと」。〈張銑注〉「扶疎とは枝葉の四に布ける皃を謂ふ」。

○詳解4　1孟夏に対して（あるいは1・2に対してかもしれないが）「此れ先づ時候を述ぶ」と張銑がわざわざ注する意図ははっきりしない。因みに「古詩十九首」其の十七の冒頭句「孟冬に寒気至り、北風は何ぞ惨慄たる」の孟冬にはこのような注はない。

○詳解5　1草木の木と2樹とは同じ木を言い換えたとも解され、また異なる木とも解される。その木を長（長さ）と扶疎（広がり）でとらえるところに意味がある。それが3・4につながる。

3 ［衆鳥］ もろもろの鳥。鳥たち。 ［欣］ 喜ぶ。楽しく生き生きする。 ［有託］ 身を寄せるところがある。ねぐらがある。〈劉良注〉「衆鳥は皆な此の茂林の扶疎たるを欣ぶ」。

4 ［吾亦］ 私も（衆鳥と同様に）。 ［愛］ 好きである。気に入る。 ［吾廬］ わが家。私にふさわしい家。廬は粗末な小屋。〈劉良注〉「而して我も亦た居る所を愛す。蓋し各〻其の所を得たり」。

○詳解6　3衆鳥の有託とは詳解5に説いた長く扶疎たる木・樹であり、3〈劉良注〉の茂林である。(5)7に遅遅出林翮（四六頁）とある林。

○詳解7　4吾廬は2屋の言い換えとみることもできる。とすると吾廬の周囲は樹扶疎としていることになる。淵明にとっての吾廬は衆鳥の有託と重なり、それは4〈劉良注〉によればそれぞれがそれぞれの性に従い、処るべき所を得てそこに処るというのである。〈劉良注〉にいう得其所は「飲酒二十首」其の四にも「身を託するに既に所を得たり、千載まで相ひ違はず」とあり、得所は淵明の主義を理解し、表現する要語の一つである。

○詳解8　3・4と(5)の1万族各有託・2孤雲独無依（四六頁）とを比較すると衆鳥と万族、吾と孤雲（貧士に喩え、淵明に喩える解釈に従う）が重なる。3と4との関係は、衆鳥には託する所があるように吾にもそれがあるとなり、順の関係である。一方1と2との関係は万族には託する所があるが孤雲にはそれがないとなり、逆の関係である。両詩にわたるこの矛盾は矛盾として認めざるを得ない。それは淵明詩に「少きより俗に適する韻無く、性は本より邱山を愛す」（「園田の居に帰る五首」其の一）、「弱齢より事外に寄せ、懐ひを委ぬるは琴書に在りき」（三頁）という隠志向と、「我が少壮の時を憶へば、楽しみ無きも自ら欣豫せり、猛志は四海に逸し、翮を騫げて遠く翥《は》せんことを思へり」（「雑詩十二首」其の五）、「少き時は壮にして且つ厲し、剣を撫して独り行遊す」（「擬古九首」其の八）という官志向とがみられる矛盾に通じる。

5［耕］田畑を鋤きかえる。鋤で土地を掘り起こす。［種］種をまく。

6［且］とりあえず。まあまあ。暫の意ではない。［還］（耕や種を終えて）わが家に帰る。［我書］私の本。私の気に入った本。

○詳解9　5の五字のうち既・亦・已の三字は助字である。既の字は亦の字と呼応して～したうえに、さらに～する意となり、已の字が種の字にかかってさらに～した意となる。耕し種えるという収穫のための農作業が一段落した安堵感を表すのが、三つの助字である。すっかり安堵し終えて後、好きな読書となる。

○詳解10　6我書は4吾廬と同じ表現で、私にふさわしい、私の好きなという語感を含むであろう。つまり我書は愛読書の意で、ここでは『山海経』を強く意識するであろう。〈森野解〉『我書』の『我』には、『私の好きな』の意がこめられているであろう」。

7［窮巷］奥まった路地。窮はきわまる、ふさがる意であるとともに、貧窮の窮でもある。［隔］離れる。遠ざける。［深轍］深くついた車輪の跡。轍はわだち。車の通った輪の跡。それが深いのは、車の往来が激しいからである。〈李善注〉「漢書（巻四〇陳平伝）に曰はく、張負は陳平に随ひて其の家に至る。乃ち負郭の窮巷にありて、席を以て門と為すも、門外には長者の車轍多しと。韓詩外伝（巻二）に、楚狂接輿の妻曰はく、門外の車轍、何ぞ其れ深きやと」。負郭は城郭を背にした地。街に近い所。長者は富貴な者。〈呂向注〉「大路は車馬の行くこと多し。故に轍の跡深きなり」、「言ふこころは窮巷の曲は此の大路より隔たると」。大路は大通り。表通り。車馬は車と馬。官吏の乗り物。曲は曲った所。角。

8 ［頗］少ない。まれである。［廻］まわす。向きをかえる。［故人車］古なじみの乗った車。車が官吏の乗り物であれば故人は古なじみの役人ということになる。〈呂向注〉「頗は少なり。能く故人の車を廻らして以て我に過《よ》ぎること少なし。居る所の幽僻なるを謂ふ」。過は立ち寄る。訪ねる。幽僻は奥深く片よった所。片田舎。

○詳解11　7の窮巷と深轍は対立語。窮巷には4吾廬があり、そこは5耕したり種えたりした後、淵明が帰る処。一方深轍は7〈呂向注〉にいう車馬の行くことの多い大路で、そこは官吏が往来する処。この二つの処は当然のことながら隔っている。

○詳解12　8頗にはもともと少ないと多いと、反対の意味がある。劉淇『助字弁略』巻三の頗には「略なり、少なり」、「猶ほ皆と云ふがごときなり」「尽悉の辞」とあり、『史記』『漢書』より用例を引く。また釈大典の『文語解』には「頗ヤ、《ヨク》古来スコブルト訳スソノ義ヲシラズヤ、ト訳メヨク通ズ字書ニ差《チト》多ヲ曰二頗多一ト良《ヨホド》久メ曰二頗久一多《タント》有ヲ曰二頗有一ト又少也ト注ス品字箋ニ偏也太過之辞也トアリ然レバコノ字ニチト、云トヨホド、云トノ二義アリ（略）皆各ソノ語勢ニ従テ解スベシ（略）コノ字モト偏頗ノ義ナリ因テ十分ニ満ヌ辞トナル十分満ヌ中ニ多少ノ別アルナリ」とある。頗の字を少ない意味のヤヽ、チトとして7・8を解すると「私の居る処は大通りから離れているので、古なじみの車が立ち寄ってくれることは少ない」（7の訓読は窮巷は深轍を隔つれば）となる。頗の字を多い意味のヨク、ヨホド、タントとして解すると「私の居る処は大通りから離れているが、古なじみの車がたえず立ち寄ってくれる」（7の訓読は窮巷は深轍を隔つるも）となる。本詩にあっては二解とも成立する。ただ「園田の居に帰る五首」其の二の「野外は人事罕にして、窮巷には輪鞅寡し」や⑷1の1結廬在人境・2而無車馬喧（三四頁）と合わせ考えると、少ない意に解するのがよい。

9［歓言］歓ぶ。楽しむ。言は助字。［春酒］冬に造り春に熟す酒。また春に造り冬に熟す酒とも言う。〈李善注〉「張協の帰旧の賦（佚）に曰はく、苦辞は既に接し、歓言は乃ち周しと。毛詩（豳風・七月）に曰はく、此の春酒を為ると」。苦辞は懇ろな言葉。快い話。接はまじわる。やりとりする。周はゆきわたる。いっぱい。春酒は凍《とう》醪《ろう》で、冬に醸した酒。

10［摘］つまむ。とる。摘に同じ。［園中蔬］庭の野菜。酒のつまみにするのであろう。〈呂延済注〉「蔬は菜なり」。

○詳解13　9歓言は歓びて言ふと訓み、楽しみ語る意に解することもできるが、いま〈一海解〉に「歓《たの》しみて言《ここ》にとも読めるが」といい、〈花房解〉に「『言』を助字として、独りで楽しむとも読めそうであるが」という歓《よろこ》びて言《ここ》にの訓みに従う。歓びて言《い》ふならば8車を廻らせてくれた故人が頗《あ》り、その故人と楽しみ語る意となり、歓びて言《ここ》にならば8車を廻らせてくれた故人が頗《な》く、淵明ひとりで歓ぶ意となる。言の字を動詞とみるか助字とみるかによって、歓ぶ者が複数か単数かに分かれる。頗の字を詳解12のように解するかぎり、歓ぶ者は淵明ひとりがよい。とすると9〈李善注〉に張協の歓言を引くのは字面だけで、用法までは及ばないことになる。張協の歓言は苦辞と対置され歓ばしい言葉の意だからである。これに関して〈森野解〉には「『窮巷隔深轍、頗廻故人車』は、我が家がそのような辺鄙な地にあることを言うための句、次の『歓言酌春酒、摘我園中蔬。微雨従東来、好風与之倶』は、そのような場所にある我が家での、ひとりくつろいだ様子を示す句、ととるのが自然であろう」とある。なお鍾嶸は9歓言酌春酒と⑺1日暮天無雲（六三頁）の句について「風華精靡、豈に直に田家の語と為すのみならんや」（『詩品』巻中）といい、田舎者らしくない洗練された美しさがあるとする。

○詳解14　義熙元年（四〇五）十一月四一歳のとき、彭沢の令を最後に帰田した淵明は官界とまったく縁を切り、交際をやめたのではない。年譜によれば四七歳「殷晋安と別る詩并びに序」、五三歳「羊長史に贈る詩并びに序」、五四歳「怨詩楚調、龐主簿・鄧治中に示す」、「歳暮、張常侍に和す」、五七歳「王撫軍の坐に於て客を送る」、五九歳「龐参軍に答ふ」などは帰田後の作であり、五四歳ごろには著作佐郎に召され、辞退している。車に乗って訪れる故人（役人）は、皆無ではなかった。巻末の陶淵明略年譜（一九九頁）参照。

○詳解15　10我園中蔬の我は詳解11でとりあげた4吾廬の吾、6我書の我と同じ用法である。我園中蔬は丹精して作った手づくりの野菜というほどの意を含むであろう。吾が、我が、（所有格）を一つの詩に三回用いるのは淵明の詩では本詩以外ない。私の、と所有にこだわるのは、愛着と自負の表れであろう。

11［微雨］小雨。こぬか雨。〈李善注〉「（潘岳の）閑居の賦に曰はく、微雨新たに晴ると」。新晴はあがったばかり。いま晴れたところ。

12［好風］快い風。気持ちのよい風。［与之倶］微雨と一緒にやってくる。〈李周翰注〉「夏の暑熱たる、風雨倶に来たりて煩気を精滌す。故に好風と曰ふ」。煩気はわずらわしい気。うっとうしい気。精滌は清め洗う。ぬぐい去る。

○詳解16　11・12は実景描写であろうが、従東来、与之倶にこだわると微雨・好風は人あるいは物に喩えられているようにも思われる。その人・物は〈李周翰注〉によっていえば清滌煩気してくれる人や物。つまり淵明の心中の煩わしさを取り除いてくれる人であり物である。それが人であれば8故人をさし、物であれば13周王伝・14山海図をさすであろう。

13［汎覧］全体にわたって見る。［周王伝］『穆天子伝』のこと。作者不明。周の穆王（前一〇世紀ごろ）の西遊を記した奇怪な内容の書。〈李善注〉「周王伝は穆天子伝なり」。〈張銑注〉「泛は溥なり。周王伝は周の穆王伝なり」。溥は広い。ゆきわたる。

14［流観］全体にわたって見る。　［山海図］『山海経』の図絵。郭璞に『山海経図讃』がある。〈李善注〉「山海図は山海経なり」。〈張銑注〉「穆王の車轍馬跡は天下に徧し。故に先づ溥《ひろ》く之を覧る。然る後に流《ひろ》く山海経を目《み》るなり。図は象なり」。車轍馬跡は車の轍と馬の跡。

○**詳解17**　13汎覧と14流観は同じ意味に解した。流観は『楚辞』九章・哀郢に「余が目を曼《とほ》くして以て流観し、壱《ひと》たび反らんことを冀ふも之れ何れの時ぞ」とあり、王逸は「周流観視す」と注する。〈斯波解〉は「汎覧《めをとほ》し、流観《きまかせにみ》て」と訓む。〈一海解〉「［汎覧］ひろく目を通す、あとの［流観］はあちこちながめることで、共にゆったりと楽しみながらページをくっているいる様子をいう」。

○**詳解18**　14〈張銑注〉は『周王伝』を先に見、『山海図』を後で見るわけを説くが、牽強附会の感をまぬかれない。いま並列として解する。

15［俛仰］頭を上げ下げする時間。わずかな時間。たちまち。　［終］見終る。きわめ尽くす。　［宇宙］天下。宇は四方上下。空間。宙は往古来今。時間。〈李善注〉「荘子（在宥篇）に、老聃曰はく、其の疾《はや》きや、俛仰の間、再び四海の外を撫すと。又た（荘子・譲王篇に）善巻曰はく、余は宇宙の中に立つと」。四海之外は国外。

16［不楽］楽しくない。　［復］助字。　［何如］どうしよう。〈李善注〉「毛詩（唐風・揚之水）に曰はく、既に君子に見ゆれば、云《ここ》に何ぞ楽しまざると」。〈呂向注〉「此の書を読めば、俛仰の間、終に天下の事を見る。楽しと謂ふべきなり」。

○**詳解19**　15宇宙の原義は空間と時間。その空間と時間は13・14との関係でいえば『周王伝』および『山海図』のそれである。両書における宇宙は15〈李善注〉に引く『荘子』のそれである。『荘子』の宇宙はこの下文にある

「天地の間に逍遥し、心意自得す」世界である。つまり逍遥し心意自得する天地の間。それは16不楽復何如の世界なのである。

(70)　擬古詩一首　古に擬す詩一首

1　日暮天無雲　日暮れて天に雲無く／日が沈んで空には雲一つなく
2　春風扇微和　春風は微和《びわ》を扇《あふ》ぐ／春風が初春の穏やかさを送り届ける
3　佳人美清夜　佳人は清夜を美《よみ》し／美しき女性はこの澄んだ夜を称《たた》え
4　達曙酣且歌　曙《あかつき》に達するまで酣《ゑ》ひ且つ歌ふ／夜が明けるまで酒を楽しみ歌う
5　歌竟長歎息　歌ひ竟《をは》れば長歎息す／歌い終わると長くため息をつき
6　持此感人多　此れを持ちて人を感ぜしむること多し／それは人（の心）を深く揺り動かす
7　明明雲間月　明明たり雲間の月／光り輝く雲間《くもま》の月
8　灼灼葉中花　灼灼《しゃくしゃく》たり葉中の花／咲き誇る葉の中の花
9　豈無一時好　豈に一時の好《よろ》しき無からんや／一時の好さは当然である
10　不久当如何　久しからざるは当に如何《いかん》すべき／長続きせぬのがどうにもならぬ

□春の夜を徹して酒を味わい、歌をうたう時間があまりに短すぎるのを傷む。
0巻三〇雑擬上。古の詩に擬《なぞら》える詩。擬古詩は〈陶澍本〉には九首あり、本詩は其の二。
◯**詳解1**　陸機の「擬古詩十二首」の〈劉良注〉に「擬は比なり。古志に比して以て今情を明らかにす」とあり、「花房解」に「『古詩に擬す』とは、『古詩』と同じような題材を採り、相似た主題を歌うこと。ただし、ここで取り上げられている古詩が、どのようなものであったかは分からない」とある。

○詳解2　本詩の内容については〈劉良注〉「此れ栄楽の常ならざるを言ふ」、〈何焯解〉「詠懐に似たり」とある。栄楽は身分が高くなることと心におもしろく感じること。詠懐は胸中の思いを詩歌に表すこと。〈何焯解〉は詩題の擬古は詠懐という詩題に近いことをいったものか。因みに阮籍に「詠懐詩八十二首」がある。

1［天無雲］天空には雲がない。晴天のさまをいう。

2［扇］あおいで風を起こす。吹き寄せる。［微和］微かな穏やかさ。初春ののどかなさまをいう。

3［佳人］よろしき人。［美］ほめる。うるわしいとする。［清夜］清く澄んだ夜。具体的には1・2をいう。
〈呂向注〉「佳人は賢人を謂ふなり。美は猶ほ愛のごときなり。」賢人は才知のすぐれた人。

4［達曙］夜明けまで。朝方まで。［酣且歌］酒を飲み楽しんで歌う。〈李善注〉「尚書（伊訓篇）に曰はく、室に酣歌すと」。〈呂向注〉「酒を楽しむを酣と曰ふ。言ふこころは天清く風和し、此の良夜を愛し、明に至るまで酣歌するなりと」。

○詳解3　1日暮と4達曙によると、夜を徹して4酣且歌したことになる。

○詳解4　3〈呂向注〉は佳人を賢人つまり男の意とするが、7・8から推して美人つまり女の意に解するがよい。また本詩が『玉台新詠』巻三に採録されるのも女の意に解する理由の一である。因みに『玉台新詠』には佳人が八例あり、そのうちの四例は清夜と併せ用いられる。一つは本詩。ほかに張華の「離情」（巻五）の「佳人は鳴琴を撫し、清夜に空帷を守る」、柳惲の「擣衣の詩」（巻五）の「君を思ひて清夜に起き、柱《ことぢ》を促して幽蘭を奏す（略）佳人は浄容を飾り、招携して務むる所に従ふ」、何子朗の「繆郎の月を視るに和す」（巻五）の「清夜未だ云《ここ》に疲れず、細簾聊か発《はら》ふべし（略）佳人は復た千里、余影は徒らに揮忽す」とある。

5［歌竟］歌い終わる。竟はとことんまで行って終わる。［長歎息］長いため息をする。深く嘆くことをいう。
〈張銑注〉「楽しみ極まりて悲しみ来たる。故に歌ひ竟はりて歎息す」。

6［持此］このことで。持はよる。此は4酣且歌と5長歎息をさす。［感人多］人（の心）を揺り動かすことが多い。〈張銑注〉「言ふこころは是の事　人の心を感じせしむること多しと」。

○詳解5　5歌は歌（名詞）とも訓めるが、4の最後の歌ふを受けていま歌ひ（動詞）と訓む。

○詳解6　6此について〈斯波解〉「『此』は佳人の長歎息」、〈鈴木解〉「此とは美人の酣歌をさす」（岩波書店『玉臺新詠』上）とあるが、7以下の内容からすると長歎息と酣歌の二つを受けると思われる。

7［明明］明るく輝くさま。『陶淵明集』は皎皎に作る。［雲間月］雲間《くもま》にみえる月。

8［灼灼］花が盛んに咲くさま。光り輝くさま。［葉中花］葉の中に咲く花。〈李周翰注〉「灼灼は明なり」。

○詳解7　7以下四句は6感人多の内容となる。

○詳解8　7雲間は1天無雲からすると雲が現われたことをいい、時の推移を示す。

○注解9　7・8は月・花の実景描写であり、また比喩表現でもある。比喩されるのは3佳人である。それは『詩経』を典故とすることによる。7は『詩経』陳風・月出に「月出でて皎たり、佼人は僚たり、舒《おもむ》ろに窈糾たり、労心は悄《うれ》へり」とあり、鄭箋に「興とは婦人に美色の白皙有るに喩ふ」といい、8は『詩経』周南・桃夭に「桃の夭夭たる、灼灼たる其の華、之の子于に帰ぐ、其の室家に宜しからん」とあり、鄭箋に「興とは時に婦人皆な年の盛んなる時を以て行くを得るに喩ふるなり」という。なお前詩の月出は明明ではなく皎であるが、これについては7注参照。

9［一時好］一時の好さ。しばしの快さ。

10［不久］長く続かない。［当如何］どうすることもできない。当は助辞ではたと訓むこともできる。〈李周翰注〉「言ふこころは月満つれば則ち欹け、花盛んなれば則ち落つ。好悪は暫時にして此れ安くんぞ能く久しからんや。当如何は奈何すべからざるを言ふ」。

○詳解10　９一時好は具体的には４酣且歌であり、７明明雲間月・８灼灼葉中花である。しかし酣且歌は５長歎息となり、雲間の（満ちた）月は欲け、葉中の（盛んな）花は落ちる。つまり好は一時で久しからず、悪へと変化する。10は一時好をどうすることもできぬ胸中をうたう。

(8)0　帰去来一首　帰去来《ききょらい》一首

1 帰去来兮　帰去来兮《かへりなんいざ》／さあ帰ろう

2 田園将蕪胡不帰　田園将に蕪《あ》れんとす胡《なん》ぞ帰らざる／田畑は荒れようとしているなぜ帰らぬ

3 既自以心為形役　既に自《みづか》ら心を以て形の役《えき》と為す／心を肉体に隷属させたのは自分がしたこと

4 奚惆悵而独悲　奚《なん》ぞ惆悵《ちうちやう》して独り悲しむ／なのになぜ一人うらみ悲しんでいるのか

5 悟已往之不諫　已往《いわう》の諫められざるを悟り／過去のことはどうにもならぬと悟り

6 知来者之可追　来者の追ふべきを知る／未来のことは追い得ることが知《わか》った

7 寔迷途其未遠　寔《まこと》に途《みち》に迷ふも其れ未だ遠からず／実に道に迷いはしたがまだ遠くまで行ってはいない

8 覚今是而昨非　今の是《ぜ》にして昨《さく》の非なるを覚る／今が正しく昨日までがまちがっていたと気づいた

9 舟遥遥以軽颺　舟は遥遥《えうえう》として以て軽く颺《あが》り／舟は漕ぎ進んでさっと揺り動かされ

10 風飄飄而吹衣　風は飄飄《へうへう》として衣を吹く／風は舞いあがって我が衣を吹きつける

11 問征夫以前路　征夫に問ふに前路を以てし／旅人にこれから先どれほどかを尋ね

12 恨晨光之熹微　晨光《しんくわう》の熹微《きび》なるを恨む／朝の日の光が微《かす》かであるのが恨めしい

13 乃瞻衡宇　乃ち衡宇《かうう》を瞻《み》て／ようやくにしてわが家の門や屋根を見やると

14 載欣載奔　載ち欣《よろこ》び載ち奔る／喜びがこみあげて駆けるように走る

15 僮僕歓迎　僮僕《どうぼく》は歓《よろこ》び迎へ／僮僕《しもべ》たちは歓んで迎えてくれ

16 稚子候門　稚子《ちし》は門に候《ま》つ／稚子《おさなご》らも門まで出て待っている

17 三逕就荒
三逕《さんけい》は荒に就くも／三本の小道は荒れかけているが

18 松菊猶存
松菊は猶ほ存す／松と菊はそれでもちゃんとある

19 携幼入室
幼を携《たづさ》へ室に入れば／幼児《おさなご》の手を引いて部屋に入ると

20 有酒盈罇
酒有りて罇《たる》に盈つ／樽いっぱいに酒が用意してある

21 引壷觴以自酌
壷觴《こしやう》を引きて以て自《みづか》ら酌《く》み／壷《つぼ》と觴《さかずき》を引き寄せて自分で酌《つ》いで飲み

22 眄庭柯以怡顔
庭柯《ていか》を眄《み》て以て顔を怡《よろこ》ばしむ／庭にある木の枝を眺めると顔がほころぶ

23 倚南窻以寄慠
南窻《なんさう》に倚《よ》りて以て慠《がう》を寄せ／南側の窓にもたれて世を見くだす思いを寄せ

24 審容膝之易安
膝《ひざ》を容るるの安んじ易きを審《つまび》らかにす／膝が入るほどの処が落ち着けることを実感する

25 園日渉以成趣
園は日渉《ひびわた》りて以て趣《しゅ》を成し／庭園は毎日走るようにあちこち歩きまわり

26 門雖設而常関
門は設くと雖も常に関《とざ》せり／家の門は造ってはあるがいつも閉めている

27 策扶老以流憩
策《つゑ》もて老を扶《たす》けて以て流憩《りうけい》し／策で老いたわが身を支えて自由に休憩し

28 時矯首而遐観
時に首《かうべ》を矯《あ》げて遐観《くわくわん》す／時には頭をあげてはるか遠く眺めやる

29 雲無心以出岫
雲は心を無にして以て岫《くき》を出で／雲は心を虚無にしてほら穴から出ていき

30 鳥倦飛而知還
鳥は飛ぶに倦《う》みて還るを知る／鳥は飛び疲れると塒《ねぐら》へ帰ることをわきまえている

31 景翳翳以将入
景《ひかり》は翳翳《えいえい》として以て将に入らんとし／日の光はほの暗くかげって西に沈みかかり

32 撫孤松而盤桓
孤松を撫《ぶ》して盤桓《ばんくわん》す／一本の松を手で撫《な》でそこが立ち去りがたい

33 帰去来兮
帰去来兮／さあ帰ろう

34 請息交以絶游
請ふ交はりを息《や》めて以て游《いう》を絶たんことを／（世俗との）交遊はやめることにしたい

(8) 帰去来一首

35 世与我而相遺 世と我と相ひ遺《す》て／世俗は私を、私は世俗を遺ててしまい

36 復駕言兮焉求 復た駕《が》して言《ここ》に焉《なに》をか求めん／再び（役人となって）車に乗り何も求めはせぬ

37 悦親戚之情話 親戚の情話を悦び／身内の心あるよい話がうれしく

38 楽琴書以消憂 琴書を楽しみて以て憂ひを消さん／琴や本を楽しんで憂いを消したい

39 農人告余以春兮 農人は余に告ぐるに春を以てし／春になったと農夫は私に知らせに来てくれ

40 将有事乎西疇 将に西疇《せいちう》に事有らんとす／西の畑で耕作がはじまることになる

41 或命巾車 或いは巾車《きんしゃ》に命じ／幌《ほろ》つき車を用意させて行くこともあり

42 或棹孤舟 或いは孤舟に棹《さを》さす／一艘の舟に棹をさして行くこともある

43 既窈窕以尋壑 既に窈窕《えうてう》として以て壑《たに》を尋ね／（舟に乗り）奥深く谷川に沿って進み

44 亦崎嶇而経丘 亦た崎嶇《きく》として丘を経《ふ》／（車に乗り）凹凸《でこぼこ》と丘を通り過ぎる

45 木欣欣以向栄 木は欣欣《きんきん》として栄に向かひ／木はうれしげに生き生きとして花が咲こうとし

46 泉涓涓而始流 泉は涓涓《けんけん》として始めて流る／泉はちょろちょろとようやく流れだす

47 善万物之得時 万物の時を得たるを善《よみ》し／万物が時宜を得ていることを善しとし

48 感吾生之行休 吾が生の行〻《ゆくゆく》休するを感ず／わが命が死に近づくことに心動く

49 已矣乎 已《や》んぬる矣乎《かな》／どうしようもない

50 寓形宇内復幾時 形を宇内《うだい》に寓すること幾時《いくとき》ぞ／肉体をこの世に寄《あず》けるのはどれほどの時間か

51 曷不委心任去留 曷《なん》ぞ心を委ねて去留に任せざる／どうして心を運命のままに任せぬ

52 胡為遑遑欲何之 胡為《なんす》れぞ遑遑《くわうくわう》として何くにか之《ゆ》かんと欲す／どうしてうろうろとしてどこに行くつもりなのか

53 富貴非吾願　富貴は吾が願ひに非ず／財産や地位は私の願うところではなく
54 帝郷不可期　帝郷は期すべからず／仙人の居所も期待するところではない
55 懐良辰以孤往　良辰《りやうしん》を懐ひて以て孤《ひと》り往き／気持ちいい日に心ひかれて一人で出かけ
56 或植杖而耘耔　或いは杖《つゑ》を植《た》てて耘耔《うんし》す／杖を地にさして草ひきや土かけすることもある
57 登東皐以舒嘯　東皐《とうかう》に登りて以て舒嘯《じょせう》し／東の岡に登って心のびやかに詠い
58 臨清流而賦詩　清流に臨みて詩を賦す／清く澄んだ流れを前にして詩を作る
59 聊乗化以帰尽　聊《いささ》か化に乗じて以て尽くるに帰し／ともあれ自然の変化にまかせて死んでゆき
60 楽夫天命復奚疑　夫《か》の天命を楽しみて復た奚《なに》をか疑はん／例の天命を楽しむことにして疑うことは何もない

□官を辞して田園に帰り、その生活を歓びはするが、避け得ぬ死を凝視して心を静めようとする。

0巻四五辞。［帰去来］帰去来はさあ帰ろう。〈李善注〉「序に曰はく、余は家貧し。又た心は遠役を憚る。彭沢県は家を去ること百里。故に便ち之を求む。少日に及び、眷然《けんぜん》として帰らんかの情有り。自ら免じて職を去る。事に因り心に順ふ。篇に命じて帰去来と曰ふと」。眷然は恋い慕うさま。因事は出来事をもとにする。事は妹の死をいう。順心は心のままに従う。〈張銑注〉「潜は彭沢の令と為る。是の時、郡は督郵を遣はし県に至らしめ、吏は当に束帯して督郵に見ゆべしと。潜乃ち歎じて曰はく、我は五斗米の為に膂《こし》を折りて郷里の小児に向かふこと能はずと。乃ち自ら印綬を解き将に田園に帰らんとす。因りて篇に命じて帰去来と曰ふ」。督郵は県行政を監督する役人。束帯は正装する。五斗米は約五升。俸禄の少ないことをいう。折膂は腰を曲げる。人に頭を下げる。郷里小児は同郷の青二才。ここでは督郵のこと。解印綬は役人が身につけていた印とその綬を外す。辞職する。

○詳解1　〈陶澍本〉は0「帰去来一首」を「帰去来兮辞并序」に作る。

○詳解2　0〈李善注〉の序には就職の理由は、貧農で生活苦を救うことと就職地が近在であったこととし、辞職の理由は、自然なる性質を全うしたいことと妹が死んだこととする。また〈張銑注〉は辞職の理由を薄給の身で子役人に頭はさげられぬこととする。これは『宋書』巻九二陶潜伝の「事を執る者は之を聞き、以て彭沢の令と為す。公田は悉く吏をして秫稲を種ゑしむるも、妻子は固く秔を種ゑんことを請ふ。乃ち二頃五十畝をして秫を種ゑ、五十畝をして秔を種ゑしむ。郡は督郵を遣はし県に至らしむ。吏は白す、応に束帯して之に見ゆべしと。潜は嘆じて曰はく、我は五斗米の為に胥を折りて郷里の小人に向かふこと能はずと。即日、印綬を解き職を去る。帰去来を賦す」による。秫稲はもち米。秔はうるち米。頃は百畝。一頃は約五ヘクタール。

○詳解3　0〈李善注〉の序は節録で、〈陶澍本〉より全文を挙げる。

余は家貧しく、耕植するも以て自給するに足らず。幼稚は室に盈ち、缾《かめ》に儲粟《ちょぞく》無し。先生の資とする所、未だ其の術を見ず。親故は多く余に長吏と為らんことを勧め、脱然として懐ひ有るも之を求むるに途《みち》靡し。会〻《たまたま》四方の事有りて、諸侯は恵愛を以て徳と為す。家叔は余が貧苦なるを以てし、遂に小邑《せういふ》に用ひらる。時に于いて風波未だ静まらず、心は遠役を憚《はばか》る。彭沢は家を去ること百里にして、公田の利は以て酒を為《つく》るに足る。故に便ち之を求む。少日に及び、眷然として帰らんかの情有り。何となれば則ち質性は自然にして、矯厲《けうれい》の得る所に非ず。飢凍は切なりと雖も、己に違へば交〻《こもごも》病む。嘗て人事に従ひしは、皆な口腹自《みづか》ら役《えき》すればなり。是に於て悵然《ちやうぜん》として慷慨し、深く平生の志に愧づ。猶ほ望みしは一稔《いちねん》にして、当に裳《もすそ》を斂《をさ》めて宵に逝くべしと。尋《つい》で程氏の妹武昌に喪《し》し、情は駿奔《しゅんぽん》に在り。自《みづか》ら免じて職を去る。仲秋より冬に至るまで、官に在ること八十余日、事に因り心に順ふ。篇に命じて帰去来兮と曰ふ。乙巳《いつし》の歳十一月なり。

私は家が貧しくて、農作業しても自給できなかった。小さい子供たちは部屋いっぱいで、缾には貯えた穀物があるわけではない。生きていくための糧、それを手にする方法がわからぬ。親戚や故人は私に役人になるようたびたび勧めてくれ、きれいさっぱりそうしようと思ったが、それをかなえる手だてがない。たまたま天下に事件が起こり、諸侯は金品や情愛こそ徳があるとした。叔父に私は貧苦であると思われ、かくて小さな村に採用された。当時はまだ風や波は収まらず、遠方への任務はいやであった。彭沢はわが家から百里の所にあり、公田からあがる利益は、酒を造るのに申し分ない。だからすぐに希望したのである。数日のうちに、帰りたい思いに襲われた。というのはあるがままという性質は、これを矯《た》めて世事に励むことができるというものではない。飢えと凍えとは確かにきびしいが、わが本心に背けばあれもこれも病むことになる。かつて世事にかかわったのは、まったく口や腹に使役されたからにほかならぬ。そこでがっくりきて嘆き傷み、平素からの志に深く恥じいるのである。そう思いながら期していたのは一年後には、身じたくを整えて夜のうちに帰らねばならぬということ。まもなくして程氏に嫁いだ妹が武昌で亡くなり、急いで行きたい気持ちに駆られ、自分からやめて職を去った。仲秋八月から冬の間、官にいたのは八十日ばかり、妹の死がもとで心のままに動いたまで。この一篇に帰去来兮と名づけることとする。乙巳の歳（義熙元年・四〇五）十一月のことである。

1 ［帰去来兮］さあ帰ろう。

2 ［田園］田畑。農地。［蕪］雑草が生い茂る。荒れる。［胡不帰］どうして帰らないのか。詰問の形。〈李善注〉「毛詩（邶風・式微）に曰はく、式《もっ》て微なり式て微なり、胡ぞ帰らざると」。式は助字。微は衰える。〈劉良注〉「蕪は草を謂ふなり。胡は猶ほ何のごときなり」。

○詳解4　帰去来について吉岡義豊氏は「帰去来は仏教においては、普通に使われることばである」といい、帰去来を仏教思想との関連で論じ、「淵明の思想の中には、仏教思想の影響、仏教との接触を肯定して考えることが、筋が通るように思われる点がすくなくない」（「帰去来の辞について」『中国文学報』第六冊）という。また帰去来兮の訓みについて〈吉川解〉には「カエンナンイザと読むのが、日本での古くからの読みくせである。／この読みくせは、なかなか正しいであろう。何となれば、帰去来兮という四つの漢字の、意味の中心は、帰の字にのみある。二字目の去は、帰の字の下にそえられた軽い助字、そえことばであり、三字目の来の字は、一そうかるくそわった助字である。最後の兮の字に至っては、純粋なリズムのための助字であって、全く意味をもたない。帰去来兮は、現代の中国語でいうならば、回《ホイ》去《チユ》了《ラ》罷《バ》というのと、相当る。回《ホイ》去《チユ》了《ラ》罷《バ》の重点がただ回《ホイ》の字にのみあるように、帰去来兮という四字に於ける意味の重点、したがって心理の中心は、ただ帰の字にのみある。去来兮《きょらいけい》というあとの三字は、帰りゆかんとする意志が、感情によってせきたてられる心理の波だちを表現するにすぎない。かえんなんいざ、という読みくせは、その意味で大へん正しいであろう」とある。

○詳解5　淵明の「園田の居に帰る五首」の詩は、2田園将蕪から推すとこの「帰去来」と同じころの作であろう。
〈何焯解〉「一篇の波瀾は田園の二字従り生出す」。

○詳解6　2〈李善注〉の『毛詩』の序には「式微は黎侯　衛に寓せしに、其の臣勧むるに帰るを以てするなり」とあり、第一章には「式て微なり式て微なり、胡ぞ帰らざる、君の故《ゆゑ》微《な》かりせば、胡ぞ中露に為さんや」とある。これによると胡不帰は、狄人に追われ衛に亡命している黎侯に、臣下が微《おとろ》えた自国に帰るように勧めたものである。自国が微えることにわが田園が蕪れることを重ねて、淵明は『毛詩』の胡不帰を用いたのである。淵明のいう田園将蕪は淵明の自然なる質性、心の荒廃をも含む表現であろう。

3［既］～したからには。　［自］他でもなく自分から。　［以心為形役］精神を肉体の奴隷とする。形役は肉体が使役するもの。〈李善注〉「淮南子（佚）に曰はく、是れ皆な形神倶に役する者なりと」。形神は肉体と精神。〈呂延済注〉「禄を求めんことを思ふ。故に形屈して役に駆らる。此れ我自ら為せり」。禄は俸禄。仕官することをいう。駆役は使役させられる。

4［惆悵］失意のさま。恨み嘆くさま。〈李善注〉「楚辞（九弁）に曰はく、惆悵として私かに自ら憐むと」。〈呂延済注〉「何ぞ惆悵して独り悲しみと為す所ならんや」。

○詳解7　3以心為形役は序の、質性の自然を矯めて仕官したことをいい、心を形に隷属させる、つまり心を従とし形を主とすることは、淵明の本意ではなかった。淵明の本意は心を主とし形を従とすることにあった。〈吉川解〉「過去十何年かの役人としての生活、それはまことに陰鬱な時間であった。それがいかに陰鬱であるかを、決定的に思い知らせたのが、最後にかち得た知事の職であった。事がらの陰鬱さを見きわめると共に、おのれはそれからの解放を求めた。解放を得る方法は簡単であった。心を形の主宰とする自由の天地に帰ることである。帰んなんいざ。田園将に蕪《あ》れんとするに胡《なん》ぞ帰らざる」。(1)詳解24（一四頁）参照。

○詳解8　3〈李善注〉の『淮南子』の文は今本『淮南子』にはなく、類似の文として「是れ皆な形神倶に没するを得ざるなり」が俶真訓にある。これは4の解釈には適さない。心・形の語ではないが、原道訓に「聖人は身を以て物に役せられず、欲を以て和を滑《みだ》されず」とあり、高誘注に「身を以て物の役と為さず、情欲を以て乱さざるは、中和の道なり」というのが、参考となる。

○詳解9　4に奚惆悵而独悲というのは、3以心為形役したのは他でもなく自らがそうしたからである。序にも皆口腹自役とあった。責任はすべて自分にあるというのである。

○詳解10　4悲の字について「何焯解」に「悲と楽と首尾相ひ応ず」とある。楽の字は60楽夫天命復奚疑の楽。

5［已往］已に往きしこと。過去の時間・事柄。ここでは仕官したこと。［不諫］正すことができない。

6［来者］来たる者。未来の時間・事柄。ここでは辞職して田園に帰ること。［可追］追求することができる。〈李善注〉「論語（微子篇）に楚狂接輿歌ひて曰はく、往く者は諫むべからず、来たる者は猶ほ追ふべしと」。楚狂接輿は楚国の狂者である接輿。狂人と偽り世を避けていた人。〈李周翰注〉「心に悟る、已往の事は諫むべからずして、来者は亦た追ひ改むべきを。謂へらく官為りと雖も、今将に帰去せんとす。是れ追ひ改むるなりと」。

追改はこれから改める。

○詳解11　6〈李善注〉の『論語』の全文は次のようにある。「楚狂接輿は歌ひて孔子を過ぎて曰はく、鳳よ鳳よ、何ぞ徳の衰へたる。往く者は諫むべからず、来たる者は猶ほ追ふべし。已而已而《やみなん》。今の政に従ふ者は殆而《あやふ》しと。孔子は下りて之と言はんと欲す。趨りて之を辟《さ》く。之と言ふを得ず」。鳳は聖王の世に現われる瑞鳥。ここでは孔子に喩える。已而已而は世が乱れに乱れていることへの嘆息の辞。今之従政者とは孔子のこと。来者猶可追也に孔安国は「今自り以来は、追ひて自ら止め乱を辟けて隠居すべし」と注する。往者不可諫也、来者猶可追也は、今之従政者である孔子に対して、楚狂接輿が往者の政治から身を退いて、来者は隠居するように勧めた語であり、それは淵明にそのままあてはまる。この寓話はやや表現を変えて『荘子』人間世篇にもある。

○詳解12　5已往之不諫・6来者之可追が詩に用いられる早い例は、嵆康の「述志の詩二首」其の二の「往時は既已に謬《あやま》れり、来者は猶ほ追ふべし」であろう。この往時・来者の内実は淵明の已往・来者に同じ。

7［寔］実に。まさに。［迷途］道に迷う。生き方を誤る。〈李善注〉「迷途は已に丘遅の陳伯に与ふるの書に見ゆ」。〈呂向注〉「言ふこころは人の往き迷ひて道路を失ふも、尚猶《な》ほ未だ遠からずして、早に迴らすべきが如きなり。仕を休《や》むを謂ふなりと」。休仕（辞職する）することを行迷失道路に喩えたのだとする。

8［今是］今が正しい。［昨非］昨日までが誤っている。〈李善注〉「（荘子・寓言篇に）荘子は恵子に謂ひて曰はく、孔子は行年六十にして（六十）化せり。始めの時に是とせし所は、卒《をは》りにして之を非とす。未だ知らず、今の所謂是の、五十九非に非ざるをと」。六十而（六十）化は六十歳までに六十回変わった。五十九非は五十九歳まで誤っていたこと。

○詳解13　7〈李善注〉の「与陳伯之書」には「夫れ塗に迷ひて反るを知るは、往哲是れ与《くみ》す」とある。往哲は先哲。昔の賢人。迷塗知反、つまり8覚今是而昨非は、往哲にして可能なことである。淵明にその自覚があったことを認めての〈李善注〉であろう。なお「与陳伯之書」の迷塗に李善は『楚辞』（離騒篇）の「朕が車を回らして路に復り、塗に迷ふことの未だ遠からざるに及ばん」を引くが、今本『楚辞』は行迷に作る。因みに7〈呂向注〉には行迷とある。

○詳解14　8今是は6来者之可追を受けて辞職して田園に帰ること。8昨非は5已往之不諫を受けて仕官したことをいう。8〈李善注〉の『荘子』の是・非論は、事に拘らぬ孔子の生き方を荘子が賛えたものである。孔子は是・非を絶対的・固定的にではなく、相対的・流動的にとらえ、時に応じて是が非となり、非が是となるとする。しかし淵明が8覚今是而昨非というのは是と非が入れ変わることはなく、今が是で昨が非であることは、絶対的・固定的であるととらえている。その根拠となるのが5悟已往之不諫・6知来者之可追である。なお『荘子』の寓話は孔子を蘧伯玉（春秋衛の賢大夫）に換えて則陽篇にもある。

9［遥遥］遠く離れるさま。［軽颺］さっと吹きあげられる。〈張銑注〉「舟を行《や》りて帰るなり」。

10［飄飄］ひるがえるさま。舞い上がるさま。

○詳解15　9・10は彭沢から故郷の柴桑までの軽快な舟旅の描写である。

11［征夫］行人。旅人。［前略］これから先の道のり。故郷までの距離をいう。〈李善注〉「毛詩（小雅・皇皇者華）に曰はく、駪駪《しんしん》たる征夫と」。駪駪は数の多いさま。〈劉良注〉「前路の遠近を問ふなり」。遠近は遠いと近いと。どれほど。

12［恨］恨めしく思う。残念に思う。［晨光］朝がたの光。［熹微］光明が微《かす》かであること。光がおぼろげであること。〈李善注〉「声類（佚）に曰はく、熹は亦た熙の字なりと。熙は光明なり」。〈劉良注〉「熹微とは日の暮れんと欲《す》るなり」。

○詳解16　11〈李善注〉の『毛詩』の毛伝に「征夫は行人なり」とあり、征夫は道行く人、旅人の意。ここでは淵明と同じ舟に乗りあわせた征夫をいう。征夫からの答えはないが、12から推すと前路はかなりの距離があったと思われる。

○詳解17　12晨光の用例は淵明以前に何晏の「景福殿の賦」に「晨光は内に照り、流景は外に烒《おこ》る」とあり、以後には謝朓の「京路夜発つ」に「暁星は正に寥落として、晨光は復た泱漭《あうまう》たり」とある。李善は前詩には「晨光は日景なり」と注し日の光に解する。後詩には注をしないが、対になる暁星からすると朝がたの光の意である。この場合、晨は早い、早朝の意。淵明の晨光も朝がたの光である。また12熹微は日暮れの意に解する〈劉良注〉には従わず、光明が微か、光がおぼろの意とする。熹微の用例は淵明以前には見えないが、朝の光は本来ならば明るく輝いているはずなのに、おぼろであると解することによって、道のりの長い不安な旅を暗示するように思われる。〈吉川解〉「彭沢から柴桑まで、それは百華里ほどの道のりであるけれども、一日ではつかなかった。ついたのは朝であり、朝ぎりのなかに、わが家のある村ざとが、かすんで見える。恨めしいのは晨《あさ》の光が熹微《きび》として、おぼろなこと」。

○詳解18　1より12まで第一解。六字句中心。韻字は帰・悲・追・非・衣・微。帰去来兮と決意して彭沢の令を辞し、自宅に着くまでの描写。過去が誤りで現在が正しいと確信しつつ、故郷までの長い道のりに不安をのぞかせる。

13［乃］そこではじめて。やっと。［瞻］首を伸ばして遠くを見る。見やる。［衡宇］冠木門と家。わが家をいう。〈李善注〉「毛詩（陳風・衡門）に曰はく、衡門の下、以て棲遅すべしと」。衡門は冠木門。棲遅は静かに暮らす。隠遁する。〈劉良注〉「衡宇は其の居る所の衡門・屋宇を謂ふなり」。屋宇は屋舎。家。

14［載～載～］～したり～したり。二つの動作を並べていう表現。［欣］笑い喜ぶ。うれしくなる。［奔］勢いよく走る。駆け走る。〈劉良注〉「載は則なり。欣び則ち奔るとは喜びて至るなり」。喜而至也は喜んで衡宇（わが家）に至る。

○詳解19　13・14瞻・欣・奔の主語は淵明。淵明はわが家の衡宇を瞻るや不安は吹き飛び、衡宇に向かって欣び奔る。不安の解消・欣喜の発生が乃の字によく表われている。

○詳解20　13衡宇に〈李善注〉が『毛詩』の「衡門の下、以て棲遅すべし」を引くのは、衡宇には隠者の住居の意があるとするのであろう。とすると13はやっと隠者の住まいであるわが衡宇を見やる意となる。因みに毛伝には「衡門は木を横たへて門と為す。浅陋を言ふなり」とある。浅陋は粗末なこと。

○詳解21　14「載～載～」は『詩経』に頻出する。たとえば鄘風・載馳の「載ち馳せ載ち駆り、帰りて衛侯を唁《とむら》はん」であり、毛伝に「載は辞なり」、鄭箋に「載の言は則なり」という。

15［僮僕］しもべ。召使い。僮も僕も同じ意。　［歓迎］歓《よろこ》んで迎える。歓はよろこびが声や表情になり、躍りあがるようになる。〈李善注〉「周易（旅）に曰はく、僮僕の貞を得たりと」。童は僮に同じ。僮僕貞は僮僕で貞《ただ》しい者。（旅にあって）忠実に働く僮僕。

16［稚子］幼児。　［候門］門まで出て待つ。候はまだかまだかと様子を伺い待つ。〈李善注〉「史記（巻八四屈原伝）に曰はく、楚の懐王の稚子子蘭《しらん》」。懐王は在位前三二八～前二九九。〈呂延済注〉「稚は小なり。候門とは門首に於て潜の到るを伺候するを謂ふなり」。伺候は伺い候《ま》つ。伺う。

○詳解22　15〈李善注〉の『周易』には「六二、旅して次《やどり》に即き、其の資を懐き、童僕の貞を得たり」とあり、この三つは旅をした時の喜びである。一つは即次（いい宿に泊まること）、二つは懐其資（費用を持っていること）、三つは得童僕貞である。『周易』の童僕は旅先の人であり、淵明の僮僕は（彭沢からの）旅を終えた後の人である。しかしいずれの僮僕も有用で頼りにすべき人である。淵明の僮僕は淵明仕官中、淵明に代わって田園の耕作に従事していたのであろう。〈都留解〉「嬉しげに走り出て出迎える小供たち、召使たち。それのできぬ幼な子は、付き添われて門のところで待っている」、「『僮僕』は普通、召使いの意ととるが、ここは僮（童）と僕（下僕）の意であろう」。

◯詳解23　16稚子は序に幼稚盈室とある。稚の字を足利本は雉の字に作り、16〈呂延済注〉に「雉は小なり」というが、雉・稚は通用しない。『文選』には稚子が六例あるが、雉子に作るのはここの足利本だけである。雉の字に作るのは誤りであろう。

◯詳解24　15歓迎と16候門は家の外に出ての出迎えをいうが、淵明の帰りを待ちに待った家族の喜悦がよく表われている。出迎えの中に妻をいわない。妻をいわないのはここだけではなく、淵明は妻を詩にしない。なお『佩文韻府』は淵明のこの歓迎・候門を最初の用例とする。

17［三逕］三つの小道。逕は小道。細道。径に通ず。［就荒］荒れかかる。荒れはじめる。〈李善注〉「三輔決録（佚）に曰はく、蔣詡、字は元卿。舎中に三逕あり。唯だ羊仲・求仲のみ之に従ひて遊ぶ。皆な廉を挫《くじ》かれ、名を逃れて出でず」。蔣詡は前漢の人。隠者。『漢書』巻七二に伝がある。舎中は建物の中。庭。羊仲・求仲は隠士。挫廉は廉直さを摧《くだ》かれる。逃名は名声から逃れる。名声を求めない。不出は俗世に出ない。三逕に身を置くことをいう。〈李周翰注〉「昔、蔣詡は幽深に隠居し三逕を開く。潜も亦た之を慕ふ。言ふこころは久しく行かざれば已に荒蕪に就くなりと」。幽深は奥深い処。

18［松菊］松と菊。［猶存］（三逕就荒であるがそれでも）やはり存在している。荒れずにある。

◯詳解25　〈何焯解〉に「三径就荒より撫孤松而盤桓に至るまでは、其の園に得る所の者を叙す」とある。17から32までは園内の描写であるとする。

◯詳解26　17三逕は松・菊・竹それぞれの小道三つをいうようだが、『漢書』巻七二蔣詡伝、淵明の『集聖賢群輔録』上、および『太平御覧』巻五一〇・『北堂書鈔』巻五〇九に引く嵆康の『高士伝』蔣詡にはそのことをいわない。ただ『蒙求』巻上の蔣詡三逕に引く『三輔決録』には「詡は舎中の竹下に三逕を開く。唯だ故人の求仲・

羊仲のみ之に従ひて遊ぶ」とあり、竹の字が見える。なお三逕について『宋書』巻九三陶潜伝には次のような話を伝える。「親朋に謂ひて曰はく、聊か弦歌して以て三逕の資と為さんと欲す。可ならんかと。執事の者之を聞き、以て彭沢の令と為す」。弦歌は弦楽器を弾いて歌う。弦歌して武城を治めた子游の故事（『論語』陽貨篇）に基づき、役人になること。三逕之資は三逕を作る資本。隠居用のお金。これによると淵明が彭沢令に仕官したのは、三逕之資を得るためであった。

○詳解27　17三逕の中の二逕である18松・菊は淵明の愛する物である。菊は淵明の詩文に六回用いられるが、その二つをあげる。「酒は能く百慮を祛《はら》ひ、菊は解《よ》く頽齢を制す」（「九日閒居」）、「秋菊　佳色有り、露に裛れて其の英を掇る、此の憂ひを忘るる物に汎べ、我が世を達せんとする情を遠くす」（四〇頁）。淵明の菊は観賞用ではなく、酒に汎べて愛飲する薬用であった。応劭の『風俗通義』には「南陽の酈県に甘谷有りて、水は甘美なり。云ふ、其の山上に大菊有り。水は山上従り流れ下り、其の滋液を得。谷中に三十余家有り。復た井を穿たずして、悉く此の水を飲むに、上寿は百二三十、中は百余、下は七八十の者にして大夭と名づく。菊花は身を軽くし気を益し、人をして堅彊ならしむるが故なり」（『初学記』巻二七）とある。また松は淵明の詩文に十回用いられるが、その二つをあげる。「青松は東園に在り、衆草は其の姿を没す、凝霜は異類を殄《つ》くし、卓然として高枝を見はす」（「飲酒二十首」其の八）、「芳菊は林を開きて耀き、青松は巌に冠して列《なら》ぶ、懐ふ此の貞秀の姿は、卓として霜下の傑なるを」（「郭主簿に和す二首」其の二）。淵明の松は実景の描写ではあるが、同時に淵明自身の孤高の象徴表現である。『論語』子罕篇に「子曰はく、歳寒くして、然る後に松柏の彫むに後るるを知るなりと」とある。なお三逕の一つとされる竹は淵明の詩に八回みえるが、その一つをあげる。「花薬は分れて列び、林竹は翳如たり」（「時運」）。

19［携幼］幼児をひき連れる。携は手をつなぐ。　［入室］部屋に入る。〈李善注〉「戦国策（斉策）に曰はく、老を

23［倚］依りかかる。もたれる。［南窻］南側の窓。［寄慠］世俗を見くだす思いを寄せる。慠は傲に通じ、おごる、あなどる意。

24［審］明らかにする。はっきりと悟る。実感する。［容膝］膝を容れるほどの空間。狭い空間のことでわが家をいう。［易安］落ちつく。安心する。〈李善注〉「韓詩外伝（巻九）に、北郭先生の妻曰はく、今、駟を結び騎を列ぬるも、安んずる所は膝を容るるに過ぎず。食は前に方丈なりとも、甘しとする所は一肉に過ぎずと」。結駟列騎は四頭だての馬や車騎を列ねること。富貴をいう。方丈は一丈四方。広く多いことをいう。〈張銑注〉「北郭先生の妻云ふ、今、駟を結び騎を列ぬるも、安んずる所は膝を容るるに過ぎずと。言ふこころは審らかに此の事を思へば、則ち須ひる所は広きに非ず。亦た其の身を安んじ易しと謂ふべきなりと」。

○**詳解34**　23に倚南窻というのは南側の窓から南山を見ようとするのであろう。「菊を采る東籬の下、悠然として南山を望む」（三四頁）とある南山で、別の詩文では南嶺・南阜ともいう。これは連峰廬山のことでそこには神仙がおり沙門がいた。「真に謂ふべし、神明の区域にして列真の苑囿なりと」。（湛方生「廬山神仙の詩」序）、「一夫有りて、人の沙門の服を著《き》たるを見る。虚を凌ぎて直上す。既に至れば則ち身を迴らして其の鞍に踞《またが》る。良久《やや》しくして乃ち雲気と倶に滅ぶ。此れ道を得たる者に似たり」（「慧遠『廬山略記』）。世俗を絶ち帰田した淵明は、南窻に依りかかって神仙や沙門に思いを馳せたのではあるまいか。

○**詳解35**　23慠の字を〈陶澍本〉は傲の字に作り、慠と傲は通じる。23寄慠には〈李善注〉も〈五臣注〉もなく、『箋解古文真宝後集』巻一に「句解注に云ふ、南窓の下に徙倚して、以て世に傲《おご》るの情を寄す。傲は字彙に、慢なり、倨なり、又た楽なりと」とある。これによると傲は慢《あなど》る、倨《おご》るを第一義とし、楽しむを第二義とする。従って寄傲は世に傲る情を寄す（世俗を見くだす思いを寄せる）が原義で、世を傲《たの》しむ情を寄す（自分の世界を楽しむ思いを寄せる）が転義となる。なお傲の義が慢なり、倨なりから楽なりになるのは、淵明にはじまるかと思われる。

『説文解字』巻八上には「傲は倨なり」、『広韻』には「傲は慢なり、倨なり」、『広雅』釈詁には「傲は傷なり」とあり、『三国志』巻一二崔琰伝には「琰の此の書は世に傲《おご》りて怨謗すと白す者有り」、夏侯湛の「東方朔画賛」には「苟くも出づるも以て道を直くすべからざるなり。故に頡頏して以て世に傲《おご》る」とあり、これらの傲はすべて慢る、倨る意である。淵明の詩文には傲の字が五回用いられ、そのうちの三例は慢る、倨る意であるが、この「帰去来」の傲、「東軒の下に嘯傲し、聊か復た此の生を得たり」（四〇頁）の傲は楽しむ意のようである。因みに寄傲については〈吉川解〉「傲《たのし》みを寄すれば」と訓み「おのれの傲《おご》りを寄《あず》け得る」。〈一海解〉「傲《ごう》を寄《よ》せ」と訓み「ぜいたくな気分になるにまかせる」。〈都留解〉「傲《ごう》を寄《よ》せ」と訓み「何ものにも縛られないほしいままな精神を、心置きなく寄託できる」。〈花房解〉「慠《ごう》を寄《よ》せ」と訓み「気ままに暮らして、少しも遠慮するところがない」。また嘯慠については〈斯波解〉「嘯傲《セウガウ》す」と訓み「解放された気持で嘯く」。〈吉川解〉「嘯《うそむ》き傲《あそ》びて」。〈一海解〉「嘯傲《しょうごう》す」と訓み「嘯は口笛を吹くこと、傲は遠慮のいらない自分自身の世界ではねをのばすこと」。〈花房解〉「嘯傲《せうがう》して」と訓み「気ままに詠じ楽しむ」。

○詳解36　24〈李善注〉の『韓詩外伝』の北郭先生妻曰の前文には「楚の荘王は使ひをして金百斤を齎《たま》ひて北郭先生を聘せしむ」とあり、不過一肉の後文には「容膝の安きと一肉の味とを以て楚国の憂ひに殉ずるは、其れ可ならんかと。是に於て遂に聘に応ぜず」とある。李善がここに『韓詩外伝』を引くのは、仕官を拒否し容膝に安んじた北郭先生の信条に淵明を重ねるためである。北郭先生は隠者の風があり、それは二句前の22怡顔して、高く神仙の事を眄《み》た張良の風に通ずるものがある。淵明はそういう北郭先生や張良に心を寄せていた。

25［園］庭園。［日渉］毎日歩きまわる。渉はあちこち見て歩きまわる。［成趣］走ることになる。走り出す。これは趣は趨に通じるとする解。また趣きがある、おもしろくなる解もある。〈李善注〉「爾雅（釈宮）に曰はく、堂上には之を行と謂ひ、堂下には之を歩と謂ひ、門外には之を趨と謂ひ、中庭には之を走と謂ふと。郭璞曰はく、此れ皆な人の行歩し趨走する処、因りて以て名づくと。趨は避声なり。七喩の切」。行歩趨走之処は歩いたり走ったりする処。趨避声也について富永一登氏の教示によれば、『広韻』では七逾切（上平十虞韻）とする趨を、七喩切（去声十遇韻）に読ませる李善は、本来は虞韻であるべきだが某字を避けるために遇韻に読みかえたのであろうといい、その某字は特定しがたいとする。〈劉良注〉「言ふこころは田園の中、日日游渉すれば自ら佳趣を成すと」。游渉は楽しく歩きまわる。ぶらぶら歩きまわる。佳趣はすぐれた趣き。おもしろ味。

26［門］家の門。［設］設置する。造る。［関］門にかんぬきをする。閉める。

○詳解37　25成趣の趣の字について『文選考異』巻八に次のようにいう。「案ずるに、趣は当に趨に作るべし。善は爾雅に之を趨と謂ふを引きて注と為す。又た趨は避声なり。七喩の切と云ふ。是れ其れ本《もと》趨に作るは甚だ明らかなり。倘《も》し趣に作らば此の一節の注は全て附麗すること無し。五臣の良は注して自ら佳趣を成すと云ふ。乃ち趣に作るなり」。これによるともとは趨の字で李善は趨の字に作る版本に拠り、五臣の劉良は趣の字に作る版本に拠ったということになる。

○詳解38　25成趣を自成佳趣と解する25〈劉良注〉は理解できるが、門外謂之趨と解する25〈李善注〉はこの趨の字が上の成の字とどうかかわるのか、理解しがたい。郭璞注によると趨は門外を趨走する、その呼称であるという。その呼称の趨の字が成の字とどうつながるのか。〈都留解〉「毎日庭を散策すれば、そこにはおのずから味わうに足る興趣ができてくる」と訳し、「『渉』は歩きまわる意だが、次の『成趣』二字が、どうにもうまく読めない。どういう意味であろうか。訳は、かりの一解である。『趣』は趨《すう》に通じ、おもむく意がある。もしそれからさらに、おもむくところ→小道の意にとれれば、『成』との結びつきは具合がよいが、そうした使用例に欠ける。しかし、文の調べと合うかどうかは別の問題である。楊勇《ようゆう》氏によれば、あるテキストに『趣』を逕に作るという。吉川博士は趣《すう》と読み、小走りの意とされる。」〈吉川解〉「趣《すう》、すなわち小ばしりの歩調になりがちである」。〈一海解〉「足どりもはずみ」「小走りの歩き方になる」。〈花房解〉「ますますおもしろくて歩き回る」「『趣』をおもむきとする説もある」。門外を趨走するのを成趣（趨）と表現し、それは小走りの歩調をとることをいうのであろうか。よく分からないが、この時の淵明の気分は晴れやかで、軽やかなはずである。従って成趣（趨）は淵明のこうした気分を感じさせる意であることは確かであろう。

○**詳解39**　26門は淵明が安住する内なる田園の世界と、淵明が拒否する外なる俗世の世界との接点である。雖設而常関というのは俗人が外から内へ入ることを拒否する行為である。それは「廬を結びて人境に在り、而るに車馬の喧しき無し、君に問ふ何ぞ能く爾るやと、心遠くすれば地自ら偏なり」（三四頁）と同じ線上にある。

27［策］杖。策《つえつ》くとも訓む。［扶老］老いた身を支える。扶は杖をつき転ばぬように支える。老は淵明の老身をいう。「流憩」ぶらぶら歩いて休息する。自由にのんびり休憩する。〈李善注〉「易林（巻三・萃之第四十五）に曰はく、鳩杖は老を扶け、衣食は百口なりと」。鳩杖は鳩の飾りをつけた杖。百口は百人。〈呂延済注〉「杖を策きて以て老弱を扶け、周流して憩息《けいそく》するなり」。老弱は老いて弱い者。周流はあちこちぶらぶら歩く。憩息は休息する。

28［時］時には。時々。［矯首］頭を挙げる。遠くを見るさま。［遐観］はるか遠くながめる。〈李善注〉「王逸の楚辞（九章・惜誦の「茲の媚を矯げて以て私かに処る」の）注に曰はく、矯は挙なりと」。〈呂延済注〉「矯は挙なり」。

○**詳解40**　27策扶老の三字を扶老を策《つえつ》くと訓み、扶老を杖の名としそれをつくとする解がある。この解でも意は通じるが、28時に首を矯ぐとの対応から、いま、策もて老を扶くに従う。

○**詳解41**　27流憩について〈吉川解〉は「憩いを流《なが》くし」と訓み、〈一海解〉は「あちらこちらと歩きまわって休息する」といい、〈都留解〉は「『流憩』は、長く休息する意であろう。淵明以前の使用例を知らない。同じ語ではないが、淵明の『閑情の賦《ふ》』に、「夕陽《せきよう》を瞻《み》て流歎す」という例が見える。ときにぶつかるこうした彼の独自の語は、当時の文壇の主流にある人びとと、語彙の面での違いを示すとともに、淵明の文学の独自性をも示唆するであろう。なお『流憩』は、これまで普通には、風流―歩きまわっては憩う意にとるが、疑問を感ずる」とある。流憩をここで流《なが》く憩ふと訓むのは、28遐観を遐《はる》かに観ると訓むのに対応して、当を得ているであろう。

○詳解42　28遐観には李善は注しないが、張華の「鷦鷯の賦」に「天壌を普くして以て遐かに観るに、吾又た大小の如《したが》ふ所を知らんや」とある。五臣は暇観を遊観に作り、用例は王褒の「四子講徳論」に「詩書の門に偃息匍匐し、道徳の域に游観す」とある。また遐観・游観ではないが、『晋書』巻七九謝安伝には「嘗て王羲之と冶城に登る。悠然として遐かに想ひ、高世の志有り」とあり、『世説新語』言語篇は遐想を遠想に作る。遐観や游観、あるいは遐想・遠想は、超俗の世界をはるか見やり思いやる意を含むようである。とすると遐観も22怡顔・24容膝あるいは26常関と同じように、超俗志向を示唆する表現であるといえよう。

29［無心］心を虚無にすること。自然であること。［岫］くき。山のほら穴。〈李周翰注〉「言ふこころは雲は自然の気、心意無くして以て山岫の中より出づ。自ら心に事を営まずして自ら縦逸を為すに喩ふ」。山岫は山の穴。営事は事をはかる。心意をもつことをいう。縦逸はほしいままにすること。

30「倦飛」飛び疲れる。［還］ねぐらに帰る。〈李周翰注〉「言ふこころは鳥は昼に飛び勌《つか》れて暮に故林に還る。亦た猶ほ人日出でて作し、日入りて息ふがごとし」。故林は故の林。ねぐら。作は耕作する。

○詳解43　29雲無心の無心に李善は注しないが、たとえば『荘子』知北遊篇に「形は槁骸の若く、心は死灰の若し。真にして其れ実に知り、故を以て自ら持せず。媒媒晦晦として、心を無にして与に謀るべからず。彼は何人ぞや」とあるように、無心は老荘の語。槁骸は骸骨。死灰は火のない灰。ともに無心無欲のさまをいう。故は事。作為。媒媒晦晦は暗くて定かでないさま。また雲の字は淵明の詩文には二三回用いられ、その多くは自然の風物としての雲であるが、29〈李周翰注〉に自喩心不営事自為縦逸というように雲に淵明を重ねることもある。雲も淵明も不営事、縦逸つまり無心なる点で通じ合う。⑸詳解4（四八頁）参照。

○詳解44　30鳥倦飛而知還の倦飛とは30〈李周翰注〉の昼飛勧、人日出而作であり、それは淵明に即していえば仕官することである。知還とは30〈李周翰注〉の暮還故林、日入而息であり、それは辞職することである。また鳥の字は淵明の詩文には三二回用いられ、それは自然の風物としての鳥であるが、多く鳥に淵明を重ねる。それは雲と同様に束縛されず自由である点においてである。⑴詳解20（一二頁）、⑷1詳解9・10（三八頁）、⑷2詳解11・12・13（四四頁）、⑸詳解8・9・10・11（五〇・五一頁）参照。

○詳解45　29無心以出岫・30倦飛而知還は、自然の法則に従う雲・鳥の習性であり、淵明はこれに憧れこれを理想とするが、これについて〈都留解〉には「ここに詠ずる雲や鳥の行動、ないし在り方は、これまで接触のあった政治の世界の醜さと対比されていようけれど、それらは淵明の理想とする自然および真の具現としてのみ、このときの彼の目に映じていたのであろうか。雲や鳥の無心、自然は、俗物と対比して無心、自然であるけれども、それでは淵明自身は、俗界に対して、雲・鳥と同じ側に立っているとしてよいのであろうか。どうもかならずしも、そのようにばかりは受け取れない。むしろ淵明自身も、雲・鳥のごとく、完全に無心、自然、自由であり得ぬ存在として、みずから意識していたのではないかと思われる。その意味では、淵明自身も、やは雲や鳥と対比される存在だったのである。／そのことは、やがて次の第三段において、『琴書を楽しみて以て憂いを消さん』と詠ずるように、実は琴や読書で消さなければ消えない憂いを、このとき彼が心中深く抱いていたと考えられることによっても、想像できるであろう。彼もまた、俗界とは別の意味で、雲や鳥のごとく、無心、自然、自由では、かならずしもありえなくて、もろもろの複雑な想念を背負いつつ生きねばならぬ存在だったのである」とある。

31［景］日の光。［翳翳］日がかげりほの暗いさま。［将入］西に沈もうとする。〈李善注〉「丁儀の妻の寡婦の賦に曰はく、時は翳翳として稍く陰《かげ》り、日は亶亶として以て西に墜つと」。

32［撫］手でさする。親しむ。［孤松］一本松。ぽつんと立つ松。［盤桓］立ち去りがたいさま。じっとしているさま。〈李善注〉「爾雅に曰はく、盤桓は進まざるなりと」。〈呂向注〉「撫は攀なり。謂ふこころは其の堅貞なるを賞す。故に盤桓して之を恋ふと。盤桓は行きて進まざる皃」。攀はすがる。頼る。堅貞は心が堅く正しい。

○詳解46　『芸文類聚』巻三四は31〈李善注〉の丁儀を魏丁廙に、稍を東に作る。また32〈李善注〉の『爾雅』は『広雅』（釈訓）の誤りであろう。『文選李善注引書攷証』は張衡「西京の賦」、潘岳「西征の賦」、王粲「登楼の賦」に引く李善注の「広雅曰、盤桓不進也」を挙げる。

○詳解47　淵明の詩には日暮をうたう詩が少なくなく、31景翳翳以将入もその一つである。日暮れといえば悲哀や寂寥の感情を伴うが、本句の日暮れは前二句との関連かして心地よい快適な時間であるように思われる。つまり29から32までは「山気　日夕に佳く、飛鳥相ひ与に還る、此の還ることに真意有り、弁ぜんと欲するも已に言を忘る」（三四頁）の詩意に近いと思われる。日夕佳は日暮の美しい時間である。

○詳解48　31の日暮をこのように解すると、32撫孤松而盤桓の淵明の心情も心地よくて快適でなくてはならない。つまり孤松の孤は悲哀や寂寥を表すのではなく、松に対する淵明の憧憬ないし孤高の強さを表すのが孤であるとみるべきであろう。なお松については詳解27（八〇頁）参照。

○詳解49　13より32まで第二解。前半四字句、後半六字句。韻字は奔・門・存・罇・顔・安・関・観・還・桓。わが家に着いた直後、あるいはそれよりあまり経過していない頃の描写。家族に迎えられて帰宅し、日々のくつろいだ生活を歓び満足感を覚える。

33［帰去来兮］1注・詳解4（七二頁）参照。

34［請］願う。～したい。［息交以絶游］（世俗との）交游を息《や》め絶つ。息絶交游の意。〈李善注〉「列子（楊朱篇）

に曰はく、公孫穆は親昵を屏《しりぞ》け、交游を絶つと」。公孫穆は鄭の大夫子産の弟。親昵は親愛の人。

○詳解50　33帰去来兮は本作品冒頭の帰去来兮のくり返し。冒頭句では田園将蕪を帰去来兮の理由とするが、ここでは請息交以絶游をその理由とする。一方は自然を、他方は人事を理由とするが、趣旨は同じである。つまり自然に帰るということは、人事を絶つということである。

○詳解51　34〈李善注〉の『列子』には「子産は鄭に相とし、国の政を専らにすること三年。（略）而して兄有りて公孫朝と曰ひ、弟有りて公孫穆と曰ふ。朝は酒を好み、穆は色を好めり。（略）穆の後庭、房を比ぶること数十。皆な稚歯婑媠なる者を択びて以て之に盈たす。其の色に耽《ふ》けるに方《あた》るや、親昵を屏け、交游を絶ち、後庭に逃れ、昼を以て夜に足し、三月にして一たび出づるも、意猶ほ未だ慊《こころよ》からず。（略）朝・穆曰はく、（略）凡そ生は遇ひ難くして死は及び易し。遇ひ難きの生を以て及び易きの死を俟つは孰念すべし。而るに礼義を尊びて以て人に夸《ほこ》り、情性を矯めて以て名を招かんと欲す。吾此れ以て為さば死するに若かず。一生の歓びを尽くし当年の楽しみを窮めんと欲するが為に、唯だ腹溢れて口の飲を恣にするを得ず、力憊《つか》れて情を色に肆にするを得ざるを患へて、名声の醜・性命の危を憂ふるに遑あらざるなり」とある。後庭は宮女のいる処。房は部屋。稚歯は年若い者。婑媠は美しい女。生之難遇は生は求めても得がたい。死之易及は死は簡単にやってくる。孰念は深く考える。孰は熟の意。招名は名誉を求める。吾以此為は私がこのことをするのであれば。此は而欲から招名までをさす。この話によると絶交游は公孫穆の好色を批判する語であるが、公孫朝・公孫穆はこれを礼儀によらず情性のままの行為で、一生歓・当年楽であるとする。従って李善がここに『列子』を引く意図は、公孫朝・公孫穆の意を含めているのだろう。

35［世与我］世俗と私と。［而相遺］互いに棄てる。而は助字。遺は棄てる。忘れる。〈陶澍本〉は遺の字を違の字に作る。違はたがえる。そむく。

36［復駕言兮］ふたたび車に乗る。復は再び。あるいは助字か。駕は車を馬につける。乗る。言は助字。兮は助字。［焉求］何を求めたりしよう。何も求めはしない。〈李善注〉「桓子新論（佚）に曰はく、凡そ人の性は極め難きなり。知り難きなり。故に其の絶異なる者は常に世俗の遺失する所と為ると。毛詩（邶風・泉水）に曰はく、駕して言《ここ》に出遊すと。又た（毛詩・王風・黍離に）曰はく、我を知る者は我が心憂ふと謂ひ、我を知らざる者は我何をか求めんと謂ふと」。性は性質。性情。生来的なもの。其絶異者は（世俗の人に比べて）性が絶《はなは》だ異なり変わっている者。遺失は棄てる。忘れる。〈張銑注〉「焉は何なり」。

○詳解52　35而の字を訓読みすれば世と我として相ひ遺つとなるか。また36兮の字は本作品では1・33帰去来兮、39農人告余以春兮の四回用いられる。ただし39兮の字は〈陶澍本〉は及の字に作る。及の字ならば39は農人余に告ぐるに春の及べるを以てすと訓む。兮の字は『楚辞』に多様される助字であることから、「帰去来」は南方の作品であることを物語る。

○詳解53　36〈李善注〉の『桓子新論』を35世与我而相遺の出典とすると、李善は淵明の性は難極・難知・其絶異者とみなしたのであろう。

○詳解54　36〈李善注〉の『毛詩』の駕言出遊は36駕言の出典であるが、淵明は車に乗る意の駕を役人となって車に乗る意に用いる。また又曰の『毛詩』は36焉求の出典であるが、これは字を借りただけである。

○詳解55　35世与我而相遺・36復駕言兮焉求は、きっぱりと世俗を遺てきり、復び役人となって駕することもせず、世俗に何も求めはせぬという決して揺らぎ迷うことのない断言であると理解したい。換言すれば33帰去来兮・34請息交以絶游の完全なる実践・実行であると理解したい。とすると遺の字よりも35〈陶澍本〉の違の字がこの時の淵明の思いにふさわしいであろう。「癸卯の歳一二月中の作、従弟の敬遠に与ふ」の冒頭には絶の字を用いる。「跡を衡門の下に寝《やす》め、邈かに世と相ひ絶つ。顧盼するも誰をか知る莫く、荊扉は昼も長く閉《と》づ」。

37［悦］気に入る。心に満足しうれしく思う。［親威］父母兄弟。ここでは妻や子らの身内をいうのであろう。［情話］心のこもったいい話。〈李善注〉「説文（巻三上）に曰はく、話は会合して善言を為すと」。会合は寄り集まる。善言は好ましく美しい言葉。

38［楽］心におもしろく感じる。［琴書］琴と書物。［消憂］憂いをなくする。憂は心を傷め事を気づかうこと。〈李善注〉「劉歆の遂初の賦に曰はく、琴書を玩びて以て滌暢すと」。滌暢は（悪いものや汚れを）とり除いてのびのびする。

○**詳解56**　37情話の用例は淵明以前には見えないが、37〈李善注〉の『説文』には話の字には元来善言の意があるとする。従って情話は〈吉川解〉にあるように「情《まこと》あるうそのない話《ことば》」、「それは役所における会話、軍閥の幕府における会話とは、たしかにことなって、心にしみいるばかりたのしい」話となる。換言すれば素朴で純粋、たわいのない話である。淵明はそれを聞くのがうれしいという。

○**詳解57**　38琴書は淵明の慰み物。書については「好んで書を読むも、甚だしくは解するを求めず。意に会する有る毎に、便ち欣然として食を忘る」（一一〇頁）とあり、詳解8（一一五頁）参照。琴については「潜は音声を解さずして、素琴一張を畜ふ。弦無し。酒の適《かな》ふこと有る毎に、輒ち撫弄して以て其の意を寄す」（『宋書』巻五三陶潜伝）とある。

○**詳解58**　38消憂の憂の実体は何か。それは、37親戚之情話や38琴書で消すことのできる憂であるが、本作品の全体から考えるといくつか指摘することができる。その一は3既自以心為形役から、役人になったときの心の形への隷属化。その二は35世与我而相遺・36復駕言兮焉求から、遺てきると断言しながら遺てきれずにいる世俗への未練。その三は50寓形宇内復幾時・51曷不委心任去留・52胡為遑遑欲何之から、死に対する恐怖。その四は官位にあっても田園に帰っても変わることなく、常に胸中にもやもやしている名状しがたい何かである。淵明の詩には憂の実体を明言しがたいものもある。たとえば悵恨（憂い歎くこと）の語で唐突にはじまる次の詩「園田の居に帰る五首」其の五はそうである。「悵恨して独り策《つゑ》つきて還らんとし、崎嶇として榛曲を歴たり、山澗は清く且つ浅く、以て吾が足を濯ふべし、我が新熟の酒を漉《こ》し、隻鶏もて近局を招く、日入りて室中は闇く、荊薪もて明燭に代ふ、歓び来たりて夕の短きに苦しみ、已に復た天旭に至る」。ところで憂の実体として四つ挙げたが、38消憂の憂は段落構成からするとここはその二か。構成を意識しなければその四もある。〈都留解〉「ここに言う憂いとは、どういう憂いであったのだろうか。背を向けたとはいうものの、世の動きに無関心であれたわけではない。現代の平和が、絶えざる努力の上に保たれるように、淵明の平和も、俗世に対する知的配慮をともなって保たれる。無関心でありえようはずがない。その間には、世上の目を覆うような出来事からの憂いもあるであろう。しかしまた、淵明が人間として抱いていた哲学的な懐疑、憂愁というものもあるであろう」。

39［農人］農夫。百姓。［告余以春兮］春が来たと私に報告する。兮の字は詳解52（九一頁）参照。

40［有事］仕事がある。耕作する。［西疇］（家の）西側の畑。〈李善注〉「賈逵の国語（周語下の「田疇は荒蕪す」）の注（佚）に曰はく、一井を疇と為すと」。〈劉良注〉「有事は耕作を謂ふなり。西疇は潜の居る所の西を謂ふなり。疇は田なり」。一井は一里四方の田地。

○**詳解59**　40〈李善注〉に引く賈逵注の一井為疇の本文が「田疇荒蕪」であるとすると、この李善注は2田園将蕪を意識するものであろう。

○**詳解60**　39農人告余以春兮の春は本詩における季節を表す唯一の語であり、これは本作品の制作時期を考える要素となる。詳解99（一〇七頁）参照。

41［命］命令して用意させる。［巾車］飾りをつけた車。巾でおおった車。幌つきの車。〈李善注〉「孔叢子（記問篇）に、孔子歌ひて曰はく、巾車に駕を命じ、将に唐都に適かんとすと。鄭玄の周礼（春官・宗伯の「巾車は下大夫二人」の）注に曰はく、巾は猶は衣のごときなりと」。巾車は車係の長。駕は馬車。唐都は帝堯唐陶氏の都。平陽。〈呂延済注〉「巾は飾なり」。

42［棹］棹で船を進める。漕ぐ。［孤舟］一艘の舟。〈呂延済注〉「言ふこころは其の車を装飾し、或いは棹を孤舟に挙げ、将に游行せんとするなりと」。挙棹は棹を動かす。游行は出かける。ぶらぶらする。

○詳解61　41・42について〈吉川解〉には「農地に出かけるには、車にも乗る。舟にも乗る」、〈都留解〉には「耕作には幌車《ほろぐるま》を命ずることもあり、またひとひらの小舟に棹さすこともある。」とあり、41或命巾車・42或棹孤舟は40西疇に畑仕事に行くための乗り物とする。この二句は畑仕事とは関係なく、淵明が日ごろあたりを散策し遊覧するための乗り物で、43既窈窕以尋壑以下、その乗り物から見た風景描写と解することもできなくはない。ただこのように解すると、39農人告余以春兮・40将有事乎西疇がここで切れてしまい、収まりが悪いように思われる。従って41・42は畑仕事へ行くための乗り物であり、46泉涓涓而始流までは乗り物から見た風景描写と解するのが妥当であろう。なお〈何焯解〉に「（39）農人告余以春及より（48）感吾生之行休に至るまで、其の田に得る所の者を叙す」というのは、畑仕事に行く時の風景とするのであろう。

○詳解62　41巾車について用例を整理すると、四つになる。その一は車係の長。41〈李善注〉の鄭玄注には続けて「巾車は車官の長」とあり、41〈李善注〉の『孔叢子』、張衡の「西京の賦」の「巾車に駕を命じ、旆《はた》を廻らして右に移る」にある巾車がそれである。これによると、41は或いは巾車に命ずと訓み、訳は車係の長に命じて用意をさせたりするとなる。その二は車を飾る。41〈李善注〉の『周礼』の疏に「釈に曰はく、（鄭玄注の）巾は猶ほ衣のごときなりとは、謂ふこころは玉・金・象・革等を以て其の車を衣飾す。故に巾は猶ほ衣のごとしと訓ず」とあり、41〈李善注〉の鄭玄注、〈呂延済注〉がそれである。これによると、41は或いは車を巾《かざ》らんことを命ず、または或いは命じて車を巾《かざ》らしむと訓み、訳は車を（巾や玉・金などで）飾らせたりするとなる。その三は巾《ぬの》で覆った車、幌《ほろ》つきの車。この用例は見えないが、対になる42の孤舟（孤《ひと》つの舟）からして巾《かざ》りし車、巾《おほ》ひし車の意に解する。これによると、41は或いは巾車を命ずと訓み、訳は幌《ほろ》つきの車を用意させたりするとなる。その四は（粗末な）車におおいをかける。これは江淹「雑体詩三十首」の陶潜・田居に「日は暮れて柴車に巾《おほひ》し、路は闇くして光已に夕《く》る」とあり、その李善注の「帰去来に曰はく、或いは柴車に巾すと」による。これはその二に近いが、或命巾車ではなく或巾柴車によるので、訳は粗末な車におおいをかけたりするとなる。さて41・42或命巾車・或棹孤舟が40西疇に行く乗り物をいうのであれば、その三またはその四がよかろう。

○詳解63　42或棹孤舟とは畑仕事に行くのに舟を用いること。秋の収穫をうたう「丙辰の歳八月中、下潠の田舎に於て穫す」には「檝《かぢ》を揚げて平湖を越え、汎《あまね》く清壑に随ひて廻る、鬱鬱たり荒山の裏、猿声は閑かにして且つ長し、悲風は静夜を愛し、林鳥は晨《あした》の開くを喜ぶ」とあり、舟で畑仕事に行ったことがわかる。

○詳解64　42孤舟の孤は詩意からして舟を数える一艘の意であり、寂寥・孤独の情はない。却って舟が孤であることを楽しんでいるようである。淵明の詩にはもう一つ孤舟の用例がある。(1)9・10の「眇眇として孤舟逝き、緜緜として帰思紆はる」（三頁）。詳解16（一〇頁）参照。この孤舟には寂寥・孤独がある。なお孤舟の孤を柴車の柴と対応させると、孤には卑しい、粗末な意を含むかもしれない。

○詳解65　41或～42或～は、～したり～したりする、～する時もあり～する時もある。40西疇に行くのに、巾車を命じて行くこともあれば、孤舟に棹さして行くこともある意。

43［窈窕］奥深いさま。［壑］谷。谷川。〈李善注〉「（謝霊運の「南山に於て北山に往かんとし湖中を経て瞻望す」の「側逕は既に窈窕たり」の李善注に引く）曹攄の石荊州に贈る詩に曰はく、（轗軻として石行は難く）窈窕として山道は深しと」。側逕は坂道。轗軻は車の行きなやむさま。石行は石の多い道。〈李周翰注〉「窈窕は長深の皃。壑は澗水なり。謂ふこころは舡《ふね》を行《や》りて以て之を尋ぬるなりと」。澗水は谷川の水。行舡は舟を進める。

44［崎嶇］険しいさま。不安定なさま。凹凸の激しいさま。〈李善注〉「埤蒼（佚）に曰はく、崎嶇は安からざるの貌と」。不安は不安定。落ちつかない。〈李周翰注〉「崎嶇は険なり。車に駕して以て之を渉るなり」。駕車は車に馬をつける。

○詳解66　43既〜44亦〜は、〜したうえにさらに〜する意で、41或〜42或〜に似た句法。

○詳解67　43既窈窕以尋壑は42或棹孤舟を、44亦崎嶇而経丘は41或命巾車を受けて、奥深く谷川を尋ねるのは一艘の舟、険しく丘を通り過ぎるのは幌つきの車ということになる。

45［欣欣］喜び楽しむさま。うれしそうに生き生きとするさま。［向栄］栄が咲く方向に向かう。木々の花が咲きはじめる。〈李善注〉「毛萇詩（大雅・鳧鷖）の「旨酒は欣欣たり、燔炙は芬芬たり」」の伝に曰はく、欣欣は楽しむなりと」。旨酒は美酒。燔炙は焼き肉。芬芬は香りの高いさま。〈呂向注〉「欣欣は春色の皃」。春色は春の景色。

46［涓涓］水の流れの少ないさま。ちょろちょろと流れるさま。涓は涓の俗字。［始流］流れ始める。ようやく流れ出だす。始は〜しはじめる。ようやく。やっと。〈李善注〉「(孔子)家語（観周篇）に、金人の銘に曰はく、涓涓に壅《ふせ》がざれば、江と為り河と為ると」。涓涓不壅は流れが少ないときに防がなければ。〈呂向注〉「涓涓は泉の流るる皃」

○詳解68　45木欣欣以向栄は41或命巾車・44亦崎嶇而経丘とあわせて40西疇に行く陸の描写、46泉涓涓而始流は42或棹孤舟・43既窈窕以尋壑とあわせて40西疇に行く川の描写で、ともに春を迎えた自然界の生命の喜びをうたう。

○詳解69　45木が欣欣としているという用例は淵明以前にはないようである。45〈李善注〉の『毛萇詩』旨酒欣欣は公尸が旨酒を欣欣として楽しむ意である。

47［善］善しとする。是認する。［万物］ありとあらゆる物。［得時］然るべき時にかなう。時宜を得る。〈李善注〉「大戴礼に曰はく、君道当たれば則ち万物は皆な其の宜しきを得と」。君道当は君王の道が正しく行われる。

48［感］心が動く。［吾生］私の生命。［行休］死に近づく。〈李善注〉「郭璞の遊仙詩（七首・其の四）に曰はく、吾が生は独り化せずと。荘子（刻意篇）に曰はく、其の生は浮くが若く、其の死は休するが若しと」。不化は変えることができない。〈張銑注〉「休は死を謂ふなり。言ふこころは吾が人生の行ゝ将に死せんとするに感ずと」。

○詳解70　47得時の用例として李善は『大戴礼』を引くが、今本『大戴礼』にはなく、『列子』説符篇に「施氏曰はく、凡そ時を得る者は昌え、時を失ふ者は亡ぶと」とある。また48吾生之行休は淵明の「斜川に游ぶ」に「開歳倏ち五日、吾が生は行ゝ帰休せんとす」とある。

○詳解71　47善万物之得時と48感吾生之行休とは対句で内容は対照的である。万物は時を得ているが、吾が生は時を得ず、行ゆく休するとする。時を得た万物の中に身を置いてなお、万物に融合できず、吾が生の死に思いをいたさずにはいられない、淵明の苦悩がにじみでる。〈都留解〉「ここに至って淵明は、自分が田園の自然にも一体となれない、別個の存在であることを感ずる。死をめぐって、自然と自己との間に、越えがたいギャップがあり、そこに自己と自然との存在の相違を感ずる。彼にとっての死の問題は、彼の詩に幾度か詠じられるけれども、しかしここでは、死の問題もさることながら、それよりも、彼が田園の自然に対しても、結局孤独であったことが問題であろう」。

○詳解72　33より48まで第三解。六字句が中心。韻字は游・求・憂・疇・舟・丘・流・休。再び帰去来兮の四字を用い世俗と絶った田園生活を描写する。親戚との話や琴・書物を楽しみ、車や舟に乗って畑仕事に出かけ、近郊を散策する生活の中で、死に近づきつつあることを傷む。

49［已矣乎］どうしようもない。嘆きの辞。

50［寓］身を寄せる。仮りずまいとする。［形］肉体。［宇内］天下。天地の間。［復］助辞。［幾時］どれほどの時間。〈李善注〉「尸子（佚）に老萊子曰はく、人の天地の間に生まるるは寄なりと」。寄は身を寄せる。仮りずまい。〈劉良注〉「寓は寄なり」。

○詳解73　49已矣乎は『論語』公冶長篇に「已んぬる矣乎、吾未だ能く其の過ちを見て、内に自ら訟《せ》むる者を見ざるなりと」、衛霊公篇に「已んぬる矣乎、吾未だ徳を好むこと色を好むが如くする者を見ざるなりと」とある。また淵明詩文の例としては、「知音　苟くも存せずんば、已ぬる矣何の悲しむ所ぞ」（四六頁）、「故に夷・皓に安くにか帰せんの歎有り、三閭は已んぬる矣の哀を発す」（「士の不遇に感ずる賦」序）とある。(5)12注・詳解14（五二頁）参照。

○詳解74　50寓形宇内復幾時はこの世は仮寓でどれほども生きられない（せいぜい百年である）ことをいう。寓ではなく本宅をいうのが帰。帰は帰るべき処に帰る意で死をいう。59の聊乗化以帰尽がそれである。なお50は前段の最終句の感吾生之行休を受ける。

51［曷］どうして。［委心］心をまかせる。［任去留］この世を去るとこの世に留まるとにまかせる。自然・運命のままにまかせる。〈李善注〉「（嵆康の）琴の賦に曰はく、（万物を斉しくして超として自得し）性命に委ねて去留に任すと」。性命は本性と運命。〈劉良注〉「曷は何なり。言ふこころは何ぞ常俗の心を委棄して性を去留に任せざるやと」。常俗之心は俗心。委棄は棄てる。性は本性。

52［胡為］どうして。胡は何に同じ。［遑遑］心落ちつかずうろうろするさま。あわてるさま。［欲何之］どこに行きたいのか。どこに行くつもりか。〈李善注〉「孟子（滕文公篇下）に曰はく、伝に云ふ、孔子は三月　君無ければ、則ち遑遑如たりと。孔叢子（記問篇）に、孔子歌ひて曰はく、（大道は隠れて礼を基と為し、賢人は竄《かく》れて将に時を待たんとす）天下は一の如し。何くにか之かんと欲すると」。伝は言い伝え。三月無君は三ヵ月間、君王がいない。大道は老子の無為自然の道。待時は出仕する時を待つ。如一は同じ。変わらない。

○詳解75　51委心と類似の用例として淵明に「懐ひを委ぬ」、「運に委ぬ」がある。「弱齢より事外に寄せ、懐ひを委ぬるは琴書に在りき」(三頁)、「甚だしく念へば吾が生を傷ひ、正に宜しく運に委ぬべし」(「神の釈」)。これらは人為を加えず、心のまま自然のままに任せることをいう。51〈李善注〉の「琴の賦」の委性命もその意である。

○詳解76　51去留は「五柳先生の伝」にも「既に酔ひて退くに、曾て情を去留に吝かにせず」(一一一頁)とあり、酔えばその席を去るか、その席に留まるかは明確であり、未練がましく情をひきずることはないという。任去留とは生死をまかせることで、内容的には委心の言い換えである。

○詳解77　52欲何之の何(何れの処)は二つの処が予想される。一つは52〈李善注〉の『孟子』から仕官することで、それは53富貴を求める処。もう一つは54帝郷から不老不死の世界。淵明はこの二つの処を否定する。

○詳解78　淵明は自己の死に対してしばしば言及するが、ここには三首引用する。「世は短くして意は常に多く、斯の人は久生を楽《ねが》ふ」(「九日閒居」)、「古従り皆な没する有り、之を念へば中心焦がる」(「己酉の歳、九月九日」)、「日月は還《めぐ》りて復た周るも、我去らば再びは陽ならず」(「雑詩十二首」其の三)。自己の死をうたう49・50・51に対して〈吉川解〉には「しかしよそう。おのれの思索は、この点でも、一つの安定に達しかけたようである。人間も、木のように、泉のように、自然に生きようではないか。肉体を宇宙のなかに寄寓させているのが、人間の一生、長い一生もあれば、短い一生もあるが、それは荘子がよくいうように、相対的な差異にすぎない。それがどれだけの時間と、もはやあげつらうまい。心を自然にゆだね、たいらかにして、この世を去るべきときにこの世を去り、この世に留まるべきあいだは留まろうではないか」とあって安定に達したと評し、〈都留解〉には「彼にとってのこの諦念は、能動的に高次の世界に飛翔して得られた悟りというより、受動的にそうならざるを得なくて、そうなった心境のごとく見受けられる。悟りというより一種の諦めであろう。／したがって、ここで詠じられた言葉は他に向ってというより、淵明自身に向って発せられたものであろうが、『曷《な》んぞ心を委ねて去留に任ぜざる』という句からは、高次の悟りの持つある明朗さが感ぜられず、むしろどことなく、歯切れの悪さ、往生ぎわの悪さに似たものが感じられはすまいか。また『已矣乎』三字には、そうした彼の複雑な心理の屈折と切なさが、含まれているように思われる」とあって諦念と評する。50幾時・51曷不・52胡為などの、直叙文ではない語をたたみかけるのだが、これらの語を疑問形・反語形・詰問形のいずれかに限定すると、悟達とか諦観とか執着とか絶望とかに評されることになる。ここは一つに限定するのではなく、これらが渾然一体となった淵明の心情を吐露するものであると解するのが適当のように思われる。つまり〈都留解〉の「そうした彼の複雑な心理の屈折と切なさが、含まれているように思われる」ということである。

53［富貴］財物が多いことと身分が高いこと。［非吾願］私の願い求めることではない。〈李善注〉「大戴礼（戴徳篇）に、孔子曰はく、所謂賢人なる者は、躬は匹夫と為るも富貴を願はずと」。匹夫は身分の低い男。

54［帝郷］仙人の居所。［不可期］期待することはできない。期待しない。〈李善注〉「荘子（天地篇）に、華の封人　堯に謂ひて曰はく、彼の白雲に乗りて帝郷に至ると」。華は太華山か。封人は封境を守る役人。多く隠者であったという。〈呂延済注〉「帝郷は仙都なり」。

○詳解79　53〈李善注〉の『大戴礼』が53富貴非吾願の出典であるとすると、淵明は賢人ということになる。しかし54〈李善注〉の『荘子』によると、淵明は自分を封人とも仙人ともしない。54帝郷を否定するのは「即事如し已に高くんば、何ぞ必ずしも華嵩に升らん」（「五月旦の作、戴主簿に和す」）、「世間に松喬有るも、今に於て定めて何れの間にかあらん」（「連雨に独り飲む」）にもみられる。華嵩は華山と嵩山。ともに仙人の居所。松喬は赤松子と王子喬。ともに古代の仙人。

○詳解80　53富貴と54帝郷とを否定する淵明は、55以下最後60までの生き方を希求する。

55［懐］心がひかれる。楽しむ。［良辰］良い辰《とき》。吉日。天気がよく気持ちのいい日。［孤往］一人で出かける。

誰にも拘束されず自由な出かけをいう。〈李善注〉「(曹大家の)東征の賦に曰はく、良辰を選びて将に行かんとすと。淮南子要略(佚)に曰はく、山谷の人　天下を軽んじ、万物を細《いや》しとす。而して独り往く者なりと。司馬彪(佚)曰はく、独往とは自然に任せ、復た世を顧みずと」。山谷之人は山や谷に住む人。隠者をいう。不復顧世は世俗のことに関心を示さない。〈李周翰注〉「懐は安なり。孤は独なり。言ふこころは此の良辰に安んじ、独り田園に往きて以て其の性に習ふなり」。安は満足する。楽しむ。習其性は本性に慣れ親しむ。

56［或］あるときは。～もする。［植杖］杖を土中に突きさす。耘耔するために杖を手から離すことをいう。［耘耔］除草と土かけ。〈李善注〉「論語(微子篇)に曰はく、其の杖を植《た》てて耘《くさぎ》ると。毛詩(小雅・甫田)に曰はく、或いは耘り或いは耔《つちか》けすと」。〈李周翰注〉「植杖とは其の執る所の杖を田に挿し、以て田中の草を除くなり。耘耔とは除草を謂ふなり」。

○詳解81　55良辰の用例として55〈李善注〉には「東征の賦」をあげる。前文を補うと「惟れ永初の有七、余は子に随ひて東に征けり。時に孟春の吉日、良辰を選びて将に行かんとす」とあり、李善はこの注に『楚辞』九歌・東皇太一の「吉日辰良《よ》し、穆《つつし》んで将に上皇を愉《たの》しましめんとす」を引き、この王逸注には「日は甲乙を謂ひ、辰は寅卯を謂ふ」という。淵明詩には本例以外に次の二例がある。「茲の良辰を敬み、以て爾が躬を保んぜよ」(「龐参軍に答ふ」)、「良辰　奇懐に入り、杖を挈へて西廬に還る」(「劉柴桑に和す」)。また良時・良日の用例もある。「卜すれば云に嘉日、占へば亦た良時」(「子に命ず」)、「室に命じて童弱を携へ、良日に発して遠遊せん」(「劉柴桑に酬ゆ」)。これらの用例によると、良辰・良時・良日は何かをするのに縁起のいい時、日柄のいい日というのが本来の意味のようで、それが吉日であり、そこから天気のいい日、気持ちのいい日、心が晴れ晴れする日の意味が生じるのであろう。

○詳解82　55孤往とは55の司馬彪注にいうように、世俗には無関心で自然にわが身を委ねることで、世俗を棄てた隠者の行為。従って孤往の孤には孤独・寂寥はない。詳解48（八九頁）・詳解64（九五頁）参照。

○詳解83　56植杖而耘耔は56〈李善注〉の『論語』の植其杖而耘に拠り、それは植杖翁（荷蓧翁）のすることで、これまた隠者の行為。淵明は隠者と同じことをするというのである。

○詳解84　56〈李周翰注〉は耘耔の二字を除草に解するが、いま56〈李善注〉の『毛詩』小雅・甫田の毛伝「耘は草を除くなり。耔は本《もと》を雝《ふさ》ぐなり」に従う。雝は根もとに土をかける。

57［東皐］東の岡。［舒嘯］ゆるやかに詠う。心のびやかに詠う。嘯は口をすぼめて声を出す。声を永く引いて詩歌を詠う。〈李善注〉「阮籍の奏記に曰はく、将に東皐の陽に耕さんとすと。毛萇（詩・小雅・采菽の「彼の交は紓に匪ず」）の伝に曰はく、紓は緩なりと」。緩はゆるやか。ゆったりしている。〈呂向注〉「東皐は田を営むの所なり。春の事は東より起こる。故に東と云ふなり。皐は田なり」。春事は春の農事。39農人告余以春兮・40将有事乎西疇とある。

58［清流］清く澄んだ水の流れ。［賦詩］詩を作る。詩を詠う。〈李善注〉「（嵆康の）琴の賦に曰はく、清流に臨みて新詩を賦すと」。新詩は新しい詩。

○詳解85　57東皐の皐を57〈呂向注〉は田とし、57〈李善注〉に引く「奏記」の東皐に注する張銑は沢畔とする。沢畔は水辺の地。沼。〈呂向注〉が田とするのは57は56或植杖而耘耔の農事を受けると考えたのであろう。いまは田にも沢畔にも従わず、岡の意に解する。理由の一つは登東皐の登の字が高所に移る意であること。二つは57は58臨清流而賦詩に続くと考え、皐に登ったり清流（川）に行ったりと解することによって、43既窈窕以尋壑と44亦崎嶇而経丘とが同じ関係の構成になること。

○詳解86　57〈李善注〉の「奏記」とは「蔣公に詣る」で「籍は鄒・卜の徳無くして其の陋有り。猥《みだ》りに採擢せ見《ら》るるも以て称当する無し。方《まさ》将に東皐の陽に耕し、黍稷の税を輸《いた》し、以て当塗者の路を避けんとす」とある。鄒

ト は鄒衍と卜商。陋は心が狭いこと。採擢は登用すること。称当は職務に当たる。黍稷はきび。当途者は重要な地位にある者。為政者。李善が57東皐の典故として「奏記」を引く意図は、当途者の路を避けて東皐の陽に耕し、黍稷の税を輸すという隠者の行為を淵明に重ねることにあるのであろう。

○詳解87　57舒嘯の典故を李善は挙げないが、東皐の典故と同じ阮籍に次のような話がある。「阮歩兵の嘯、数百歩に聞こゆ。蘇門山中、忽ち真人有り。樵伐の者咸な共に伝説す。阮籍往きて観るに、其の人　厀《ひざ》を巌の側に擁するを見る。籍は嶺に登りて之に就き、箕踞して相ひ対す。（略）籍因りて之に対し、長嘯すること良《やや》久し。乃ち笑ひて曰はく、更に作すべしと。籍復た長嘯し、意尽きて退き還ること半嶺許《ばかり》にして、上に㗰然《しゅうぜん》として声有るを聞く。数部の鼓吹の如くにして林谷に響きを伝ふ。顧み看れば廼ち向《さき》の人の嘯するなり」（『世説新語』棲逸篇）。阮籍が嶺に登って長嘯することは、57登東皐以舒嘯に重ねることができ典故となり得よう。なお57〈李善注〉の毛萇詩伝の舒の字は今本は紓に作る。

○詳解88　57舒嘯の用例は『佩文韻府』には淵明のこれを最初とする。詳解87に引く『世説新語』では阮籍は長嘯している。長嘯は成公綏の「嘯の賦」にも「逸羣公子は体は奇にして好みは異なる。（略）邈かに俗を婞《こ》えて身を遺《わす》れ、乃ち慷慨して長嘯す」とあるように、超俗の隠者がする行為である。また舒嘯の舒は「嘯の賦」に「蓄思の悱憤を舒《の》べ、久結の纏綿を奮ふ」とあるのに従うと、鬱積した世俗の思いを発散して晴れやかになる意を含むようである。『「嘯」の歴史と字義の變遷』には「さてそこで最初問題にした帰去来辞の『登ッテ二東皐一以舒ニ嘯キ、臨ンデ二清流一而賦スレ詩ヲ』は如何か。字面よりすれば『舒嘯』と『賦詩』と対してゐるから吟詠（口ずさむ）であらうが、更にその内意を考へると必ずも吟詠でなく、むしろ優遊自適の高踏生活を表現するのであらう」（『青木正兒全集』第八巻・春秋社）とある。

○詳解89　57登東皐以舒嘯・58臨清流而賦詩は、上述の諸〻の出典から明かなように隠者の行為である。淵明が本作品の最後に至って竹林の七賢の阮籍と嵆康を典故に用いるのは、二人への絶大なる憧憬・傾倒を示すものであると理解してよいであろう。

59［聊］まあまあ。ともあれ。不十分ながら。不満足の意を含む。［乗化］変化によりかかる。自然の運行に身をまかせる。［帰尽］なくなる所に落ちつく。死ぬ。〈李善注〉「家語（本命解）に、孔子曰はく、陰陽に化し、形に象りて発す、之を生と謂ふ。化窮まり数尽く、之を死と謂ふと。荘子（田子方篇）に曰はく、生には萌《きざ》すに所有り、死には帰するに所有りと」。化は変化する。象形は物の形となる。数は命数。萌は事がはじまろうとする。帰は落ちつくべきところに落ちつく。〈張銑注〉「聊は且なり。乗化とは其の運会に乗ずるを謂ふなり。帰尽とは死を謂ふなり」。運会は自然の運行。めぐりあわせ。

60［楽夫天命］あの天命を楽しむ。天命は天と命。［復奚疑］何を疑おうか。疑うことは何もない。〈李善注〉「周易（繋辞伝上）に曰はく、天を楽しみ命を知る。故に憂へずと」。〈張銑注〉「奚は何なり」。

○**詳解90**　59聊の字について『文語解』巻五には「聊《イサヽカ》《シバラク》」とあって五つの用例をあげ「ミナ且略之辞ナリ」といい、続けて「コノ字マタ頼也ノ義アリ」といい、淵明の「帰去来」のこれと「飲酒二十首」其の七の「聊復得タリ二斯ノ生ヲ一」をあげ、「十分ナラザル所ヲ安スル意アリ」という。これによると淵明の二つの聊はイサヽカ、シバラクと訓むにしても、頼る意があり、十分に頼りたいが十分に頼れぬままそこに身を落ちつけてしまう意を含むことになる。つまり乗化以帰尽すことに十分に頼りたいが、十分に頼れぬままそれに身を落ちつけるというのである。十分を求めながら不十分を残す、割りきろうとするが割りきれぬ――この宙ぶらりんの曖昧さは60復奚疑の解釈に影響する。(1)詳解25（一五頁）参照。

○**詳解91**　59乗化は59〈李善注〉の『家語』によると陰陽の変化にまかせる意となる。陰と陽は天地の間にあり、この二気の変化作用によって、万物を生成させたり死滅させたりする。それはいわば人知・人力ではいかんともしがたい、自然の運行であり運命である。言い換えれば60天命である。つまり乗化とは自然の運行・運命・天命・命数に身をまかせるということである。なお同類の表現としては「翳然として化に乗じて去り、終天復た形はれず」(「従弟の仲徳を悲しむ」)、「窮通は慮る攸靡く、顛頽は化し遷るに由る」(「歳暮に張常侍に和す」)などがある。

○詳解92　59帰尽は59〈李善注〉の『家語』『荘子』によると陰陽の変化(自然の運行・運命・天命・命数)が窮まり尽き、帰すべき所に帰す意で、それは死を意味する。同類の表現として「運生は会《かなら》ず尽くるに帰す、終古より之を然りと謂へり」(「連雨に独り飲む」)、「常に恐る大化尽きて、気力の衰《すゐ》に及ばざるを」(「旧居に還る」)がある。

○詳解93　60楽夫天命復奚疑と60〈李善注〉が典故としてあげる『周易』は、楽夫天命と楽天知命とが重なり、復奚疑と故不憂とが重なる。とすると指示語の夫は『周易』のこの語をさし、天命は天と命の意となる。孔穎達の疏には「天道の常数に順ひ、性命の始終を知り、自然の理に任す」とあり、天は天道、命は性命であるとし、あわせて自然の理とする。つまり天と命とは同じことの言い換えである。従って楽天と知命とは同じ意である。この天命はまた「子夏曰はく、商は之を聞けり、死生に命有り、富貴は天に在りと」(『論語』顔淵篇)の天・命に同じで、邢昺の疏には「言ふこころは人の死生短長は各〻稟くる所の命有り、財富み位貴きは則ち天の与ふる所に在りと」という。天命の解釈は従来〈吉川解〉「天の命令」、〈一海解〉「天の示す運命」、〈小尾解〉「天から受けた運命」とされているが、いまは李善が天命の出典とする『周易』に従い、天と命の意に解する。

○詳解94　60復奚疑は何も疑うことはない意であるが、まったく憂えず晴れ晴れした心境になっているのであろうか。〈都留解〉に「結尾に『復た奚《なに》をか疑わん』と言うごとく、はたして自己の内包する懐疑・憂愁を、淵明はここで一切昇華してしまったのであろうか」とあるのは言い得ていよう。復奚疑という心境になり得るのは、楽夫天命が実現されてはじめて可能なのである。言い換えると楽夫天命が実現されなければ、復奚疑という心境にはなり得ないことになる。つまり復奚疑という心境になり得るか否かは、一に楽夫天命という条件が成るか成らぬかにかかっている。その意味においては復奚疑は何も疑わぬと割りきろうとして割りきれぬ心情の吐露であり、きわめて不安な要因を含む表現である。

○詳解95　59聊乗化以帰尽・60楽夫天命復奚疑に対して〈何焯解〉に「親戚・琴書は待ちて楽しきこと有り。乗化帰尽は復た何をか待たんや。浅く之を言へば憂ひを銷《け》し、深く之を言へば天を楽しめり。庶幾くは其れ形の役と為さざる者ならん」とある。親戚は37、琴書・銷憂は38、為形役は3の語である。

○詳解96　49より60まで第四解。字句は不統一。韻字は時・之・期・耔・詩・疑。已矣乎ではじめて死を凝視する描写。富貴も神仙も期待せず隠者の生活をして、生死は自然のままに任せるというが、割りきれぬ思いを残して苦悶する。

○詳解97　本作品の段落について。本作品は換韻により四解とし、各解の句数および解意については解ごとに記した。これは〈小尾解〉に従うが、〈吉川解〉〈都留解〉は52以下を四解とする。

○詳解98　段落相互の関係について。第一解と第三解は帰去来兮で起こし、第四解は已矣乎で起こす。第一解と第三解の帰去来兮には、これに続く内容からやや違いがみえるが、結果は一つである。第一解の1帰去来兮は2田園将蕪胡不帰とあるように、蕪れた田園に帰るというのである。これに対して第三解のそれは34請息交以絶游とあるように交游を息絶するというのである。第一解は田園への帰還、第三解は俗世からの脱出であり、それは結果的には束縛のない自然への回帰という点で、一つになる。第二解は第一解を承けて田園に帰った後の生活をうたい、前半八句は四字句、後半一二句は六字句とする。四字句は田園の風物を緩むことなく直に描出し、以・而の助辞を含む六字句は緩く暢びやかに描出する。第四解はそれまでの解がおおむね四字句・六字句を基本としたのに対して、四字句を用いず、三字句一句、五字句二句、六字句五句、七字句四句でばらばらである。このことは淵明の心情が揺れていることの表れであろう。心情の揺れとは死に対する悟達↑↓諦観、執着↑↓絶望である。改めて段落相互の関係をみると、第三解までの各解の最後の二句（11・12、31・32、47・48）は、それ以前の句が明るいのに対して暗い。第三解の最後の二句ではじめて死が提示され、それが第四解に受けつがれる。

○詳解99　本作品の制作時期について。本作品に描かれているのは、序および39からすると乙巳歳（義熙元年・四〇五）の十一月から翌年の春までの間である。とすると本作品は十一月または春に書かれたことになる。十一月説ならば第三解・第四解の春以降の描写は、想像の表現となる。春説ならば第一解説・第二解は回想の表現となる。第三解・第四解を想像の作とするにはあまりに生ま生ましくて実感がこもりすぎており、春説とするのが穏当であろう。従って序に命篇曰帰去来兮、乙巳歳十一月也とあるのは、本作品の完成をいうのではないことになる。第一解と第二解は十一月に書きおき、第三解と第四解は春になって書き加えたとする説も十分に考え得るのではないか。

○詳解100　本作品の主題について。帰去来兮を二回用いて田園に帰り、交游を息絶し、束縛のない自然へ回帰し得たということよりすれば、本作品の主題は歓喜にある。確かに第一解・第二解・第三解の各解の最後の二句を除く句はそうであろうが、そう考えると第三解までの最後の二句および第四解の位置づけが困難となる。第三解までの最後の二句は第四解を導く伏線であり、主題はここにあるとするのが妥当であろう。それは死を凝視し、揺れ動く自分を発見した苦悶にある。歓喜のようにみせて苦悶する。帰去来兮といって田園に帰り、交游を息絶した淵明がたどりついた処、それは皮肉にも苦悶であった。

付録

(9)0　五柳先生伝

1 先生不知何許人也
2 亦不詳其姓字
3 宅辺有五柳樹
4 因以為号焉
5 閒靖少言
6 不慕栄利
7 好読書
8 不求甚解
9 毎有会意
10 便欣然忘食
11 性嗜酒
12 家貧不能常得
13 親旧知其如此
14 或置酒而招之
15 造飲輒尽
16 期在必酔

五柳先生《ごりうせんせい》の伝

先生は何許《いづこ》の人なるかを知らざるなり／先生はどこの本籍かわからない
亦た其の姓字《せいじ》を詳かにせず／またその名前もはっきりしない
宅辺に五柳樹有り／家のそばには五本の柳の樹があり
因りて以て号と為す／それに因んで号とする
閒靖《かんせい》にして言少く／無欲で寡黙
栄利を慕はず／栄誉や利益は貪らない
好んで書を読むも／本を読むのは好きだが
甚だしくは解するを求めず／詳細に理解することはしない
意に会する有る毎に／心にぴたりと会えばいつも
便ち欣然《きんぜん》として食を忘る／うれしくなって食事を忘れ（夢中にな）る
性　酒を嗜《たしな》む／生まれつき酒を嗜むが
家貧しくして常には得る能はず／家が貧しくていつも飲めるわけではない
親旧　其の此くの如きを知り／身内や古なじみは私の事情を知って
或いは置酒《ちしゅ》して之を招く／酒を用意して招いてくれることもある
造《いた》りて飲めば輒ち尽くし／出かけて飲めばいつも空《から》にし
期するは必ず酔ふに在り／必ず酔っぱらうのがわが決意

17 既酔而退
既に酔ひて退くは／酔っぱらって（席を）退くときは

18 曾不吝情去留
曾《かつ》て情を去留に吝《やぶさ》かにせず／決して去るか留まるか未練を残したことはない

19 環堵蕭然
環堵《くわんと》は蕭然《せうぜん》として／狭い家はひっそりとして

20 不蔽風日
風日を蔽《おほ》はず／風や日光がしのげない

21 短褐穿結
短褐《たんかつ》は穿結《せんけつ》し／貧弱な衣服は穴が開き破れを縫い

22 箪瓢屢空
箪瓢《たんぺう》は屢〻《しばしば》空しきも／粗末な食器はしばしば空であったが

23 晏如也
晏如《あんじょ》たり／安らかで平然としていた

24 常著文章自娯
常に文章を著はして自《みづか》ら娯しみ／いつも詩文を著わして自分一人で娯しみ

25 頗示己志
頗《いささ》か己《おの》が志を示す／少しばかりわが主義を示した

26 忘懐得失
懐ひを得失に忘れ／利害損得は心にはなく

27 以此自終
此れを以て自《おのづか》ら終ふ／かくて自然に死んでいった

28 賛曰
賛に曰はく／賛にいう

29 黔婁有言
黔婁《けんろう》言へる有り／黔婁は言っている

30 不戚戚於貧賤
貧賤に戚戚《せきせき》たらず／貧賤にくよくよせず

31 不汲汲於富貴
富貴に汲汲《きふきふ》たらずと／富貴にあくせくしないと

32 其言茲若人之儔乎
其れ茲《こ》れ若《かくのごと》き人の儔《たくひ》を言ふか／（これは）五柳先生のような人を言っているのか

33 酣觴賦詩
觴《さかづき》を酣《たの》しみ詩を賦し／酒を美味しく飲み詩を作って

34 以楽其志
以て其の志を楽しましむ／その抱負を楽しませている

35　無懐氏之民歟　　無懐《むくわいし》氏の民か／（五柳先生は）無懐氏の世の民であろうか
36　葛天氏之民歟　　葛天氏《かってんし》の民かと／（あるいはまた）葛天氏の世の民であろうかと

□五柳先生は世俗を超越し、無為自然によって治世した古代の民であるとする。

0『陶靖節先生集』巻六。五柳先生の伝記。［五柳］五本の柳。3注・詳解5（一一四頁）参照。［先生］ここは自分が自分に用いる称。官を退いた村人の意もある。拙著『漢文表現論考』（溪水社）所収の「五柳先生の伝」参照。

○詳解1　淵明の伝記は、制作順にいえば顔延之の「陶徵士の誄」、『蓮社高賢伝』、『宋書』隠逸伝、蕭統の「陶淵明の伝」、『晋書』隠逸伝、『南史』隠逸伝であるが、「五柳先生の伝」は自叙伝で事実の記録であるという。「嘗て五柳先生の伝を著はし以て自ら況《たと》ふ」、「時人は之を実録と謂ふ」（蕭統「陶淵明の伝」）。〈都留解〉「これについて小川環樹博士は、実録とあっても、完全に事実の記録でなく、半実半虚の、昔の高士をもじったパロディとして自己を記したものだとされた（「五柳先生伝と方山子伝」―昭和四七年朝日新聞社刊「風と雲」）。この伝は、博士の言われるように、確かにフィクションがあるであろう。『実録』という言葉を、あまり固く考えてはいけないと思う」。

○詳解2　0「五柳先生の伝」の制作時期について〈都留解〉には「またこの伝で、注目すべきいまひとつの説は、楊勇《ようゆう》氏の出されたもので、氏はこの伝を、淵明がまだ出仕する以前、二十八歳の作とすることである。その理由は、さきの沈約《しんやく》以下の伝において、いずれも『嘗《か》つて五柳先生伝を著して以て自《みず》からを況ふ。時人之れを実録と謂う』とある句が、『淵明少くして高き趣《しらべ》有り』の句の次ぎ、『親老い家貧《ひん》にして、起ちて州の祭酒と為《な》る』とある句の前に置かれていることである。（略）従来この伝は、淵明後年のある時期の作と、なんとなく思われてきたものの、楊勇氏の説のごとく、この伝を彼の若年時代の作とすることは、かなり考えうることだと思われる」

とある。ただ「五柳先生の伝」の先生を官を退いた村人の意とすると、彭沢の令を辞す四一歳以後の作となる。『儀礼』郷飲酒礼篇に「郷飲酒の礼には、主人　先生に就きて賓・介を謀る」とあり、鄭氏注に「先生は郷中の致仕者なり。（略）古者は年七十にして致仕し、郷里に老ゆ」とあるのがそれである。この場合の先生は年七十であるが、この先生は『晋書』巻五一皇甫謐伝に「沈静寡欲にして、始めて高尚の志有り。著述を以て務と為す。自ら玄晏先生と号す」とあるように、後世では隠者が自らの号を名乗る時にも用いたようである。それは魏晋のころかと思われる。

1　［先生］0注・詳解2（一一二頁）参照。　［不知何許人也］どこの人かわからない。どこの人やら。不知は疑問詞の何許を伴うと、～かしらの意。何許はどこ。何所・何処に同じ。出身・本籍がわからぬことをいう。『後漢書』巻八三逸民伝の野王二老・漢陰老父・陳留老父の各伝に「何許の人なるかを知らず」とある。

2　［不詳］詳細にし得ない。詳は細かく明らかにする。　［其姓字］五柳先生の姓と字。名前。

○詳解3　1・2に五柳先生の本籍・名前はわからないというのは、真の隠者であることの表明である。淵明が書いた文や他人の記した史書には、淵明の本籍・名字について次のようにある。

	孟府君伝	祭程氏妹文	陶徵士誄	蓮社高賢伝	宋書	陶淵明伝	晋書	南史
本籍			尋陽		尋陽 柴桑	潯陽 柴桑		尋陽 柴桑
名	淵明	淵明	淵明	潜	潜 △淵明	淵明 △潜	潜	潜 △元亮
字				淵明	淵明 △元亮	元亮 △淵明	元亮	淵明 △深明

（注）△印は或説。『南史』の△深明の深の字は唐の高祖李淵の淵の字を避ける。

名と字に異説はあるが、名・字・本籍すべてわかっているのに1不知・2不詳ということについて〈一海解〉に「門閥を重んじた当時の社会にあっては、一つの抵抗であっただろう」といい、「また真の隠遁者であることの表示でもあるだろう」という。後者は1にあげた『後漢書』逸民伝の隠者の表記がその証左となる。本籍や名前を語らず、意表をつくこの冒頭二文は、隠者であることの宣言であり、同時に俗人を揶揄し諷刺する。なお名と字の異説解釈については〈都留解〉に「結局現在のところ、正直にいってわれわれは、淵明の名と字の確たるものはわからないと言うしかない。しかし、唯一の確実なことは、その作品において、淵明自身みずからの名として、淵明を称し、友人顔延之も『陶徴士の誄』の中で、その名を淵明と言っていることである。しからばわれわれは、彼の名を淵明と呼ぶのが、目下もっとも無難なのではあるまいか」とある。「陶徴士の誄」は一二三頁参照。

3 ［宅辺］家のそば。家のあたり。 ［五柳樹］五本の柳の樹。

4 ［因］それがもとで。それに因んで。 ［号］呼び名。名・字以外の名。 ［焉］助字。

○詳解4　3宅辺は制作時期が二八歳説にせよ、四一歳以降説にせよ、柴桑の宅辺であって仕官時の彭沢の宅辺ではない。

○詳解5　3柳の字は淵明の詩文には五回用いられ、菊と同じように愛したと思われる。「楡柳は後簷を蔭《おほ》ひ、桃李は堂前に羅《つらな》る」（「園田の居に帰る五首」其の一）、「栄栄たり窗下の蘭、密密たり堂前の柳」（「古に擬ふ九首」其の一）。引用は二詩にとどめるが、淵明の宅辺には多くの柳が植えられていたのであろう。

○詳解6　3・4は五柳先生は号であることをいうが、蕭統の「陶淵明の伝」の最後には「世に靖節先生と号す」といい、靖節先生も号であるとする。靖節については⑽78（一二七頁）、73・74注、詳解81・82（一五四・一五五頁）参照。

5［閒靖］ひっそりしている。無欲。閒は閑に、靖は静に通じる。『淮南子』本経訓に「太清の治は、和順にして以て寂漠、質直にして素樸、閑静にして躁《さは》がしからず、推して故無し」とあり、高誘注に「閑静は無欲を言ふなり」という。［少言］口数が少ない。寡黙である。『老子』第五十六章に「知る者は言はず、言ふ者は知らず」とある。

6［慕］貴ぶ。貪る。［栄利］栄誉と利益。俗世にある物。『孔叢子』公儀篇に「魯人に公儀潜有り。節を砥《みが》き行を礪《みが》き、道を楽しみ古を好む。栄利に恬し、諸侯に仕へず」とある。恬はあっさりしている。

○詳解7　5・6は五柳先生の人柄・真情をいう。6不慕栄利は5閒靖を具体的に言い換え、5少言とともに五柳先生は隠者であることをいう。

7［好読書］読書好きである。読書が趣味である。

8［不求甚解］徹底した解釈は求めない。すみずみまで穿鑿することはしない。甚解の用例は『佩文韻府』には見えない。

9［毎］～のたびに。そのつど。［会意］心にぴったりあう。わが意を得る。会心に同じ。

10［便］～すると。すぐに。［欣然］心うれしくなるさま。［忘食］食べることを忘れる。没頭して夢中になることをいう。『論語』述而篇に「葉公　孔子を子路に問ふ、子路対へず。子曰はく、女《なんぢ》奚ぞ曰はざる、其の人と為りや、憤りを発して食を忘れ、楽しみて以て憂ひを忘れ、老いの将に至らんとするを知らず、爾《しか》云ふと」とある。

○詳解8　7から10までは五柳先生の読書についていう。五柳先生の読書は分析を重ねて奥義を究めるのではなく淡泊である。読書の喜びは心にぴたりとあうことで、そうなると食事も忘れて読書に没頭し夢中になるという。忘食の二字は自分も孔子の人柄――憤るべきことは憤り、楽しむべきことは楽しみ、そして老いを迎える――と同じであることを言わんとするのであろう。なお淵明の読んだ書物は詩文に用いられている語句からして、その一一は示さないが、経史子集のすべてにわたる。

11［性嗜酒］生まれながらに酒をたしなむ。嗜は心をうちこんで好む。

12［家貧］家が貧しい。貧乏所帯。［不能常得］いつも手に入れることができるとは限らない。いつもは手に入らない。

13［親旧］親戚と旧故。身内や古なじみ。［如此］このようである。11・12をさす。

14［或］ある時には。〜することもある。また（親旧の）或る者は。［置酒］酒を用意する。置は置く。設ける。

15［造］至る。出かける。［飲輒尽］飲むたびに空《から》にする。いつも飲み干す。

16［期］期する所。決意。

17［既酔］酔っぱらってしまう。［退］退席する。

18［曾不］決して〜しない。［吝情］気持ちをしぶる。未練がましく思いきりの悪いことをいう。吝は吝に同じ。

［去留］去ると留まると。ここでは酒席より去るか酒席に留まるかの意。
○詳解9　11から18までは五柳先生の酒についていう。淵明は酒が好きで、貧乏ゆえに十分に飲めなかったことは想像するに難くない。にも拘らず「五柳先生の伝」一二五字中の三八字に酒のことを述べるのは、五柳先生の生活における酒の役割の重さを彷彿させる。
○詳解10　15から18までにいう五柳先生の酒は、『論語』郷党篇に「惟だ酒は量無し。乱に及ばず」という孔子の酒に近いようである。ここでもまた五柳先生は、自分を孔子に比するのであろう。
○詳解11　酒についていう11・12の構成は、読書についていう7・8の構成と類似する。
好読書――――不求甚解
性嗜酒――――家貧不能常得

類似の構成をとることによって、読書と酒に対する思いは同じであることを表明しようとするのであろう。そのことはまた格式張り、型にはまった読書をし、酒を飲むことしか知らぬ俗人を揶揄・諷刺するとともに、自分は俗人とは異なる読書をし、酒を飲む者であることを表明する。

19［環堵］周囲一堵の家。狭い家をいう。環は一周。堵は長さの単位。四十尺とも三十尺ともいう。『礼記』儒行篇に「儒に一畝の宮、環堵の室有り」とあり、鄭玄注に「貧窮して道を屈《ま》げ、仕へて小官と為るを言ふなり」という。儒は儒者。宮は垣に囲まれた家。屈道は節操を曲げる。生き方を変える。小官は小役人。［蕭然］ひっそりしたさま。がらんとしたさま。

20［不蔽］遮らない。防がない。［風日］風と日光。寒さと暑さをいう。

21［短褐］短い衣服。粗末で貧弱な着物をいう。褐はぬのことも毛ごろもともいう。『淮南子』覧冥訓に「霜雪亟《すみや》かに集まり、短褐完からず」とある。［穿結］穴が開いたり破れを縫ったりする。穿はうがつ。破れる。結は結ぶ。縫う。反義語を二語あわせた漢語。

22［箪瓢］箪《わりご》と瓢《ふくべ》。粗末で貧しい食器・食事をいう。『論語』雍也篇に「子曰はく、賢なる哉回や。一箪の食、一瓢の飲、陋巷に在り。人は其の憂ひに堪へず。回や其の楽しみを改めず。賢なる哉回やと」とある。［屢空］しばしば空《から》である。『史記』巻六一伯夷伝に「且つ七十子の徒、仲尼は独り顔淵を薦めて学を好むと為す。然るに回や屢〻空し。糟糠すら厭かず」とある。

23［晏如也］やすらかである。平然としている。『漢書』巻八七楊雄伝上に「家産は十金に過ぎず。乏しくして儋石の儲も無し。晏如たり」とある。

○詳解12　19から23までは五柳先生の衣食住の生活についていう。衣食住すべて貧者の生活である。しかしそれは19の儒者、22の顔淵、23の楊雄と同じ生活であり、五柳先生はそれを誇りに思っている。

○詳解13　淵明が貧窮であったことは、その詩文の随所にみることができる。たとえば「弱年にして家の乏しきに逢ひ、老い至りて更に長く飢う」（「会ること有りて作る」）、「余の人と為りし自り、運の貧しきに逢へり、箪瓢は屢〻罄《つ》き、絺綌《ちげき》をば冬に陳ぬ、歓びを含みて谷に汲み、行〻歌ひて薪を負ふ、翳翳たる柴門、我が宵晨を事とす」（「自祭の文」）、「余は家貧しく、耕植するも以て自給するに足らず」（七一頁）などである。

24［文章］ここでは詩と文。［自娯］自分一人で楽しむ。一人で勝手に楽しむ。娯は慰め楽しむ。

25［頗］いささか。少こし。(6)詳解12（五八頁）参照。［己志］私の意志。志は主義。抱負。

○詳解14　24・25は五柳先生の詩文についていう。24に常著文章自娯とあるのは「欣び対《むか》ひて足《あ》かず、率爾として詩を賦す」（「斜川に游ぶ」序）、「既に酔ひし後は、輒ち数句を題して自ら娯しむ」（飲酒二十首」序）に同じである。五柳先生は他人の評価は気に留めず、自分の詩文を自分で勝手に楽しみ、自己満足に浸っていた。

○詳解15　25己志の内実はさまざまあろうが、淵明の詩文から主なるものをあげると、世俗で官人・武人として活躍したい志、世俗を超越して隠者の生活がしたい志がある。前者の例としては「猛志は四海に逸《は》せ、翮を騫げて遠く翥《は》せんことを思ふ」（「雑詩十二首」其の五）、「少き時は壮んにして且つ厲《はげ》し、剣を撫でて獨り行遊す」（「古に擬す詩九首」其の八）があり、後者の例としては、「少きより俗に適する韻無く、性本と邱山を愛す」（「帰園田居五首」其の一）、「廬を結びて人境に在り、而るに車馬の喧しき無し」（三四頁）がある。世俗志向と超俗志向が自家撞着しているが、ここの五柳先生は前後の文意からすると、後者の志を意識しているものと思われる。

○詳解16　24・25にいう淵明の文章・文学について〈都留解〉には次のようにいう。「ここで淵明は、当時顧みられなかった自己の文学について、控え目であるが、自信を秘めて語っているのであろう。『自娯』の『自』は、独自に、ひとり、というくらいの意であるが、この文字は、自己の詩文の顧みられることのない実状と、そうした他者とは別個に歩む、自己の文学の道とを示すものかもしれない。孤独より独自性の表明である。したがって、これも考えようによっては、他に対する自己の文学観の、それとなき表明とも言えようか。」

26［忘懐］思念をなくする。思いを留めない。［得失］得と損。世俗における利害損得をいう。

27［以此］このようにして。［自終］自然に死んでいった。

○詳解17　26は五柳先生の生き方を述べるものであるが、これは冒頭より25までをこの四字で集約するものであり、27の此はこの四字を受けると解する。

○詳解18　26・27は五柳先生の死についていう。27自終は自《みずか》ら終ふと訓んで、一人で死ぬ、勝手に死んでいったと解すれば、自が24自娯の自《みずか》らと同意になるが、いまは自《おのずか》ら終ふと訓み、自然に命尽きて誰にも知られず死んでしまったと解する。五柳先生の生き方には、この死に方がふさわしいように思われる。伝には死に至る経緯・卒年・子孫のことなどを記すのが一般的である。たとえば『宋書』巻九三陶潜伝には「潜　元嘉四年卒す。時に年六十三なり」とある。その意味において自《おのずか》ら終ふという表現は、決して一般的ではない。死についていう26・27は、死に方も記し方も特異で、俗人とは異なることをいう。ここにもまた、形式や礼儀を重んずる世俗に対する揶揄・諷刺がある。

○詳解19　淵明は自分の死についてはしばしば言及する。たとえば(8)49～52（六九頁）、59・60（七〇頁）および詳解74（九八頁）、詳解78（九九頁）、詳解90・91・92・93（一〇四・一〇五頁）参照。淵明にはまたみずからの死を予想して作った「挽歌の詩三首」（一二七頁）、「自祭の文」もある。

○詳解20　冒頭より27までが五柳先生の伝であるが、この記述のあり方は正史の伝の、姓名・本籍・家系・人柄・志向・逸話・事蹟・官位・生年・卒年・諡・封爵・子孫などの記述と異なることは一目瞭然である。伝の体は正史を借りるが、記述事項・記述内容・記述方法は、正史を無視する。それは正史の内実を否定することにほかならない。つまり世俗が尊重する精神は否定し、隠者の素朴で自由な精神を肯定するものである。このことは先に示した特徴的な表現に、世俗を否定する語が多いことから明らかである。

28 ［賛］個人または複数の伝記の末尾に、その人物の一生を簡潔にまとめ、賛美する文章。

29 ［黔婁］春秋魯の高士・貧士。魯の恭公・斉の威王の招聘を拒否して、仕官しなかった。［有言］言葉がある。その言は30・31にあるが、31の『列女伝』によると黔婁の妻の言である。

30 ［戚戚］くよくよする。［貧賤］お金がないことと身分が低いこと。

31 ［汲汲］あくせくする。［富貴］お金があることと身分高いこと。『列女伝』魯の黔婁の妻の伝に、妻が黔婁を賛えた話として「彼の先生は、天下の淡味を甘しとし、天下の卑位に安んず。貧賤に戚戚たらず、富貴に忻忻たらず」とある。忻忻は喜ぶさま。

32 ［其言茲若人之儔乎］（この言は）このような人の類を言うのであろうか。若人之儔とは五柳先生をさす。其〜乎は詠嘆形。茲は強意の助字。此に同じ。若はかくのごときと訓む。儔は仲間。同類。『論語』は公冶長篇に「子は子賤を謂ふ、君子なる哉、若《かくのごと》き人」とある。

○**詳解21** 29から32までは五柳先生は黔婁の生きかたと同じであることを賛美する。30・31は対偶表現を用いて同一のことを裏表からいう。『列女伝』魯の黔婁の妻伝には、死んだ黔婁の屍を頭から足まで覆う布がないほど貧しく、門弟の曾子が斜めにしてかけようとしたところ、妻が「夫は邪なことが嫌いで、斜めにするのは夫の意ではない」といい、拒否した話を伝える。正を好み邪を悪み、生涯貧賤を貫いた高士である。また淵明の「貧士を詠ず七首」其の四は黔婁を賛える。

33 ［酣觴］酒をおいしく飲む。酣は楽しむ。盛んに飲む。觴は杯。酒。『晋書』巻四九阮裕伝に「裕は敦に不臣の心有るを以て、乃ち終日酣觴し、酒を以て職を廃せらる」とある。［賦詩］詩を作る。(8)58注（一〇二頁）参照。

34 ［楽］愉快に感じる。心におもしろく思う。『論語』雍也篇に「子曰はく、之を知る者は之を好む者に如かず、之を好む者は之を楽しむ者に如かずと」とある。〔志〕25注(一一八頁)参照。

35〔無懐氏〕伝説時代の帝王。衣食住の生活を充実させ、いわゆる小国寡民の政治でよく世を治める。『路史』に「無懐民は帝太昊の先なり。(略)当世の人は其の食を甘しとし、其の俗を楽しみ、其の居に安んじ、其の生を重んず。(略)形に動作有り、心に好悪無し。鶏犬の音相ひ聞こえ、民 老死に至るまで相ひ往来せず」とある。〔歟〕~であろうか。詠嘆形。

36〔葛天氏〕伝説時代の帝王。不言・不化のいわゆる無為自然により、よく世を治める。『路史』に「葛天氏は(略)其の治を為すや、言はずして自ら信ぜられ、化せずして自ら行はる」とある。

○詳解22　33から36までは、29から32までが黔婁のことをいうのに対して、無懐氏之民・葛天氏之民のことをいうと解したいが、35・36に引く『路史』には無懐氏之民や葛天氏之民が33・34のことをするとは記されていない。従っていまは33は11から18までの五柳先生の酒のことと、24の文章のことを改めていい、二つのことに対する思いをまとめて34に表現したとし、33・34は35・36とは切り離して解する。

○詳解23　35に引く『路史』にいう無懐氏の政治は『老子』第八十章に同じであり、36に引く『路史』にいう葛天氏の政治は『老子』第四十三章に同じである。つまり無懐氏・葛天氏の政治は道家の政治であり、五柳先生はその世の民なのである。太古の世の民であるという35・36は、五柳先生は今の世の人ではないことを表明する。仮りに今の世の人であるとしても栄利や富貴を追求する王の支配下にいる人ではないことを表明する。さらにいえば五柳先生を無懐氏之民・葛天氏之民とみなすことは、同じ境遇の先人を見い出し、それによって五柳先生を歴史の中に位置づけようとする表明である。その意味においては29の黔婁(一二〇頁)、あるいは1注の野王二老らの隠者(一一三頁)、6注の公儀潜(一一五頁)、19注の儒者・22注の顔淵・23注の楊雄(一一七頁)も、五柳先生を歴史の中に位置づけるための先人であるとみることができよう。

○詳解24　概括していえば、「五柳先生の伝」は外見は本伝と賛からなる伝統的な正史の伝の体裁をとりながら、具体的な記述内容・記述方法はこれを無視して踏襲せず、きわめて特異に書きあげている。内容もまた官の世界を否定拒絶し、隠の世界を肯定賛美することで終始する。つまり、「五柳先生の伝」は伝の体裁からは遠く、説ないしは論に近いように思われる。言い換えると、伝の形態を借りて超俗の世界にいる五柳先生の人生観を述べ賛美し、それによって世俗の世界に生きる人々を説き論じて、これを揶揄し諷刺するように思われる。

○詳解25　〈都留解〉には「○○先生伝」という作品について次のようにある。「かつて淵明以前にも、『なにがし先生伝』という作品が書かれなかったわけではない。たとえば阮籍《げんせき》は、『大人《たいじん》先生伝』を書いた。しかしそれは、自己自身の人間像を現実的に描こうとするものでなく、自己の理想とする哲学を語るための、自己とは無関係な人間、単なる借り着としての人物設定にすぎない。したがって、そこには阮籍の胸懐は語られていても、自己の現実の人間像が、示されているわけではない。阮籍は、自己の人間像を描いてみせることに、関心があったというより――思いつかなかったといったほうがよいかもしれない――、哲学を語ることに目的があったのである。それに対して『五柳先生伝』は、人物設定に、一種のフィクションはあるけれども、自己の人間像を、客観的な視点でとらえ、描いてみせたという点で、それまでになかった、新しい独自の伝を樹立したといわねばならぬ。そこにわれわれは、重要なこととして、自我の認識と人間性の確立とを見る。そうしてこの個人としての人間性の確立、個我の自覚という点が、今日のわれわれをして、彼の中に、近代人に近い人間性を感じさせることともなっているのであろう。彼のこの個我の自覚は、おそらく当時の社会において、その人間的地位、文学と同様に、やはり例外的事象に属することであったと思われる」。

(10)0　陶徴士誄一首并序　陶徴士の誄一首并びに序　顔延年

1 夫璿玉致美　夫れ璿玉《せんぎょく》は美を致すも／そもそも璿玉は美しさを現わすが

2 不為池隍之宝　池隍《ちくわう》の宝と為らず／城の濠《ほり》の宝玉にはならない

3 桂椒信芳　桂椒《けいせう》は芳を信《の》ばすも／桂や椒《はじかみ》は香りを放つが

4 而非園林之実　而るに園林の実に非ず／園《はたけ》や林の実《み》ではない

5 豈期深而好遠哉　豈に深きを期して遠きを好まんや／（璿玉や桂・椒が）深を求め遠を好むからではない

6 蓋云殊性而已　蓋《けだ》し性を殊にすと云ふ而已《のみ》／思うに（濠や園とは）本性を異にするだけだ

7 故無足而至者　故に足無くして至る者は／だから足もないのにやって来る者は（稀だから）

8 物之籍也　物の籍《たよ》るなり／（貴んで）人が頼りとするのだ

9 随踵而立者　踵《くびす》に随ひて立つ者は／踵を接して立つ者は（多いので）

10 人之薄也　人の薄《うと》んずるなり／（賤しんで）人がさげすむのだ

11 若乃巣高之抗行　乃ち巣高《さうかう》の抗行《かうかう》／巣父・伯成子高の気高い行為や

12 夷皓之峻節　夷皓《いかう》の峻節《しゅんせつ》の若きは／伯夷・四皓の厳峻な節操のごときは

13 故已父老堯禹　故《もと》より已に堯禹《げうう》を父老とし／まことに堯や禹を田舎親父とみなし

14 錙銖周漢　周漢を錙銖《ししゅ》とす／周や漢を軽視していた

15 而緜世浸遠　而るに世を緜《へ》て浸《やうや》く遠ざかれば／しかし代々経て次第に遠のくと

16 光霊不属　光霊は属《つづ》かず／（彼らの）光り輝く魂は引きつがれず

17 至使菁華隠没
菁華《せいくわ》をして隠没し／満開の花を埋没させ

18 芳流歇絶
芳流をして歇絶《けつぜつ》せしむるに至りては／芳潤な香を途絶えさせてしまったのは

19 不其惜乎
其れ惜しからずや／何とも残念ではないか

20 雖今之作者
今の作《な》す者は／今の隠逸者たちは

21 人自為量
人自《みづか》ら量《はか》ることを為すと雖も／人それぞれに考えてはいるが

22 而首路同塵
而れども路《みち》に首《はじ》めて塵を同じくし／道の出発点で世俗に同調したり

23 輟塗殊軌者多矣
塗《みち》に輟《や》めて軌を殊にする者多し／道の途中で方向を変えたりする者が多い

24 豈所以昭末景汎余波
豈に末景を昭かにし余波を汎《うか》ぶる所以ならんや／（こんなことでは古人の）余光を輝かし
遺風を広めることはできない

25 有晋徴士
有晋《いうしん》の徴士《ちやうし》／晋王朝の徴士で

26 尋陽陶淵明
尋陽《じんやう》の陶淵明は／尋陽の陶淵明は

27 南岳之幽居者也
南岳《なんがく》の幽居者《いうきよしや》なり／南の山（廬山のふもと）に住んだ隠者である

28 弱不好弄
弱《わか》きより弄《ろう》を好まず／若い時から人とふざけあうことを好まず

29 長実素心
長じても実に素心《そしん》なり／成長しても実に飾らぬ生地のままの心である

30 学非称師
学は師を称するに非ず／学問は師を名のるほどではなく

31 文取指達
文は指達《したつ》を取る／詩文は達意を求める

32 在衆不失其寡
衆に在るも其の寡を失はず／大衆の中にあっても自己を見失わず

33 処言愈見其黙
言に処《を》れば愈ゝ其の黙を見《あら》はす／多言の中におると沈黙が一段とさえる

34　少而貧病　少《わか》くして貧病あり／若くして貧乏で病気がち

35　居無僕妾　居には僕妾《ぼくせふ》無し／家には下男も下女もいない

36　井臼弗任　井臼《せいきう》は任《まか》さず／家事労働は他人に任さず一人でやり

37　藜菽不給　藜菽《れいしゅく》も給せず／粗末な食物さえ不充分でこと欠く仕末

38　母老子幼　母老い子幼くして／母は年老い子供は年幼く

39　就養勤匱　養に就き匱《とぼ》しきに勤《つと》む／母の傍で孝養し貧しさ（ゆえ）に勤め励んだ

40　遠惟田生致親之議　遠く田生《でんせい》の親に致すの議を惟《おも》ひ／田過が親にさし出す（孝養の）議論を遠く思い

41　追悟毛子捧檄之懐　追ひて毛子《まうし》の檄《げき》を捧《ささ》ぐるの懐《こころ》を悟る／毛義が召書をささげ持っ（て仕官し）た胸中に遠く感じ入る

42　初辞州府三命　初め州府の三命を辞し／そのかみ州府のたびたびの任命を辞退し

43　後為彭沢令　後に彭沢《はうたく》の令と為る／後に彭沢の知事となった

44　道不偶物　道は物に偶《ぐう》せず／生きる道は俗事と仲間になれず

45　棄官従好　官を棄てて好むに従ふ／官職を棄てて慕う所に身を任せた

46　遂乃解体世紛　遂に乃ち体を世紛《せいふん》に解き／かくてようやく身を世俗から解放し

47　結志区外　志を区外に結び／心を俗外に集中し

48　定迹深棲　迹《あと》を定むるに棲《せい》を深くす／奥深い処に居所を決めた

49　於是乎遠　是に於てか遠ざかる／ここにおいて世俗から遠ざかることになる

50　灌畦鬻蔬　畦《うね》に灌《そそ》ぎ蔬《あをもの》を鬻《やしな》ひ／畑に水を撒《ま》き野菜を育てて

51 為供魚菽之祭
52 織絇緯蕭
53 以充糧粒之費
54 心好異書
55 性楽酒徳
56 簡棄煩促
57 就成省曠
58 殆所謂国爵屏貴
59 家人忘貧者与
60 有詔徴為著作郎
61 称疾不到
62 春秋若干
63 元嘉四年月日
64 卒于尋陽県之某里
65 近識悲悼
66 遠士傷情
67 冥黙福応

魚菽《ぎょしゅく》の祭に供することを為す／魚や豆の約《つづま》やかな祭に供えた
絇《くつかざり》を織り蕭《よもぎ》を緯《あ》み／靴飾りを織り蓬《よもぎ》を編んで
以て糧粒《りやうりふ》の費に充《あ》つ／食糧を買う費用にあてた
心には異書を好み／奇怪な書物が心《しん》から好きで
性として酒徳《しゅとく》を楽しむ／酒の良さを無性に楽しんだ
煩促《はんそく》を簡棄《かんき》し／煩わしいことは棄て
省曠《しゃうくわう》を就成す／実にあっさりしていた
所謂国爵《こくしゃく》をば貴きを屏《しりぞ》け／いわゆる国の貴い爵位は退け
家人をして貧しきを忘れしむる者に殆《ちか》からんか／家族に貧乏であることを忘れさせてしまうほどだ
詔《みことのり》有り徴《め》されて著作郎《ちょさくらう》と為るも／お召しがあって著作郎に徴されたが
疾《しつ》と称して到《いた》らず／病気と言って行かなかった
春秋若干《じゃっかん》にして／享年何歳かで
元嘉《げんか》四年月日／元嘉四年某月某日
尋陽県《じんやうけん》の某里《ぼうり》に卒《しゅつ》す／尋陽県の某里で死んだ
近識は悲しみ悼《いた》み／近くの顔見知りは悲しみ嘆き
遠士は情を傷《いま》しむ／遠くの教養人は心を傷めた
冥黙《めいもく》して福応《ふくおう》するは／死んで思いをかけられるのは

68　嗚呼淑貞　嗚呼《ああ》淑貞《しゅくてい》なればなり／ああ何と清く正しい人だからである

69　夫実以誄華　夫れ実は誄を以て華やかに／そもそも人の実体は誄によって光り輝き

70　名由諡高　名は諡《おくりな》に由《よ》りて高し／名は諡によって高くなる

71　苟允徳義　苟くも允《まこと》に徳義あらば／仮りにも徳や義を備えていれば

72　貴賤何筭焉　貴賤は何ぞ筭《かぞ》へん／貴であれ賤であれ問題ではない

73　若其寛楽令終之美　其の寛楽《くわんらく》にして終りを令《よ》くするの美／心広くして事を楽しみ死にかたのよい美しさ

74　好廉克己之操　廉を好み己《おのれ》に克《か》つの操の若きは／清廉を好んで私利私欲にうち勝つ操などは

75　有合諡典　諡典《してん》に合ふこと有りて／諡の規則にも合致し

76　無愆前志　前志に愆《たが》ふこと無し／前代の記録にも一致している

77　故詢諸友好　故に諸《これ》を友好に詢《はか》りて／だから仲間たちに相談して

78　宜諡曰靖節徴士　宜しく諡して靖節《せいせつ》先生と曰ふべし／靖節徴士と諡するのがふさわしいということになった

79　其辞曰　其の辞に曰はく／その辞は次のようである

□陶淵明は徴士であり靖節であるとし、嗚呼哀哉を四回くり返し生前の人柄をしのぶ。

0『文選』巻五七誄下。陶徴士の誄。［陶徴士誄］陶は陶淵明。徴士は朝廷より招かれながら、官職に就かぬ学徳の高い人。誄は弔いの文。死者の生前の功徳を賛え、その死を悼む文章。文体の名。〈張銑注〉「陶潜隠居し、詔有りて礼徴せられ著作郎と為るも、就かず。故に徴士と謂ふ」。礼徴は礼をもって召す。［顔延年］三八四～四五六。『宋書』巻七三、『南史』巻三四に本伝がある。「赭白馬の賦」の李善注に引く『宋書』に「顔延之、字は延年、琅邪の人なり。好んで書を読み、覧ざる所無し。文章の美は当時に冠絶す。呉国内史の劉柳は以て行軍参軍と為し、後に秘書監・太常と為る。卒す」とある。冠絶は第一等である。〈李善注〉「何法盛の晋中興書に曰はく、延之　始安郡と為る。道に尋陽を経、常に淵明の舎に飲み、晨《あした》自り昏《くれ》に達す。淵明の卒するに及び、延之は誄を為り、其の思致を極むと」。思致は思いの深いこと。〈張銑注〉「延年　始安郡と為る。道に潯陽に従ひ、酒を潜の舎に飲み、晨自り昏に達す。潜の卒するに及び、延之は誄を為り、其の思致を極むるなりと」。

○詳解1　0〈張銑注〉に有詔礼徴為著作郎、不就とあるのは、『宋書』巻九三陶潜伝の「義熙の末、著作佐郎に徴さるるも、就かず」によると義熙末は義熙十四年（四一八）、淵明五四歳である。『宋書』は著作郎を著作佐郎に作る。

○詳解2　0〈李善注〉に引く何法盛『晋中興書』に延之為始安郡とあるのは、『南史』顔延之伝の「少帝即位す。始安太守に累遷す」によると少帝即位の年である。少帝即位は永初三年（四二二）五月で、景年二年（四二四）六月には退位している。これによると淵明と顔延之の出会いは四二二年（淵明五八歳・顔延之三九歳）ないしその翌年ということになる。しかし『宋書』陶潜伝には「是れより先、顔延之は劉柳の後軍功曹と為り、尋陽に在りて潜と情款す。後に始安郡と為り、経過して日日　潜に造り、往く毎に酣飲して酔を致す。去るに臨み二万銭を留めて潜に与ふ。潜は悉く酒家に送り、稍く就きて酒を取る」とあり、顔延之が始安郡となる前に、二人の交流があったことを伝える。それは顔延之が劉柳後軍功曹であった時とする。その年については呉仁傑は「周続之の伝を以て之を攷ふるに、柳は是の年を以て官に到ると云ふ」といい、是年すなわち義熙十二年（四一六、淵明五二歳・顔延之三四歳）とするが、陶澍は次のようにいい、義熙十一年か十二年とする。「劉柳の江州刺史と為るは、『晋書』の柳本伝、年月を紀さず。攷ふるに『宋書』孟懐玉の伝に、懐玉は義熙十一年、江州の任に卒すと。『晋書』安帝紀に、義熙十二年六月、新たに尚書令に除せられ、劉柳卒すと。『南史』劉湛伝に、父の柳、江州に卒すと。

是れ柳は江州と為り、実に懐玉の後を踵《つ》ぎ、義煕十一年を以て官に到る。十二年尚書令に除せられ、未だ江州を去らずして卒す。延之の潯陽に来たり、先生と情款するは、当に此の両年に在るべきなり」。以上、淵明と顔延之の出会いについては、何法盛説・呉仁傑説・陶澍説の三説があり、にわかには決めがたい。

1 ［夫］ そもそも。いったい。発語の辞。 ［璿玉］ 宝玉。璿は美しい。 ［致美］ 美しさを現わす。致は示す。きわめる。〈李善注〉「山海経（中山経）に曰はく、升山　黄酸の水焉《ここ》より出づ。其の中に旋玉多しと。説文に曰はく、璇は亦た璿の字なりと」。〈呂向注〉「璿は美玉なり」。

2 ［池隍］ 城の濠。池は水のある濠《ほり》。隍は水のない濠。 ［宝］ 宝玉。〈呂向注〉「隍は城の池なり」。

3 ［桂椒］ 桂と椒《はじかみ》。香木。 ［信芳］ 芳香を放つ。信は長くする。流す。伸に同じ。〈李善注〉「春秋運斗樞（佚）に曰はく、椒桂連なりて名士起こると。宋均（佚）曰はく、桂椒は芬香にして美しき物なりと。山海経（南山経）に曰はく、招揺の山　桂多しと。又た（山海経・中山経に）曰はく、琴鼓の山　椒多しと」。名士は才徳の高い人。芬香はよい香り。

4 ［園林］ 園《はたけ》や林。果樹園の類。 ［実］ 実《み》。果実。

○詳解3　1〈李善注〉の『説文』の璇亦璿字の璇の字は今本にはない。『説文』巻一上に「璿は美玉なり。玉に从ふ。睿の声。春秋伝に曰はく、璿の弁と玉の纓なりと。璇は璿、或いは旋の省に从ふ」とあり、段注に「考ふるに文選の陶徴士の誄に璿玉致美と。李善注に曰はく、山海経云、升山　黄酸之水出焉。其中多琁玉。説文云、琁亦璿字と。李氏は琁を以て璿に注し、説文を引きて証と為す。然らば則ち李の拠る所の説文は今本に同じからず。今拠りて以て訂正す。楊倞は孫卿に注するに説文の琁は赤玉、音は瓊を引くは、則ち今本に同じ。中山経・海内西経には琁は皆な美玉なりと言ふ。郭は云ふ、琁は石の玉に次ぐ者なりと。又た云ふ、琁は玉の類なりと。又た云ふ、璿・瑰は亦た玉の名なりと。是れ未だ璿・琁の同字なるを知らず」という。また『文選考異』には

「袁本・茶陵本は璇を琁に作る。是なり」とあり、『文選傍証』には「今、中山経は琁を璇に作る。按ずるに古は璇の字無し」とある。

○**詳解4**　1・2は川に関する物、3・4は陸に関する物で統一し、同じ内容の対偶表現とする。

○**詳解5**　1・3〈李善注〉の『山海経』によると、1瓊玉は黄酸之水から、3桂椒は招揺之山・琴鼓之山から産出する。これらの川・山は俗外にあり、従って瓊玉・桂椒は稀にして貴いことになる。詳解12（一三二頁）参照。3〈李善注〉の『春秋運斗樞』の椒桂連名士起は、椒桂を名士に擬している。とすると瓊玉も名士に擬しているのであろう。瓊玉・桂椒は名士、それも俗外にいる名士を含む表現と考えられる。

○**詳解6**　この1瓊玉・3桂椒に対して、2池隍・4園林は俗中にあって衆にして賤しい。従ってそこにある宝・実は価値の低い物となる。詳解13（一三二頁）参照。

5［期深］深さを期待する。世俗から離れて奥深く存在することを希求する。［好遠］遠いことを愛好する。世俗から離れて遠方に存在することを嗜好する。

6［殊性］本性を異にする。性はもって生まれたもの。本質。［而已］だけである。強意の限定形。

○**詳解7**　5期深の期の字は胡刻本は其の字に作るが、好遠の二字との対応を考え、いま足利本に従う。

○**詳解8**　5・6には李善も五臣も注しない。深・遠の用例としては『史記』巻六三老子韓非伝の太史公賛に「皆な道徳の意を原ねて老子は深遠なり」とあり、殊性は『荘子』秋水篇に「鴟鵂《ふくろう》は夜に蚤《のみ》を撮り豪末を察するも、昼に出でて目を瞋らすも丘山を見ず。性を殊にするを言ふなり」とある。いずれも老荘思想に拠る語であることに注目したい。

○**詳解9**　5・6の意は瓊玉・桂椒の性は他の物の性とは殊なり、深であり遠であることをいうことにある。つまり瓊玉・桂椒は性として深・遠を有しているゆえに、深を期し遠を好む必要はないのである。深・遠は詳解8からすると、俗外の性ということになる。なおここにいう他の物とは2池隍であり4園林である。

7［無足而至者］足がなくてもやって来る者。少ないことをいう。〈李善注〉「言ふこころは物は希を以て貴しと為すなり」、「韓詩外伝（巻六）に曰はく、晋の平公は河に游びて楽しみて曰はく、安くにか賢士を得て之れと此れを楽しまんやと。舡人の蓋胥《がいしょ》は跪きて対へて曰はく、夫れ珠は江海より出で、玉は崑山より出づ。足無くして至る者は、主君の好むに由るなり。士に足有りて至らざる者は、蓋し君主に士を好むの意無ければなり。何ぞ士無きを患へんやと」。希は稀少。少ないこと。舡人は船頭。〈李周翰注〉「言ふこころは人は得難きを以て貴しと為す」、「晋の平公は河に遊びて曰はく、安くにか賢士を得て之れと此れを楽しまんと。舡人の蓋胥は跪きて対へて曰はく、夫れ珠は江海より出で、玉は崑山より出づ。足無くして至る者は、君の好むに由るなり。士に足無くして至らざる者は、蓋し君の好まざればなりと」。

8［物之籍也］人が頼りとする。〈李善注〉「籍は資籍なり」。資籍は依りかかる。力とする。〈李周翰注〉「籍は資」。

9［随踵而立者］踵を接して立つ者。多いことをいう。〈李善注〉「言ふこころは人は衆きを以て賤しと為すなり」、「戦国策（斉策三）に、斉の宣王曰はく、百世にして一聖あるも、踵に随ひて生ずるが若しと。此れ亦た文を以て意を害せず」。百世一聖、若随踵而生也は百代に一人聖人が現われても、多すぎるほどである。聖人は多く現われるものではないことをいう。〈李周翰注〉「致し易きを賤と為す」、「淳于髡《じゅんうこん》は一日にして七士を斉の宣王に献ず。宣王曰はく、百世にして一聖あるも、踵に随ひて至るが若し。今何ぞ士の多きやと」、「踵は跡」。

10［人之薄也］人がさげすむ。〈李善注〉「薄は賤薄なり」。賤薄は軽んずる。見下げる。〈李周翰注〉「薄は軽なり」。

○詳解10　7〈李善注〉の『韓詩外伝』は由主君之好也、蓋君主無好士之意也に作るが、〈李周翰注〉は由君之好也、蓋君之不好也に、今本『韓詩外伝』は猶主君之好也、蓋主君無好士之意耳に作る。また9〈李善注〉の『戦国策』は百世一聖、若随踵而生也に作るが、〈李周翰注〉は百世一聖、若随踵而若至に今本『戦国策』は百世而一聖至也に作る。

○詳解11　7・8と9・10は人の足で統一し、内容を異にする対偶表現とする。

○詳解12　7無足而至者・8物之籍也は、7〈李善注〉の『韓詩外伝』の無足而至者、由主君之好也と重なり、由主君之好也を物之籍也に書き換える。また7無足而至者は5深・遠、1璿玉・3桂椒に相当し、それは7〈李善注〉〈李周翰注〉にいう希で得難く貴いものである。

○詳解13　9随踵而立者は9〈李善注〉の『戦国策』の随踵而生と重なるが、10人之薄也は『戦国策』にはなく、8物之籍也との対応として顔延之が創る。また9随踵而立者は5深・遠でないもの（浅・近）、2池隍・4園林に相当し、それは9〈李善注〉〈李周翰注〉にいう衆で易致く賤しいものである。

○詳解14　8物之藉也の物は詳解12にいうように主君の書き換えであり、また10人之薄也との対応からすると人の意である。『世説新語』言語篇に「王武子・孫子荊は各〻其の土地・人物の美を言ふ」の人物は、人と物ではなく人の意である。

11［若乃］なんと～のような場合は。～などは。［巣高］巣父と伯成子高。ともに隠者。［抗行］気高い行為。〈李善注〉「皇甫謐の逸士伝（佚）に曰はく、巣父は堯の時の隠人なりと。荘子（天地篇）に曰はく、堯の天下を治むるや、伯成子高は立ちて諸侯と為る。堯は舜に授け、舜は禹に授く。伯成子高は諸侯と為るを弃《す》てて耕すと」。〈劉良注〉「巣父は堯の時の隠者、伯成子高は禹の時の隠者」。

12［夷皓］伯夷と四皓。ともに隠者。［峻節］厳峻な節操。〈李善注〉「史記（巻六伯夷伝）に曰はく、伯夷叔斉は孤竹君の子なり。首陽山に隠ると。三輔三代旧事（佚）に曰はく、四皓は秦の時の博士にして、上洛の熊耳山の西に辟《さ》くと。禰衡の書（佚）に曰はく、夷皓の風を訓《をし》ふと」。孤竹は殷・周時代の国名。河北省北部より熱河省南部一帯。首陽山は山名。山西省永済県の南。博士は官名。朝廷の儀礼を司る官。上洛は洛陽。〈劉良注〉「伯夷は周の時の隠者、四皓は漢の時の隠者」。

○**詳解15**　11〈李善注〉の『逸士伝』は『隋書』巻三三経籍志二に「逸士伝巻一、皇甫謐撰」とあるが、すでに佚書となっている。ただし皇甫謐『高士伝』巣父にこの文を載せ、また『高士伝』許由にも巣父に関する記事がある。12〈李善注〉の『三輔三代旧事』も佚書であるが、四皓のことは『高士伝』巻中、『漢書』巻七二王貢両龔鮑伝にある。

○**詳解16**　11抗行の用例を李善は示さないが、『佩文韻府』には顔延之の本例と次の二例を挙げる。一つは『漢書』巻一〇〇上叙伝上の「廼ち夷は行を首陽に抗げ、恵は志を辱仕に降し、顔は楽しみを箪瓢に耽り、孔は篇を西狩に終ふるが若き、声は天淵に盈ち塞がる。真に吾が徒の師表なり」。夷は伯夷。恵は柳下恵。顔は顔淵。孔は孔子。班固の「賓の戯れに答ふ」（『文選』巻四五）にこの文を載せる。二つは魏の文帝の「連珠」の「蓋し聞く、琴瑟高く張れば則ち哀弾発し、節士抗行すれば栄名至ると。是を以て申胥は音を南極に流し、蘇武は声を朔裔に揚ぐ」（『芸文類聚』巻五七）。節士は節操高い人士。申胥は春秋楚の申包胥。蘇武は漢の人。また『楚辞』九章・哀郢にも「堯舜の抗行は瞭として杳杳として天に薄《せま》る。讒人の嫉妬は被らすに不慈の偽名を以てす」、『後漢書』巻八〇下禰衡伝にも「任座の抗行、史魚の厲節は、殆んど以て過つこと無けん」とある。任座は戦国魏の人。史魚は春秋衛の人。以上の抗行と称せられる人に共通するのは、世俗に容れられぬ、高遠・高尚・孤高の行為を持していることである。12峻節も抗行と対であることからそのような精神を持している人をいうようである。あえて区別すれば、抗行は外面的な行為にいい、峻節は内面的な精神をいうのであろう。

13［故］まことに。もともと。［父老］田舎親父。ここは蔑称の用法。［堯禹］堯と禹。ともに伝説上の帝王でよく世を治めた為政者。〈李善注〉「范曄の後漢書（巻二九郅惲伝）に曰はく、郅惲は鄭敬に謂ひて曰はく、子は我に従ひて伊呂と為らんか。将《は》た巣許と為らんか。而して堯舜を父老とせんかと」。伊呂は殷の賢相伊尹と周の宰相呂尚。巣許は巣父と許由。ともに隠者。

14［錙銖］わずかなこと。錙は六銖の重さ。一説に六両、又は八両の重さ。銖は一両の二四分の一の重さ。軽んじ卑しむことにいう。［周漢］周代と漢代。〈李善注〉「礼記（儒行篇）に、孔子曰はく、儒に上は天子に臣たらず、下は諸侯に事へざるもの有り。国を分つと雖も、錙銖の如くす。此くの如き者有りと。鄭玄曰はく、国を分つと雖も、以て之を禄し、之を視るに軽きこと錙銖の如しと」。〈呂延済注〉「言ふこころは此の数人は行を秉《と》り節を守るに其の身を以てし、堯禹周漢を軽細すること平居の父老の如し。錙銖は猶ほ軽細のごときなりと」。此数人は巣父・伯成子高・伯夷・四皓をいう。秉行は抗行を守る。守節は峻節を守る。軽細は軽視する。つまらぬとする。平居父老は普段の老人。普通の年寄り。

○詳解17　13堯は11巣と、13禹は11高と、14周は12夷と、14漢は12皓と、それぞれ時代が対応する。

○詳解18　13〈李善注〉の『後漢書』中華書局本は「子は我に従ひて伊呂と為らんか。将た巣許と為りて堯舜を父老とせんか」の二文に作り、二つを対比する。父老の語は一般には尊称・敬称であるが、13父老は14錙銖と対となることから、蔑称・卑称の意であろう。父老を蔑称・卑称とするのは、13〈李善注〉の『後漢書』の父老がその例である。章懐太子注には「父老の人」とある。而父老堯舜乎は疑問形だが、13によく似ている。因みに田父・漁父の父も蔑称・卑称の類である。

15［而］しかし。11から14までを反転させて、19につなぐ。［緜世］世代を連なる。世代が経過する。緜は綿。連なる。歴る。［浸遠］次第に遠くなる。〈劉良注〉「緜は歴、浸は漸なり」。

16［光霊］光り輝く魂。輝かしい、精神。［属］続く。連なる。〈李善注〉「東観漢記（東平憲王蒼の伝）に、上は東平王の蒼に書を賜りて曰はく、歳月は騖《は》せ過ぎ、山陵は浸く遠し。今、魯国の孔氏にも尚ほ仲尼の車輿冠履有り。明徳の盛んなる者、光霊は遠きなりと」。上は後漢の章帝。在位七五～八八。山陵は山や陵。墓陵。仲尼は孔子の字。車輿冠履は車・冠・履。生前の遺物。明徳はすぐれた徳性。立派な本性。〈劉良注〉「言ふこころは代を歴ること漸く遠く、此の人の光景神霊は相ひ連属せざるなりと」。此人は巣父・伯成子高・伯夷・四皓をいう。連属は連なり続く。

○詳解19　16光霊の用例は顔延之の「陵廟に拝して作る」にも「周の徳は明祀を恭《つつ》しみ、漢の道は光霊を尊べり」とある。明祀（明なる祀）と対になる光霊は光ある霊（輝ける魂）の意であろうが、16〈劉良注〉は光景神霊の四字に解する。この場合、光景の神霊ではなく、光景と神霊の意であり、二語は近い意味であろう。淵明後の謝霊運の「初めて石首城を発す」に「日月は光景を垂れ、貸を成して遂に茲れを兼ぬ」とある光景は輝く光の意であるが、それは李善注に「日月は太祖に喩ふるなり」とあるように、太祖の明徳に喩えられる。

○詳解20　16〈李善注〉の『東観漢記』は15浸遠と16光霊の典故であるが、省略文を補うと次のようになる。「建初三年、蒼に書を賜りて曰はく、歳月は鶩せ過ぎ、山陵は浸く遠し。孤心は惨愴たり。衛士を南宮に饗す。因りて過《よぎ》りて按行し、皇太后旧時の衣物を閲視す。惟れ王の孝友の徳なり。今、光烈皇后の仮髻帛巾各〻一衣一篋を以て王に遺《おく》る。時に瞻視して以て凱風寒泉の思ひを慰むべし。今、魯国の孔氏にも尚ほ仲尼の車輿冠履有り。明徳の盛んなる者、光霊は遠きなり。」これによると光霊は亡き皇后の昔の衣物や先祖孔子の遺物に対していわれる。つまり生きている人ではなく、死者でしかも明徳の盛んなる者に対していわれる。巣父・伯成子高・伯夷・四皓もその範疇にある人たちである。

17［菁華］茂っている華。満開の花。菁は盛んに茂る。また花。［隠没］埋没する。なくする。〈張銑注〉「菁は英なり」。

18［芳流］芳ばしい流れ。芳潤な香。流はただう香。［歇絶］途絶える。なくする。

19［不其惜乎］なんと惜しいではないか。「不其～乎」は反語形、詠嘆形。

○詳解21　17菁華隠没・18芳流歇絶は、13堯禹を父老とする11巣高之抗行、14周漢を鎦銖とする12夷皓之峻節がなくなったこと、言い換えれば16光霊不属を比喩的に表現するものである。蘭や龍を明徳の盛んなる者に喩えることは古くからあるが、菁華や芳流は管見に入らない。なお17・18のこの位置に菁華・芳流の語を用いるのは、1から4までの瑲玉・池隍・桂椒・園林などの語を意識してのことであろうか。

○詳解22　15以下19までを一文とする。16および18に句点を置き三文とすることもできるが、15而るにの逆転は19まで響くとみる。

20［今之作者］今の世の隠逸者。〈李善注〉「論語（憲問篇）に子曰はく、作す者七人と」。作者は為す者。11巣高之抗行・12夷皓之峻節を為す者。

21［人］ここは20今之作者をさす。［自為量］それぞれに思いはかる。〈呂向注〉「言ふこころは今の此の道を作為する者は、人人自ら以て大いに量ることを為す」。此道は11巣高・12夷皓の抗行・峻節の道。

22［首路］路を歩みはじめて。歩みはじめたときから。［同塵］世俗と調子をあわせる。〈李善注〉「老子（第四章・第五十六章）に曰はく、其の光を和らげて其の塵を同じくす」。和其光は知恵の光を和らげる。

23［輟塗］塗《みち》の途中でやめる。［殊軌］軌の向きを変える。方向転換する。〈李善注〉「陸機の（長安有）俠邪行に曰はく、将に塗を殊にする軌を遂《すす》みて、子を帰を同じくする津に要《もと》めんとすと」。津は渡し場。〈呂向注〉「其の道路を観るに、古人と其の清塵を同じくすべし。其の中塗に及びて輟止し、其の跡をして殊変せしむる者多し」。古人は11巣高と12夷皓をさす。清塵は貴人の塵。清らかな跡。

○詳解23　20〈李善注〉の『論語』には「子曰はく、賢者は世を辟《さ》け、其の次は地を辟け、其の次は色を辟け、其の次は言を辟くと。子曰はく、作す者は七人と」とあり、七人の名は挙げないが、包咸は長沮・桀溺・丈人・石門・荷蕢・儀封人・楚狂接輿とし、王弼は伯夷・叔斉・虞仲・夷逸・朱張・柳下恵・少連とし、鄭玄は伯夷・叔斉・虞仲（以上、世を辟くる者）・荷蓧・長沮・桀溺（地を辟くる者）・柳下恵・少連（色を辟くる者）・荷蕢・楚狂接輿（言を辟くる者）の十人を挙げる。いずれにしても正義に「此の章は古自りの隠逸賢者の行を言ふなり」とある隠逸者のこと。

○詳解24　20から23までは、今之作者は13堯禹時代の11巣高および14周漢時代の12夷皓の隠逸者とは異なることを述べる。

○詳解25　22・23而首路同塵・輟塗殊軌者多矣の解釈について。この二文は縁のある路・塵・塗・軌の語を用いて20今之作者について述べる。足利本は首の字を道の字に作り、而モ道レ路ニ同レシ塵《アト》ヲ輟《トドマリ》レ塗ニ殊レニスル軌《アト》ヲ者多シ矣と訓むが、道の字に送り仮名がない。23〈呂向注〉の道路は中途との対比で考えると、おそらく首路（出発地）の意であろう。『文選傍証』には「六臣本、首を道に作るは誤りなり。首路は下の輟塗と対す」という。いま道路を首路に改め、〈呂向注〉によって22・23を解すると、初めは昔の隠逸者と同じであるが、途中で止めて方向を変える者が多い意となり、22・23は首路には塵を同じくするも、塗に輟めて軌を殊にする者多しと訓むことになる。〈呂向注〉で注目すべきことは、老子のいう同塵（世俗と調子をあわせること）を、清塵（世俗と調子をあわせないこと）に換えて用いていることである。清塵の用例は『楚辞』遠遊篇に「赤松の清塵を聞き、風を遺則に承けんことを願ふ」、『漢書』巻五七下司馬相如伝の「上書して猟を諫む」に「卒然として逸材の獣に遇ひ、駭きて不存の地より属車の清塵を犯さば云云」とあり、顔師古注に「清と言ふは尊貴の意なり。而して説く者乃ち以て道を清め塵を灑《ち》らすと為し、之を清塵と謂ふは非なり」という。〈都留解〉には「首路より塵に同《どう》じ、塗《みち》に輟《とど》まり軌《わだち》を殊《こと》にする者多し」、「路の出発点から、俗世間と調子を合せ、中途でやめたり、異なった方向へ行ったりする者がたくさんいる」とある。これは初めから隠逸者でない者、初めは隠逸者であるが途中で止める者、（時期は明示されないが）方向を変える者の三通りがあり、こういう人が多いとする。〈小尾解〉には「而《しか》も首路《しゅろ》は塵《ちり》を同《おな》じうし、塗《みち》を輟《や》め軌《き》を殊《こと》にする者多《ものおほ》し」、「しかし、世俗のちりに染まり、途中でやめて道筋を変えてしまう者が多い」とある。これは（時期は明示されないが）隠逸者でない者、途中で止めて方向を変える者の二通りがあり、こういう人が多いとする。私見は首路と輟塗とを対比させ、路に首《はじ》めて（あるいは首路よりと訓む）塵を同じくする者多く、塗に輟めて（あるいは輟塗よりと訓む）軌を殊にする者多しとし、22首路同塵と23輟塗殊軌とは同じ文構造で、それぞれが23者多矣に係るとみる。

○詳解26　23輟塗殊軌の出典として23〈李善注〉は陸機の「長安有侠邪行」を挙げるが、李善はこの詩には『易』繋辞伝下の「天下は帰を同じくして塗を殊にす」を注する。

24［末景］末の光。夕日。［余波］余りの波。支流。末流。〈李善注〉「陸機の詩（佚）に曰はく、惆悵として平素を懐ひ、豈楽して茲に于て同じ、豈宴して末景に棲み、游豫して余蹤を躡むと。尚書（禹貢）に曰はく、余波は流沙に入ると。」惆悵は憂い嘆くさま。平素は昔。豈楽はやわらぎ楽しむ。豈宴はやわらぎくつろぐ。棲は居る。身を置く。游豫は遊び楽しむ。余蹤は消えずにある跡。流沙は砂漠。〈呂向注〉「豈に古人の末景を照明し、余波に泛浮する所以ならんや」。古人は11巣高・12夷皓をさす。照明は照り輝かせる。泛浮は浮かべる。

○詳解27　24〈李善注〉の陸機の「詩」の末景が24末景の用例にとどまるか典故となるかは、陸機の詩意が詳らかでないために定めがたい。なお『文選考異』巻一〇は豈宴の豈の字について「袁本・茶陵本、豈を堂に作る。案ずるに堂も亦た非なり。当に賞に作るべし」というが、豈宴を賞宴とする根拠は示さない。『佩文韻府』には賞宴の用例はないが、何遜の「日夕に江を望み魚司馬に贈る詩」に「城中に宴賞多く、絲竹は常に繁会す」という宴賞の用例がみえる。

○詳解28　24末景・余波は、16光霊不属となった11巣高之抗行・12夷皓之峻節を比喩的に表現する。夕日のようにまた支流のようになってしまった、かつての隠逸者の行為や節操を輝かし、広めることができない今の隠逸者を責めるのが、24豈所以昭末景汎余波である。

○詳解29　冒頭より24までは往事の隠者をとりあげ、徴士陶淵明を導く伏線とする。

25［有晋］晋。有は助辞。［徴士］0注（一二七頁）参照。

26［尋陽］郡の名。今の江西省九江市。長江の南。［陶淵明］陶は姓。淵明は名とも字ともいう。〈李周翰注〉「尋陽は郡名なり。淵明は潜の字なり。」

27［南岳］南方の山。ここは廬山のこと。［幽居者］心静かに居る者。仕官せず一人静かに居る隠者。〈李善注〉「礼記（儒行篇）に曰はく、儒に幽居して淫せざる有りと」。儒は儒者。不淫は片寄らない。よこしまでない。

○詳解30　26陶淵明の出身は『宋書』本伝には「尋陽の柴桑の人なり」とある。尋陽・柴桑は『晋書』地理志下には「永興元年（三〇四）、廬江の尋陽、武昌の柴桑二県を分かちて尋陽郡を置く。江州に属す」とある。

○詳解31　26〈李周翰注〉は淵明は潜の字なりとするが、名と字については古来諸説がある。⑼詳解3（一一三頁）参照。〈都留解〉には「それにしても、彼の名と字が、かくもまちまちに記されているのは、どういうことなのであろうか。実はそのほうが、むしろ問題と言えよう。ここでその理由を考えてみるに、そのひとつは、当時の政治および階層社会にあって、淵明が、注目されるような位置にあるものではなかったこと、いまひとつは、その文学が、当時の知識人たちから、ほとんど顧みられていなかったことによる」とある。

○詳解32　27〈李善注〉の『礼記』の幽居の鄭玄注には「幽居とは独り処る時を謂ふなり」といい、孔穎達疏には「幽居とは未だ仕へずして独り処るなり」という。仕官せぬ独居者、つまり俗世を離れ独り静かに居る隠者、それが27幽居者である。淵明の詩には「我は実に幽居の士、復た東西の縁無し」（「龐参軍に答ふ」）、「豈に他の好み無からん、楽しみは是れ幽居」（龐参軍に答ふ）とあり、自分は幽居の士であり、幽居を楽しむ者であるとする。なお淵明の幽居の地は、奥深い山中ではなく、人境であった。⑷1（三四頁）参照。

28［弱］弱年。年若い時。　［弄］戯れる。人とふざける。〈李善注〉「左氏伝（僖公九年）に、郤芮は秦伯に対へて曰はく、夷吾は弱きより弄を好まず、長じても亦た改めずと」。郤芮は晋の大夫。夷吾は晋の公子で、恵公のこと。〈呂延済注〉「弱は少なり」。

29［長］年長。成長した時。　［素心］飾り気のない心。素朴で素直な心。本心。〈李善注〉「礼記（檀弓篇下）に曰はく、哀素の心有りと。鄭玄曰はく、凡そ物に飾り無きを素と曰ふと」。〈呂延済注〉「素とは飾り無きなり」。

○詳解33　28〈李善注〉の『左氏伝』の不好弄は杜預注に「弄は戯なり」とあるのによると、人とふざけあうことを好まぬ意味で、世俗とかかわらぬ生き方をする淵明をいうのであろう。ただし『左氏会箋』には「弄は是れ嫚戯なり。人を謔浪狎侮して以て憎しみを取らざるを言ふなり」とあり、人を侮りなめる意とする。

○詳解34　28〈李善注〉の『左氏伝』の前後には次のようにある。「秦伯は郤芮に謂ひて曰はく、公子は誰をか恃めると。対へて曰はく、臣聞く、亡人は党無し。党有れば必ず讎有りと。夷吾は弱きより弄を好まず。能く闘ふも過ぎず。長じても亦た改めず。其の他を識らずと」。公子は夷吾。夷吾はこのとき梁に亡命していた。亡人は亡命者。党は仲間。不識其他はこれ以外の事はわからない。臣聞の内容は、亡人である夷吾は無党であるゆえに無讎であることをいう。李善が臣聞の内容および能闘不過を略して引くのは、これらは顔延之の文意とは関係ないと判断したのであろう。

○詳解35　29素心は『礼記』を引く〈李善注〉によると哀素之心を出典するが、鄭玄は哀痛のために飾らぬ生地の心のことであるという。素心の用例は陶淵明以前にはみえず、淵明の「移居の詩二首」（其の一）に「昔南村に居らんと欲せしは、其の宅を卜せしが為に非ず、素心の人多しと聞き、与に数〻晨夕せんと楽《ねが》へばなり」とあり、丁福保の『陶淵明詩箋注』には「素心の人とは本心質素にして炫飾無きを謂ふなり」とある。炫飾は飾りたてること。また淵明後の江淹の「雑体詩三十首」陶徴君・田居には「素心正に比くの如し、逕《みち》を開きて三益を待たん」

とあり、李善注には「方言に曰はく、素は本なり」という。陶淵明の素心をうたう江淹の詩の素心は省略部分を整理すると、農耕・濁酒・稚子を友にして、世俗から離れた生活をよしとする心のことである。29の素心もおそらくこうした内容を含むであろう。

○詳解36　28と29は弱と長とが対応する表現であり、その対応は下三字の不好弄と実素心とを右のように解すると、ともに世俗と関わらぬ態度をいうことで共通する。従って弱きより、長じてもと訓む。これは28〈李善注〉の『左氏伝』の「夷吾は弱きより弄を好まず、長じても亦た改めず」に応ずるものである。

30　［学］学問。［称師］師を名のる。人の師であるとする。

31　［文］文章。詩文。［指達］旨意が通達する。達意。指は旨に同じ。〈劉良注〉「学は人の師と為るべしと雖も、終に其の徳を称せず。文章は但だ指適を取りて達と為し、浮華を以て務めと為さざるなり」。指適は旨が適中する。浮華は浮わついて華美なこと。形式に片寄り内容がないこと。

○詳解37　30・31には〈李善注〉がないが、『論語』為政篇に「子曰はく、故きを温ねて新しきを知る、以て師と為るべし」、『論語』衛霊公篇に「子曰はく、辞は達する而已矣」がある。詩文については⑼24（一一一頁）、詳解14（一一八頁）参照。

○詳解38　30を学は師と称せらるる非ずと受身に訓んで、他人が淵明を評価したとも解されるが、ここは31とのつながりから能動に訓んで、淵明が自らを謙遜すると解しておく。

32　［在衆］衆人の中にいる。［寡］一人。自己。

33　［処言］多言の中におる。おしゃべり連中の中におる。［愈］いよいよ。ますます。［黙］沈黙。〈張銑注〉「迹は事に在り、心は物に出づ。故に人に同じくすと雖も、清寡静黙の道を失はざるなり。逾は益なり」。足利本は迹の字を亦の字に作るが、いま明州本に従う。迹は行為。ここでは在衆・処言のことで、下の同於人をさす。

心は精神。ここでは32・33不失其寡・愈見其默のことで、下の清寡静默之道をさす。同於人は人々と一緒である。清寡はさっぱりとして口数が少ないこと。静默は静かに落ちついて黙っていること。

○詳解39　32の衆（大勢）と寡（一人）、33の言（多言）と黙（沈黙）は対立語で、両文は対句となる。とすると在衆と対になる処言は淵明がしゃべっている時の意ではなく、淵明がおしゃべり連中の中におる時の意でなくてはならない。従って愈はおしゃべり連中の中におると、淵明の沈黙はますます目立つ、ということになる。

○詳解40　32・33は大勢の中に身を置いても、周囲に煩わされて自己の信念を曲げることもなく、寡・默を保持する淵明の生き方を述べる。

34［貧病］貧乏と病気。

35［居］住居。家。［僕妾］下男下女。〈李善注〉「范曄の後漢書（巻八〇黄香伝）に曰はく、黄香は家貧しく、内に僕妾無しと」。

○詳解41　34貧病の貧についてはたとえば(9)12〜23（一一〇・一一一頁）にあったが、病については「龐参軍に答ふ」の序に「吾の疾を抱くこと多年、復た文を為らず、本より既に豊かならず、復た老病の之に継ぐ」とある。本詩は老いて後の作で少き時の作ではないが、長年病気がちであったという。

○詳解42　34貧病の語は50に「躬兼貧病」（一五八頁）とあり、〈李善注〉はこれに「史記（巻六七仲尼弟子伝）に原憲曰はく、（吾之を聞く、財無き者は之を貧と謂ひ、道を学びて行ふこと能はざる者は之を病と謂ふと）憲の若きは貧なり。病に非ざるなりと」を引く。本詠に二度使われる貧病に、先出の語ではなく後出の語に『史記』を引く李善の真意は定めがたい。二つの貧病は意を異にするというのであろうか。文意からはともに貧乏と病気のように思われる。

○詳解43　35僕妾は34少の字よりすると、下男と下女の意で下男と妾の意ではあるまい。顔延之は35居無僕妾というが、淵明の詩に妾の字はないにしても、「帰去来」には「僮僕は歓び迎へ、稚子は門に俟つ」（六七頁）とある。

にも拘らず顔延之が居無僕妾というのは34の貧を強調するためであろうか。35〈李善注〉に『後漢書』を引くのは、黄香の内無僕妾と家貧とを淵明に重ねようとするのであろう。

36［井臼］井戸で水を汲むことと臼《うす》で米を搗《つ》くこと。家事労働。［任］任せる。委ねる。〈李善注〉「列女伝（賢明伝・周南の妻）に曰はく、周南大夫の妻　其の夫に謂ひて曰はく、（家貧しく親老いたれば、官を択ばずして任ず）親ら井臼を採れば、妻を択ばずして娶ると」。任は任官する。〈呂向注〉「井を汲み臼を舂《つ》くは、其の労を任さず」。不任其労はその労働を他人に任せない。自分でする。

37［藜菽］あかざとまめ。粗食。［給］備わる。足りる。〈呂向注〉「藜を採り菽を取るは、其の食を給せず。藜は草、菽は豆、皆な貧の食なり」。貧之食は貧乏人の食物。

○**詳解44**　36を井臼は其の労に任へられず（家事は自分の労力に耐えられない）と解するのは誤りであろう。それは37との関係および36〈李善注〉の『列女伝』に親採井臼とあることによる。

○**詳解45**　36に家事労働も自分でする、37に粗食さえこと欠くとあるのは、34貧病・35無僕妾から自ずと導かれ、また36〈李善注〉の『列女伝』の補足した文に家貧があることとも重なる。

38［母老］母は年をとる。［子幼］子はいとけない。

39［就養］親の傍にいて孝養する。［勤匱］貧しさ（ゆえ）に勤め励んだ。〈李善注〉「礼記（檀弓篇上）に曰はく、親に事ふるには左右に養に就きて方無しと」。左右は左と右。傍。無方は限度がない。〈李周翰注〉「勤は苦、匱は乏なり」。

○**詳解46**　38母は「淵明の先親は君の第四女なり」（「晋の故の征西大将軍の長史孟府君の伝」）とある孟嘉の娘であるが、その生卒年は不明。38子は五人。その名は儼・俟・份・佚・佟（「子の儼等に与ふる疏」）。また「子を責む」詩は、長男十六歳、五男九歳の時の作。なお淵明の父については名爵など不明。曾祖父は名将の陶侃。

○詳解47　39〈李善注〉の『礼記』には「親に事ふるには隠すこと無く犯すこと無し。左右に養に就きて方無し。勤めに服して死に至る。致喪三年。君に事ふるには云云。師に事ふるには云云」とあり、事親・事君・事師の三つを並べる。これは40・41〈李善注〉の『韓詩外伝』『後漢書』の孝行・仕官に連なるであろう。

○詳解48　39〈李周翰注〉の勤苦の苦は苦しむではなく、ねんごろにする意。

40［遠惟］はるか遠く思いをいたす。遠く思いやる。［田生］戦国斉の田過。生は尊称。［致親］親にさし出す。親に孝養を尽くす。［議］議論。意見。〈李善注〉「韓詩外伝（巻七）に曰はく、斉の宣王は田過に謂ひて曰はく、吾聞く、儒者は親の喪には三年なりと。君の父に与けるや、孰《いづ》れか重きと。田過対へて曰はく、殆《かなら》ず父の重きに如かずと。王忿《いか》りて曰はく、則ち曷為すれぞ親を去りて君に事ふるやと。田対へて曰はく、君の土地に非ずんば、以て吾が親を処する無く、君の禄に非ずんば、以て吾が親を養ふ無く、君の爵に非ずんば、以て吾が親を尊顕する無し。之を君に受け、之を親に致す。凡そ君に事ふるは、亦た親の為なりと。宣王は悒然として以て応ふる無し」。悒然は気がふさぐさま。〈呂延済注〉「惟は思なり。余は下注に同じ」。

41［追悟］昔に逆のぼって心が開ける。遠く感じ入る。［毛子］後漢の毛義。子は尊称。［捧檄］召書をささげ持つ。檄は任官の召書・辞令。［懐］胸中。〈李善注〉「范曄の後漢書（巻三九毛義伝）に曰はく、廬江の毛義、字は少卿。家貧しく孝を以て称せらる。南陽の人の張奉は其の名を慕ひて、往きて之に候《つか》ふ。坐定まりて府の檄適〻到り、義を以て守令たらしむ。義は檄を捧げて入る。喜びて顔色を動かす。奉なる者は志尚《たか》きの士なり。心に之を賤しみ自ら来たることを恨み、固辞して去る。義の母の死せるに及び、官を棄てて行服し、数〻公府に辟されて県令と為るも、進退は必ず礼を以てす。後に賢良に挙げられ、公車もて檄するも、遂に至らず。張奉歎じて曰はく、賢者は固に測るべからず。往日の喜びは、親の為に屈せしなりと」。守令の守は郡の、令は県の長官。行服は孝を尽くす。賢者はここは毛義をさす。

○詳解49　40・41〈李善注〉の『韓詩外伝』『後漢書』は今本と比べて異同が多い。『文選李善注引書攷證』には「君之与は君与に作る。田過対・田対、竝びに田の字無し。曷為の下に士の字有り。凡事君者為は凡事君以為に作る」、「字少卿は少節に作る。孝の下に行の字有り。捧檄は奉檄に作る。尚之士は尚士に作る」とある。

○詳解50　40・41の二文は仕官は孝行のためという趣旨をくり返す。40〈李善注〉の『韓詩外伝』の「凡そ君に事ふるは、亦た親の為なり」と、41〈李善注〉の『後漢書』の「往日の喜びは、親の為に屈せしなり」とが重なる。親の為に孝行を尽くすのは家貧しく親老いたためである。〈李善注〉の『後漢書』には先の文に続けて「斯れ蓋し所謂、家貧しく親老ゆれば、官を択ばずして仕ふる者なり」とある。

○詳解51　顔延之が40に田過、41に毛義の故事を引く意図は、淵明もまた田過・毛義と同じく家貧しく親老いために、意に反して仕官し孝行を尽くしたことをいうためであろう。家貧しく親老ゆは34〜39の少而貧病、居無僕妾、井臼弗任、藜菽不給、母老子幼、就養勤匱に当たる。「帰去来」の序に「余は家貧しく、耕植するも以て自給するに足らず。幼稚は室に盈ち、缾に儲粟無し。（略）家叔は余が貧苦なるを以てし、遂に小邑に用ひらる」（七一頁）、「子の儼等に与ふる疏」に「少くして窮苦、毎に家弊を以て東西に游走す」とある。

42［初］そのかみ。事柄のはじめに遡っていう語。［辞］辞退する。［州府］州と府。ともに行政区画の名。［三命］たびたびの任命。三は多い意。

43［後］その後。［彭沢令］彭沢県の知事。彭沢は今の江西省九江市の東。

○詳解52　和刻本は42・43の三命を後につけて初め州府を辞して、三命の後に彭沢の令と為ると訓むが、いま初と後が文頭にあって対置されると考え、三命を前に付けて訓んだ。因みに〈都留解〉は三命を前につけて訓み、〈小尾解〉は後につけて訓む。

○詳解53　42に辞州府三命とあるが、淵明の任官に関しては、一回目は三九三年（二九歳）ころ江州祭酒となるが、幾何もなく辞任。二回目はこのころ州の主簿に召されるが、辞退。三回目は三九九年（三五歳）ころ鎮軍参軍となる。四回目は四〇五年（四一歳）の三月（?）、建威参軍となる。同じ年の八月、五回目の43彭沢令となるが、十一月に辞任。辞退したのは二回目だけで、あとは就任している。なお四一八年（五四歳）ころ著作佐郎に召されるが、辞退。従って辞州府三命とあるのは事実の通りではなく、淵明の超俗心を印象づける表現といえる。巻末の陶淵明略年譜（一九九頁）参照。

44［道］生きる道。道義。主義。［偶］仲間となる。相手となる。［物］俗なる物。俗事。あるいは俗人。〈李善注〉「孫盛の晋陽秋（佚）に曰はく、嵆康は性　俗に偶せずと」。〈劉良注〉「偶は諧なり」。諧はやわらぐ。うまく合う。〈張銑注〉「俗と諧せざるなり」。

45［棄官］官職を棄てる。辞職する。［従好］慕う所に身を委ねる。古人の生き方に従う。〈李善注〉「論語（述而篇）に、子曰はく、吾が好む所に従はんと」。

○詳解54　44道不偶物は道として物に偶せずと訓むこともでき、これを45棄官の理由とする。道は『説文解字』巻二下に「道とは行く所の道なり。一達　之を道と謂ふ」とある本義に解することもできるが、ここでは概念を表す語とする。偶は配偶の偶の意とし、44〈劉良注〉の諧には従わない。仲間になれない、親しみが持てない意に解する。物は42・43のつながりからすると彭沢令を意識すると考えて、俗事が表の意で裏に俗人の意を含むと解する。〈小尾解〉は「道《みち》　物《ひと》に偶《あ》はず」と訓む。物をひとの意とする用例は嵆康の「幽憤詩」に「好を老荘に託し、物を賤みて身を貴ぶ。（略）性は物を傷はざるに、頻りに怨憎を致す」とある。44〈李善注〉に性不偶俗を引くのは、道を性に、物を俗に比するのであろうか。

○詳解55　45〈李善注〉の『論語』の全文は「子曰はく、富にして求むべくんば、執鞭の士と雖も、吾亦た之を為さん。如し求むべからずんば、吾が好む所に従はんと」である。李善が全文を引かず従吾所好だけを引くのは、富は問題にせず、45従好二字の用例を指摘するにとどまるのであろう。孔安国注には「好む所とは古人の道なり」という。孔安国注によれば45好むに従ふとは古人の道に従うことであり、その古人は11の巣高、12の夷皓をさすことになる。これら古人は淵明の思慕する人であり、理想とする人であった。

46［遂］かくて。そのまま。［乃］はじめて。ようやく。［解体］肉体を解放する。身体を自由にする。［世紛］世の中のもつれ。世俗の名誉・地位など。〈李善注〉「左氏伝（成公八年）に、季文子曰はく、四方の諸侯は、其れ誰か体を解かざらんと。嵇康の幽憤の詩に曰はく、世務は紛紜たり、（祇《た》だ予が情を攪《みだ》す）と」。解体は四方の諸侯が体系を解くこと。人心が離れること。世務は世俗の任務。紛紜は乱れるさま。

47［結志］意志を結束する。精神を集中する。［区外］区域の外。世俗の外側。〈李善注〉「蔡伯喈の郭林宗の碑に曰はく、区外に翔りて以て翼を舒《の》ばすと」。舒翼は羽を広げる。

○**詳解56**　46遂乃は42〜45を受けて、官から隠へ方向転換するつなぎの語である。乃には官から心身を解放する喜びの情を含むであろう。

○**詳解57**　46解体は47結志と対応しており、体は身体、志は意志の意で、46解体は46〈李善注〉の『左氏伝』の解体とは意が異なる。従って李善が引く意図は語の例であって、意味までは含まない。

○**詳解58**　46世紛の用例として〈李善注〉は嵇康の「幽憤詩」を引くが、『後漢書』巻四〇下の班彪・班固伝賛にも「彪は皇命を識り、固は世紛に迷ふ」とあり、淵明の「述酒」にも「朱公は九歯を練り、閒居して世紛より離る」とある。

○**詳解59**　47区外は『荘子』斉物論篇の「六合の外は、聖人存して論ぜず」、「而して塵垢の外に遊ぶ」、大宗師篇の「芒然として塵垢の外に彷徨す」、「彼は方の外に遊ぶ者なり」などの六合外・塵垢外・方外と同意である。従って区外は世俗を超超した世界をいう。

48［定迹］居所を決める。生き方を決定する。［深棲］棲む処を奥深くする。奥深くに住む。

49［於是乎］かかる段階において。［遠］（世俗から）遠く離れる。
○詳解60 48定迹深棲を〈都留解〉は跡を深き棲《すみか》に定めと訓む。
○詳解61 49の於是乎遠は淵明が世俗からまったく縁を切ったことをいい、次の50以下では俗外の淵明の生活について述べる。
50［灌畦］畑に水を撒《ま》く。［鬻蔬］野菜を育てる。〈李善注〉「（潘岳の）閑居の賦に曰はく、園に灌ぎ蔬を鬻《ひさ》ぎ、朝夕の膳に供す」。〈呂向注〉「畦は園、鬻は売なり」。

51［魚菽之祭］魚や豆の祭。祭の供物としては粗末な物をいう。〈李善注〉「公羊伝（哀公六年）に、斉の大夫の陳乞曰はく、常の母　魚菽の祭有りと」。常之母はわが子の母。妻のこと。〈呂向注〉「斉の大夫の陳乞曰はく、常の母　魚菽の祭有りと。祭るに魚豆を用ふるは倹を示すなり。菽は豆なり」。倹は倹約。

52［織絇］靴の飾りを織る。［緯蕭］蓬を編んで草履を作る。〈李善注〉「穀梁伝（襄公二十七年）に「甯喜は晋に出奔し、絇を邯鄲に織り、終身　衛を言はず。鄭玄の儀礼（士喪礼篇の「綦もて跗に結び絇を連ぬ」）の注に曰はく、絇は状　刀衣の如くして、履の頭《さき》なりと。荘子（列禦寇篇）に曰はく、河上に家貧しくて蕭を緯むを恃みて食らふ者有りと。司馬彪（佚）曰はく、蕭は蒿なり。蒿を織りて薄を為ると」。甯喜は春秋衛の大夫。刀衣は不明。蒿はよもぎ。薄は草履。また簾・簗・飾りのこと。

53［糧粒之費］穀物を買う費用。食費。
○詳解62 51魚菽之祭は51〈李善注〉の『公羊伝』の何休注の「斉の俗として婦人の祭事を首《はじ》むるに、魚豆を言ふは薄陋にして有る所無きを示す」によると、祭の供物としては粗末で最低の物をいう。
○詳解63 50〈李善注〉の「閑居の賦」の前後には「是に於て止足の分を覧、浮雲の志を庶ひ、室を築き樹を種ゑ、逍遥し自得す。池沼は以て漁釣するに足り、春税《しょうぜい》は以て耕に代ふに足る。園に灌ぎ蔬を粥《ひさ》ぎ、以て朝夕の膳に供し、羊を牧し酪を酤《う》り、以て伏臘の費を俟つ」とあり、李善注には「字書に曰はく、粥は売なりと。粥と鬻とは音義同じ」という。伏臘は夏の祭と冬の祭。これによると灌園粥蔬と牧羊酤酪、供朝夕之膳と俟伏臘之費とが対応する。

○詳解64　50～53はこの「閑居の賦」を意識するが、50・51・52〈李善注〉によると50は「閑居の賦」を、51は『公羊伝』を、52は『穀梁伝』を典故とするが、53には典故を示さない。そして50灌畦鬻蔬と52織絢緯蕭、51供魚菽之祭と53充糧粒之費とが対応する。さらに52の織絢と緯蕭が対等の関係であることからすると、50の灌園と鬻蔬も対等の関係であるとするがよかろう。従って52の緯蕭と対応する50の鬻蔬は、50〈呂尚注〉・詳解63〈李善注〉の鬻《ひさ》（粥）ぐのように蔬を鬻《ひさ》ぐと訓まず、『荘子』徳充符篇の「四者は天鬻《てんいく》なり。天鬻なる者は天食なり」の鬻に従い、蔬を鬻《やしな》ふと訓む。天鬻とは天が（人を）食《やしな》うこと。

○詳解65　50灌畦鬻蔬は典故となる詳解63「閑居の賦」の「止足之分」（『老子』第四十四章）、「逍遥自得」（『荘子』譲王篇）よりすると、淵明の老荘精神を重んずる生活をいい、従って51魚菽は「止足之分」による祭事である。52織絢緯蕭は典故となる『荘子』の「河上に家貧しくて蕭を緯むを恃みて食らふ者有り」よりすると、淵明の貧窮生活をいい、従って53充糧粒は貧窮を救う食糧である。

54［異書］奇異な書物。珍しい本。

55［酒徳］酒の功徳。酒の良さ。〈李善注〉「劉劭集（佚）に酒徳の頌有り」。劉劭は三国魏の人。

○詳解66　54心好と55性楽は意は近いであろう。『論語』雍也篇に「子曰はく、之れを知る者は之れを好む者に如かず。之れを好む者は之れを楽しむ者に如かず」を意識するかも知れないが、ここでの好むと楽しむは同価値であろう。

○詳解67　54異書について〈伊藤解〉には「怪異の書。淵明は奇怪な動植物のことを記した『山海経《せんがいきょう》』に興味をもち（「山海経を読む」詩十三首）、また志怪小説『捜神後記《そうしんこうき》』の作者に擬せられたことがある」とある。世俗とは違う世界を楽しんだことをいうのであろう。「山海経を読む詩」は五四頁参照。

○詳解68　55〈李善注〉について『文選考異』『文選傍證』に説があるが、『文選李善注引書攷證』には「（劉劭集）佚　案ずるに隋志四に云ふ、梁に光禄勲劉邵集二巻有りと。両唐志に亦た劉邵集二巻有り。魏志二十一は劭に作る。胡氏云ふ、何校は劭を霊に改むと。陳云ふ、劭伶は誤りならん。案ずるに霊、是なりと。巻五十八の褚淵碑文の参以酒徳の注は晋書劉伶に酒徳頌有りに作る。胡氏云ふ、袁本・茶陵本には晋書の二字無く、伶を劭に作る。案ずるに尤の校改する所も亦た非なり。劭は当に霊に作るべしと。巻六十の顔光禄を祭る文の流連酒徳の注は劉霊に酒徳頌有りに作る。巻四十七の劉伯倫の酒徳頌の注に引く臧栄緒『晋書』に云ふ、劉伶、字は伯倫と。胡氏云ふ、袁本・茶陵本、伶を霊に作るは是なり。然るに今、劉霊集・劉伶集の両書を諸志載せず。胡説は疑ふらくは未だ必ずしも是ならず。後考に俟つ」とあり、〈李善注〉の真偽は明らかにし難い。酒の徳とは百薬の長で、不老長寿の効があることをいうのであろう。

56［簡棄］省く。棄てる。　［煩促］煩わしいこと。煩項であること。

57［就成］成し遂げる。作りあげる。　［省曠］あっさりしていること。余分なものがないこと。〈李善注〉「張茂先の何劭に答ふる詩（二首・其の一）に、恬曠は苦《はなは》だ足らずして、煩促は毎に余り有りと」。

○詳解69　56・57は対偶表現で、同じことを両面からいう。56煩促は世俗の面から、57省曠は隠遁の面からいい、世俗から離れてのんびりした生活がしたいことをいう。省曠は57〈李善注〉の「何劭に答ふる詩」の恬曠に同じで、李善はここに「広雅（釈詁四）に曰はく、恬は静なりと。蒼頡篇（佚）に曰はく、曠は疏曠なりと」を引く。

58［国爵］国の爵位。　［屏貴］地位・身分を棄てる。高貴であることを顧みない。〈李善注〉「荘子（天運篇）に曰はく、夫れ孝・悌・仁・義・忠・信・貞・廉は、此れ皆な自ら勉めて以て其の徳を役する者なり。多とするに足らざるなり。故に曰はく、至貴なるものは国爵をば屏け、至富なるものは国財をば屏く。是を以て道は渝《かは》らずと。郭象曰はく、屏とは除棄の謂なり。夫れ貴の其の身に在れば、猶ほ之を忘る。況んや国爵をや。斯れ其の至なりと」。

59［家人忘貧］家族に貧乏であることを忘れさせる。〈李善注〉「荘子（則陽篇）に曰はく、故に聖人は其の窮するや、家人をして貧を忘れしめ、其の達するや、王公をして爵禄を忘れて卑に化せしむと。郭象曰はく、淡然として欲無し。家人は貧の苦しむべきを識らずと」。淡然はあっさりしているさま。

○**詳解70**　58屏の主語は58〈李善注〉の『荘子』では至貴なるもの、また59忘の主語は59〈李善注〉の『荘子』では聖人となり、58・59はこれによって「国爵をば貴きを屏け、家人をして貧しきを忘れしむ」と訓んだ。至貴とは窮極の貴、無為自然の道であり、またそれを体得した人をいい、聖人もそのような人である。これを58・59にあてはめると、淵明は荘子がいう至貴なるものであり聖人であり、郭象に従っていえば「貴の其の身に在れば、猶ほ之を忘れる。況んや国爵をや」の人であり、淡然として欲無き人である。

60［著作郎］歴史を掌る官。著作佐郎に作る本もある。

61［称疾］病気だという。

○**詳解71**　60・61について陶澍の『年譜考異』には「王譜、君の年五十四。楚調に云ふ、僶俛たること六九年と。召して著作佐郎と為すも応ぜず。是の歳、宋公は相国と為ると。呉譜、詔ありて著作郎に除せらるるも疾と称して就かず。南史の本伝に見ゆと。澍按ずるに、宋書、義熙の末、著作佐郎に徴さると。亦た必ずしも其の十四年に定めず。顔の誄・蕭の伝皆な著作郎に作る」とある。

62［春秋］年齢。

63［元嘉四年］劉宋の文帝の年号。四二七年。［月日］某月某日。
64［尋陽県］今の江西省九江市。［其里］ある村里。
○詳解72　62春秋若干について『宋書』陶潜伝には「潜は元嘉四年卒す。時に年六十三」とあり、63月日の月について は「自祭の文」に「律は無射に中たる」、「挽歌の詩」に「厳霜九月中、我を送りて遠郊に出づ」とある。また64某里については宜豊（今の新昌）、上京、柴桑（今の楚城郷）など諸説が行われている。
65［近識］身近な知りあい。
66［遠士］遠くの人士。
○詳解73　65近識・66遠士の用例は顔延之以前には見えないが、『礼記』学記篇に「夫れ然る後に以て民を化し俗を易ふるに足る。近き者は説服し、遠き者は之に懐く。此れ大学の道なり」とある。
67［冥黙］奥深いこと。死ぬこと。［福応］福が反応する。瑞兆がある。〈李善注〉「張衡の霊憲図注（佚）に曰はく、寂寞として冥黙し、象を為すべからずと」。〈劉良注〉「言ふこころは冥黙して象無しと雖も、固より神《こころ》に応ずるなりと」。

68［嗚呼］歎息の辞。［淑貞］清く正しい。〈劉良注〉「嗚呼は歎詞、淑は善、貞は正なり」。
○詳解74　67〈李善注〉の張衡の「霊憲」には「太素の前は、幽清玄静、寂寞冥黙にして、象を為すべからず。厥の中は惟れ虚、厥の外は惟れ無なり。是くの如き者は永久なり」（厳可均『全後漢文』巻五五）とある。また班固の「幽通賦」には「道は脩長にして世は短く、敻《はる》かに冥黙して周らず」とあり、李善は「言ふこころは天の道は長遠にして人の世は促短なり。時に当たりて冥黙して徴応の至る所を見る能はざるなりと。劉徳曰はく、冥黙とは玄深にして通至すべからずと」と注する。これによると冥黙は幽清・玄静・寂寞・虚・無・玄深と同義であり、不可為象、不能見徴応之所至也、不可通至という天地開闢前の状態をいう語であるが、顔延之はこれを死ぬ意に用いている。これは冥の字が後に仏語に用いられていく過程を示すものであろう。

○詳解75　67福応は班固の「両都賦」の序に「宣武の世に至りて（略）鴻業を潤色す。是を以て衆庶は悦豫し、福応は尤も盛んなり」とあり、善行の者には福応があるとする。これは「天道は親無く、常に善人に与す」（『老子』第七十九章）に基づくのであろうか。

○詳解76　67冥黙福応は67〈劉良注〉によると、冥黙（死）んで（淵明の）象（肉体）はなくなっても、（近識や遠士の福が、淵明の）神（精神）に応える意となる。

○詳解77　68淑貞の用例は顔延之以前には見えず、貞淑の例が「故に詩（周南・関雎）に曰はく、窈窕たる淑女は、君子の好仇なりと。言ふこころは能く其の貞淑を致し、其の操を貳《ふたた》びせず。情欲の感は、容儀に介すること無し。宴私の意は動静に形さずと」（『漢書』巻八一匡衡伝）とある。匡衡の淑女評で男と女の違いはあるが、顔延之が淵明を評して淑貞というのも、その中味はこれに近いとみてよかろう。

69［実］実質。実体。［誄］しのびごと。［華］光り輝く。明かになる。

70［名］名目。形式。［謚］生前の言動によって死者につける名。

○詳解78　69と70は対偶表現。69実と70名との対応は、たとえば『韓非子』功名篇に「名実は相ひ持して成り、形影は相ひ応じて立つ」、崔瑗の「座右銘」の李善注の『越絶書』に「范子曰はく、名の実に過ぐる者は滅ぶ。聖人は名をして実に過ぎしめず」とあり、実と名は相即不離の関係にあるが、実は主として淵明の内なるものにいい、名は外なるものにいう。69誄と70謚の対応は生前と死後とをつなぐものである。誄については「誄とは累なり。其の徳行を累ねて之を不朽に旌《しる》すなり。（略）夫の誄の制為るを詳らかにするに、蓋し言を選びて行を録し、伝の体にして頌の文、栄に始まりて哀に終ふ。其の人を論ずるや、曖呼として観《み》るべきが若く、其の哀しみを道ふや、悽焉として傷むべきが如し。此れ其の旨なり」（『文心雕龍』誄）とあり、謚については「先生謚して以て名を尊び、節するに壱恵を以てす。名の行より浮《す》ぐるを恥ずるなり」とあり、鄭玄注に「諡は行の迹なり。名は声誉を謂ふなり。言ふこころは声誉衆多有る者と雖も、節するに其の行の一大善なる者を以て諡と為すのみ」（『礼記』表記篇）という。誄と諡は淵明の実と名を華やかにし高くするために重要であることを説く。

71［徳義］徳と義。〈張銑注〉「苟は且、允は信」。

72［貴賤］貴と賤。〈張銑注〉「筭は算なり」。

○詳解79　71徳義は『論語』顔淵篇に「子曰はく、忠信を主とし義に徙るは、徳を崇くするなり」とあるように、儒家の概念語である。淵明は儒家としての素養を身につけていたことをいう。

○詳解80　72貴賤は『論語』里仁篇に「子曰はく、富と貴とは是れ人の欲する所なり。其の道を以てせざれば之を得とも処らざるなり。貧と賤とは是れ人の悪む所なり。其の道を以ってせざれば之を得とも去らざるなり。君子は仁を去りて悪くにか名を成さん。（略）」とあるように、其の道によって得た富・貴・貧・賤ならば、快くそれを受け入れるとする。これもまた淵明が儒家としての素養を身につけていることをいう。

73［寛楽］心が広く事を楽しむ。［令終］いい評判を得て死ぬ。〈李善注〉「諡法（佚）に曰はく、寛楽にして終りを令くするを靖と曰ふと」。

74［好廉］清廉潔白を好む。［克己］私利私欲に勝つ。〈李善注〉「諡法（佚）に曰はく、廉を好みて自ら克つを節と曰ふと」。

○詳解81　73寛楽令終の語は『逸周書』諡法解に「寛楽にして終りを令くするを静と曰ふ」とあり、注に「性寛楽なれば、義として善を以て自ら終ふ」という。また『詩経』大雅・既酔には「昭明融有り、高朗終りを令くす」とあり、寛楽を高朗に作り、鄭箋に「高明の誉れ有りて、善名を以て終ふ」という。これによると寛楽は性をいい、令終は善名（いい評判）のうちに終ったことをいう。そのような生き方が靖（あるいは静）なのである。

○詳解82　74好廉克己の語は『逸周書』謚法解に「廉を好みて自ら克つを節と曰ふ」とあり、克己を自克に作り、注に「自ら其の情欲に勝つなり」という。また『論語』顔淵篇に「子曰はく、己に克ちて礼に復るを仁と為す。一日己に克ちて礼に復らば天下仁に帰す。仁を為すは己に由りて人に由らんや」とあり、馬融注に「己に克つとは身を約するなり」という。これによると清廉で情欲に勝ち、身を約する生きかたが節なのである。

75［謚典］謚の規則を定めた法典。

76［前志］前代の記録。〈呂向注〉「愆は違なり。前志は前の書記なり」。

77［友好］友人。仲よし。

78［靖節］73・74注、詳解81・82参照。［徵士］0注（一二七頁）参照。

1　物尚孤生　物すら尚ほ孤《ひと》り生ずるに／物でさえ独りで生ずるのだから

2　人固介立　人は固より介《ひと》り立つ／人が自立するのは当たり前のこと

3　豈伊時遘　豈に伊《こ》れ時に遘《あ》はんや／それは時勢に会う会わぬでもなく

4　曷云世及　曷《なん》ぞ世及《よよ》ぶと云はんや／代々続く続かぬでもない

5　嗟乎若士　嗟乎《ああ》　若《かくのごと》き士は／ああこのような人士は

6　望古遥集　古を望めば遥《はる》かに集まる／昔を顧みればなんと多いこと

7　韜此洪族　此の洪族《こうぞく》を韜《かく》し／（君は）自分が名門であることを隠し

8　蔑彼名級　彼の名級《めいきふ》を蔑《かろん》ず／貴族の人たちを軽視した

9　睦親之行　睦親《ぼくしん》の行は／睦み親しむ行いは

10 至自非敦 自《おのづか》ら敦《あつ》くするに非ざるものに至る／手厚くしない人にまで及ぶ

11 然諾之信 然諾《ぜんだく》の信は／然りとし諾《うべな》う誠実さは

12 重於布言 布《ふ》の言より重し／季布《きふ》の一諾より重い

13 廉深簡絜 廉深簡絜《れんしんかんけつ》にして／廉潔・深弘・簡貴・潔静で

14 貞夷粋温 貞夷粋温《ていいすゐおん》なり／貞潔・清夷・清粋・温謹である

15 和而能峻 和するも能く峻《たか》く／（人とは）調和するが峻《きび》しく

16 愽而不繁 愽《ひろ》くするも繁からず／（学問は）広範囲だが雑多でない

17 依世尚同 世に依れば同を尚《たっと》ぶとし／世俗に従えば同調者だとされ

18 詭時則異 時に詭《そむ》けば異に則《のっと》るとす／時流に逆らえば異端者だとされる

19 有一於此 此《ここ》に一《いつ》有れば／（このうちどちらか）一つが身にあれば

20 両非黙置 両《ふた》つながら黙置《もくち》せらるるに非ず／二つとも黙って放置されることはない

21 豈若夫子 豈に若《し》かんや夫子《ふうし》の／淵明先生は最高

22 因心違事 心に因《した》しみて事に違《たが》ふに／心のままに従い俗事に逆らうという（処世法が）

23 畏栄好古 栄を畏《おそ》れ古を好み／栄達を嫌い古代を好み

24 薄身厚志 身を薄《うと》んじ志を厚くす／身を軽んじ志を貴くしている

25 世覇虚礼 世覇《せいは》は礼を虚《むな》しくし／当時の覇者は心を虚しくして礼を尽くし

26 州壌推風 州壌《しうじゃう》は風を推《お》す／州や県の長官は風格を重んじ推戴した

27 孝惟義養 孝は惟《こ》れ義もて養ひ／孝行の面では義をもって親を養い

28 道必懐邦　道は必ず邦を懐《おも》ふ／人道の面では常に国を忘れることはなかった
29 人之秉彝　人の彝《い》を秉《と》るは／君が常道を執っているということは
30 不隘不恭　隘《あい》も不恭《ふきょう》もならず／隘でもなく不恭でもなく中庸である
31 爵同下士　爵は下士《かし》に同じく／爵位は最低の身分の下士と同じく
32 禄等上農　禄は上農《じゃうのう》に等し／俸禄は最高に人を養う上農と等しい
33 度量難鈞　度量は鈞《ひと》しくし難きも／人としての器量は人により異なるが
34 進退可限　進退は限るべし／出処進退は（誰でも）けじめがつけられる
35 長卿棄官　長卿《ちゃうけい》は官を棄て／（漢の）司馬相如は（病気にかこつけて）官を退き
36 稚賓自免　稚賓《ちひん》は自《みづか》ら免ず／（漢の）郇相《しゅんしょう》も（病気だといい）自分から退職した
37 子之悟之　子の之《し》を悟るや／（それに比べ）君の出処進退の悟りようは
38 何悟之弁　何ぞ悟ることの弁《あきら》かなる／何ともきっぱりした悟りようであった
39 賦詩帰来　詩を賦して帰来し／「帰去来」の詩を歌って故郷に帰り
40 高蹈独善　高蹈《かうたう》して独り善くす／俗外に身を置いて節操を守った
41 亦既超曠　亦た既に超曠《てうくわう》にして／世俗を超越したからには
42 無適非心　適《てき》として心に非ざるは無し／万事楽しく心は快適である
43 汲流旧巘　流れを旧巘《きうけん》に汲《く》み／水は古なじみの山で汲み
44 葺宇家林　宇を家林《かりん》に葺《おほ》ふ／屋根はわが家の木でふく
45 晨烟暮藹　晨《あした》の烟《えん》　暮の藹《あい》／朝方の烟《かすみ》に夕方の藹《もや》

46 春煦秋陰 春の煦《く》 秋の陰／春の陽射しに秋の日陰《ひかげ》

47 陳書輟巻 書を陳《つら》ね巻を輟《や》め／本を読んではやめ

48 置酒絃琴 酒を置き琴を絃《ひ》く／酒を整えては琴をひく

49 居備勤倹 居は勤倹《きんけん》を備へ／生活には勤労も倹約もあり

50 躬兼貧病 躬《み》は貧病を兼ぬ／身には貧乏も病気もある

51 人否其憂 人は其の憂ひを否《ひ》とするも／人はその悩みを嫌だとするが

52 子然其命 子《し》は其の命を然りとす／君はそれを天命として受け入れる

53 隠約就閑 隠約して閑を就《な》し／潜み隠れてのんびりとし

54 遷延辞聘 遷延《せんえん》して聘《へい》を辞す／引き下がって仕官しない

55 非直也明 直《ただ》の明のみに非ず／ただの賢明さがあるだけではなく

56 是惟道性 是れ惟《た》だ道の性のみ／道の性（無欲）をも持していた

57 糾纆斡流 糾纆《きゅうぼく》のごとく斡《めぐ》り流れ／（禍福は）寄り合わせた縄のように変転し

58 冥漠報施 冥漠《めいばく》として報い施《ほどこ》す／（天は善行には）ぼんやりと報いるだけ

59 孰云与仁 孰《たれ》か云ふ仁に与《くみ》すと／（天は）仁者に味方すると誰が言うのか

60 実疑明智 実に明智を疑ふ／（私はそういう）明智の人（老子）を心から疑う

61 謂天蓋高 天を蓋《けだ》し高しと謂ふも／天は高い（が卑しい人の言に耳を傾ける）というが

62 胡僭斯義 胡《なん》ぞ斯《こ》の義に僭《あやま》る／（君に対しては）どうしてその道理に背くのか

63 履信曷憑 信を履《ふ》まんとするも曷《なに》をか憑《たの》まん／信実を実践しようとしても頼るものは何もない

64 思順何寘　順を思はんとするも何にか寘《を》かん／天道に従おうとしても身を置く所はどこにもない

65 年在中身　年《とし》は中身《ちゅうしん》に在りしに／年が五十であったとき

66 疢維痁疾　疢《ちん》は維《こ》れ痁疾《せんしつ》／マラリア病にかかった

67 視死如帰　死を視ること帰《き》するが如く／帰るべき所に帰る気持ちで死を見つめ

68 臨凶若吉　凶に臨むこと吉《きつ》なるが若し／吉事のような気持ちで凶事に臨んだ

69 薬剤弗嘗　薬剤《やくざい》は嘗《な》めず／薬を嘗めることもせず

70 禱祀非恤　禱祀《たうし》は恤《うれ》へず／祈禱に頼ることもなかった

71 傃幽告終　幽に傃《むか》ひて終りを告げ／冥土に行くとき別れを告げ

72 懐和長畢　和を懐《いだ》きて長く畢《をは》る／道を体得して永眠した

73 嗚呼哀哉　嗚呼《ああ》哀しい哉《かな》／ああなんと哀しいことか

74 敬述清節　敬《つつし》んで清節を述べ／敬んで清廉潔白さを述べるとともに

75 式尊遺占　式《もつ》て遺占《いせん》を尊しとす／（それをいう以下の）遺書を立派だとする

76 存不願豊　存するも豊《ほう》を願はざるも／「（自分は）生きている時も豊かな生活を願わなかったが

77 没無求贍　没するも贍《せん》を求むる無し／死んでしまっても晴れやかな葬祭はしてほしくない

78 省訃却賻　訃《ふ》を省《はぶ》き賻《ふ》を却《しりぞ》け／死んだことを人に知らせず香奠もことわり

79 軽哀薄歛　哀を軽んじ歛《れん》を薄《うと》んず／哭泣することはやめ衣棺も粗末でいい

80 遭壌以穿　壌《じゃう》に遭へば以て穿《うが》ち／墓穴はどこでも選ばずに掘り

81 旋葬而窆　旋《と》く葬りて窆《はうむ》れ／葬るのも時を選ばずに埋めるがよい」と

82 嗚呼悲哉 嗚呼悲しい哉／ああなんと哀しいことか

83 深心追往 心を深くして往《わう》を追ひ／心を深く沈めて往日を追い

84 遠情逐化 情を遠くして化を逐《お》ふ／思いを遠く馳せて過去を追う

85 自爾介居 爾《なんぢ》が介居《かいきょ》せし自《よ》り／君が世俗を絶ってからというもの

86 及我多暇 我が暇《か》多きに及ぶ／私の怠惰な生活に影響を及ぼすことになった

87 伊好之洽 伊《こ》れ好《よしみ》の洽《あまね》き／仲良くなって気が合うようになり

88 接閻鄰舍 閻《えん》を接し舎を鄰《とな》りにす／隣り村なのにまるで隣同志のよう

89 宵盤昼憩 宵《よる》は盤《たの》しみ昼は憩ひ／夜は遊び歩いて昼はじっとしていて

90 非舟非駕 舟に非ず駕に非ず／舟にも車にも乗らずのどかな生活だった

91 念昔宴私 昔を念ひて宴私《えんし》し／昔のことを思いやってはくつろぎ

92 挙觴相誨 觴《さかづき》を挙げて相ひ誨《をし》ふ／杯を挙げ酒を飲んでは戒めあった

93 独正者危 独り正しとする者は危く／「自分だけ正しいとする者は危なく

94 至方則礙 至って方なれば則ち礙《さまた》げらる／絶対に正しいとする者は疎《うと》んぜられる

95 哲人巻舒 哲人の 巻舒《くわんじょ》は／道理に通じている者の出処進退のあり方は

96 布在前載 前載《ぜんさい》に布在《ふざい》す／前代の書籍に書き列ねてある」

97 取鑒不遠 鑒《かがみ》を取ること遠からず／戒めとすべき悪い手本は君のすぐ近くにある

98 吾規子佩 吾が規《のり》 子佩《お》びよ／私の戒めを君どうか心に留めおいて下さい

99 爾実愀然 爾《なんぢ》実に愀然《せうぜん》として／君は顔色を変えて大まじめになり

100 中言而発　言を中ばにして発す／私の言葉を中途でさえぎって次のように言った

101 違衆速尤　衆に違《たが》へば尤《とが》めを速《まね》き／「世俗に背《そむ》いて生きると咎《とが》めを受けやすく

102 迕風先蹷　風に迕《さから》へば蹷《たふ》るるを先にす／風に逆らうとまっ先に倒れてしまう

103 身才非実　身才《しんさい》は実に非ず／肉体や才能は中身のない虚しいものであり

104 栄声有歇　栄声は歇《つ》くること有り／栄誉や名声は尽きてなくなってしまうものだ」と

105 叡音永矣　叡音《えいいん》は永き矣《かな》／君の立派な言葉も聞けなくなったなあ

106 誰箴余闕　誰か余が闕《けつ》を箴《いまし》めん／いったい誰が私の欠点を戒めてくれるのか

107 嗚呼哀哉　嗚呼哀しい哉／ああなんと哀しいことか

108 仁焉而終　仁なるも終り／仁者であっても終りがあり

109 智焉而斃　智なるも斃《たほ》る／智者であっても死がある

110 黔婁既没　黔婁《けんろう》は既に没し／黔婁も没してしまったし

111 展禽亦逝　展禽《てんきん》も亦た逝く／展禽も逝ってしまった

112 其在先生　其れ先生に在りても／淵明先生においても

113 同塵往世　塵を往世《おうせい》に同じくす／前世の人と同様に去《い》ってしまった

114 旌此靖節　此の靖節を旌《あらは》し／この靖節の謚《おりな》を高く掲げて

115 加彼康恵　彼の康恵《かうけい》に加ふ／　あの康・恵の謚の上に加えられた

116 嗚呼哀哉　嗚呼哀しい哉／　ああなんと哀しいことか

1［物尚］万物でさえ。　［孤生］単独で生ずる。

2［人固］人はもちろん。　［介立］独立する。自立する。〈李善注〉「漢書音義に臣瓚曰はく、介は特なりと」。

○詳解1　1物尚孤生と2人固介立は対偶表現で、物は孤生し、人は介立するとする。李善は孤生・介立の用例を挙げないが、「古詩十九首」其の八に「冉冉たる孤生の竹、根を泰山の阿に結ぶ」、淵明の「飲酒二十首」其の四に「孤生の松に値ふに因り、翮《つばさ》を斂《をさ》めて遥かに来たり帰る」とあり、張衡の「思玄の賦」には「何ぞ孤行の煢煢たる、孑《けつ》として羣せずして介り立つ、鸞鷖の特り棲むに感じ、淑人の合ふこと希なるを悲しむ」、淵明の「戊申の歳六月中、火に遇ふ」に「総髪より孤介を抱き、奄ち出づ四十年」、「飲酒二十首」其の十九に「遂に介然の分を尽くし、衣を払ひて田里に帰る」とある。介立は束縛や干渉を嫌い、独立独歩、わが道をゆく孤高の精神をいい、顔延之はこれを高く評価する。なお足利本は孤の字を特の字に作り、〈呂延済注〉に「特は独なり」という。

3［時遘］時勢にめぐり会う。良き運にあう。

4［世及］代々続く。血として持つ。〈張銑注〉「言ふこころは時に遇ひて此の行を為すに非ず。亦た世世相ひ及びて其の事を継ぎ作すに非ずと。伊は惟なり。遘は遇なり。曷は何なり」。

○詳解2　李善は3時遘・4世及の用例を挙げないが、『史記』巻一〇九李将軍伝に「文帝曰はく、惜しい乎《かな》、子の時に遇はざるは。如し子をして高帝の時に当たらしめば、万戸侯は豈に道ふに足らんや」とある。『礼記』礼運篇に「大人は世《よよ》及びて以て礼と為し、城郭溝池をば以て固めと為す」とあり、孔穎達疏に「大人は諸侯を謂ふなり。世及とは諸侯の位を伝ふるに自ら家と与にするなり」という。これによると時遘・世及は世俗的な名誉・地位に関わる語であり、2人が介立であるのは名誉・地位が得られる時勢に会えたかどうか、あるいはそれを受けつぐ家柄に生まれたかどうかという外的な要因とは無関係に、人が本来的に有していることをいう。4世及の〈張銑注〉にいうのはこのことであり、此行・其事は介立を受ける。

5［嗟乎］感嘆の辞。［若士］このような人。ここでは淵明を意識する。〈呂向注〉「若士は潜を謂ふなり」。

6［望古］昔を顧みる。〈呂向注〉「古を望めば逸人は遥かに相ひ与に集まるなり」。逸人は隠者。逸士に同じ。
○**詳解3**　5若士は『論語』公冶長篇に「子は子賤を謂ふ、君子なる哉若《かくのごと》き人。魯に君子無かりせば、斯れ焉《いづ》くにか斯れを取らんと」とあり、包咸注に「若人とは若此人なり」という。この若人は君子をさしているが、顔延之も若士にその意味をこめているか。6〈呂向注〉にいう逸人は序の11巣高や12夷皓（一二三頁）を意識する。
7［洪族］大なる一族。名門〈李善注〉「葛龔の遂初の賦（佚）に曰はく、豢龍《けんりょう》の洪族を承け、高陽の休基を貺《たま》ふと」。豢龍は豢龍氏。高陽は高陽氏。〈李周翰注〉「韜は蔵、洪は大なり。大族とは祖の大司馬と為るを謂ふ」。祖は曾祖父の陶侃をいう。

8［名級］名だたる階級。貴族。〈李善注〉「史記（巻六秦始皇本紀）に曰はく、爵一級を賜ふと。説文（巻十三上）に曰はく、級は（絲の）次第なりと」。〈李周翰注〉「蔑は軽なり。名級とは策名・階級なり」。策名は名を臣籍に記し仕官すること。階級は官位の上下。
○**詳解4**　7韜此洪族と8蔑彼名級が対偶表現であれば、洪族（大なる族）と名級（名だたる級）は対応する。従って名級を8〈李周翰注〉のように策名と階級とに分けるのは無理であろう。なお8〈李善注〉の『史記』の「賜爵一級」は『後漢書』巻一光武帝紀に「首を斬ること数十級」とあり、章懐太子賢注に「秦の法として首一を斬るに爵一級を進む。故に因りて斬首を謂ふに級と為す」という。級は世俗的な匂いを持つ語である。
○**詳解5**　7・8が対偶表現であることに注目すると、7此は淵明に近いものを指し、8彼は遠いものを指すであろう。とすると7此洪族は7〈李周翰注〉にいう曾祖父の陶侃が大司馬の官にあったことをいい、淵明はそれをひた隠しに隠したのであり、8彼名級は当時の貴族たちを軽蔑したというのである。要するに淵明は自他に関係なく、名門貴族には無関心で蔑視したことを強調する。

9［睦親］睦み親しむ。仲むつまじいこと。　［行］行為。〈李善注〉「周礼（地官篇）に、二に曰はく、六行なり。孝・友・睦・姻・任・恤なりと。鄭玄曰はく、睦とは九族に親しむと」という。九族には諸説あるが、自分と、自分より以前の四代、以後の四代、あわせて九代をいうのがその一つ。

10［至自非敦］手厚くしない人にまで及ぶ。〈呂延済注〉「睦は敬、敦は勉なり。言ふこころは敬親の行は天性自り至りて、勉励して之を為すに非ざるなりと」。天性は生まれつき。

○詳解6　9睦親は親《しん》に睦まじくすではなく、11然諾との対偶表現からすると、類義語の睦と親を並べたものと解してよかろう。9〈李善注〉の鄭玄注は本文の睦を説くのであるが、九族に睦親すと訓むこともできよう。ただ10〈呂延済注〉の敬親は敬ひ親しむとも、親を敬ふとも訓むことができ、はっきりしない。

○詳解7　10至自非敦は10〈呂延済注〉によると、自ら敦《つと》むるに非ざるに至ると訓み、勉め励まなくても天性より身についている、自然に出てくると解するのであろうが、〈伊藤解〉には「見知らぬ人にまで及ぼされ」とあり、「身内はもちろん」の意を含めて解する。いま〈伊藤解〉に従い、自ら敦《あつ》くするに非ざるものに至ると訓んだ。10至自非敦が12重於布言と対応することを思えば、10も季父に対する人を想定するのがよかろう。

11［然諾］然りとし諾《うべな》う。承諾。　［信］誠実。

12［布言］季布の言葉。季布は任俠の士で、約束を重んじた漢の武将。〈李善注〉「漢書（巻三七季布伝）に曰はく、季父は楚人なり。諺に曰はく、黄金百斤を得るは季布の一諾を得るに如かずと」。〈劉良注〉「始め楚語に云ふ、黄金百両を得るは季布の一諾を得るに如かずと。此の人　之を重んずるなり」。

○詳解8　11然諾は『史記』巻八九陳余伝にも「中大夫の泄公曰はく、臣の邑子にして素より之を知れり。此れ固に趙国は名義を立てて侵されず、然諾を為す者なり」とあり、然諾を為すのは名義を立てることである。つまり一旦然諾すれば必ずこれを果たすことをいい、淵明もそのような人であるとする。なお淵明後の江淹の「雑体詩三十首」陳思王・贈友に「延陵は宝剣を軽んじ、季布は然諾を重んず」とある。

13［廉深簡絜］廉潔・深弘・簡貴・潔静。〈張銑注〉「絜は清」。

14［貞夷粋温］貞潔・清夷・清粋・温謹。〈張銑注〉「貞は正、夷は平なり。粋は雑はらざるなり」。
○詳解9　13廉深簡絜・14貞夷粹温は八字一つ一つ意味を持つようでる。これらは淵明の人物を評する語で、古『晋書』や『晋書』、『世説新語』に多く見ることができる。古『晋書』より一例ずつ引用する。「卞壺は廉潔にして倹素、居は甚だ貧約なり」（臧栄緒『晋書』）、「深弘にして素を保つに至りては、世物を以て心に嬰けざる者」（王隠『晋書』）、「性は簡貴、実に常人と交接すること能はず」（孫盛『晋陽秋』）、「清貞にして潔静、行ひは邦族に著はる」（王隠『晋書』）、「少くして貞潔、清操は絶倫なり」（河法盛『晋中興書』）、「清夷沖曠にして、加ふるに理識有り」（虞預『晋書』）、「体道清粋にして、簡貴静正なり」（孫盛『晋陽秋』）、「黙寛にして博愛に中たり、謙虚温謹なり」（王隠『晋書』）。これらの用例からすると、八字はすべて淵明の超俗的・老荘的な面を評するものであろう。あるいは13の四語がそれで、14の四語は世俗的・儒家的な面を評するのであろうか。
15［和而能峻］和やかであるが峻しい。〈李善注〉「論語（子路篇）に、子曰はく、和して同ぜずと」。和は調和する。同は附和雷同する。〈呂向注〉「峻は高」。

16［博而不繁］広くゆきわたるが雑多ではない。〈李善注〉「家語（巻三弟子行）に、子貢曰はく、博くして挙げず。是れ曾参の行なりと」。不挙は一一とりあげない。曾参は孔子の弟子。親孝行で有名。〈呂向注〉「繁は多なり」。
○詳解10　15和而能峻は15〈李善注〉の和而不同よりやや響きの強い表現のように見えるが、言うところは大差ないであろう。
○詳解11　16博而不繁も16〈李善注〉の博而不挙と大差ないであろう。ただし今本の『家語』は博無不学（博くして学ばざる無し）に作る。これによると博くするのは学ということになるが、「五柳先生の伝」には「好んで書を読むも、甚だしくは解するを求めず」（一一〇頁）とある。

17［依世］世俗に依りかかり従う。［尚同］同調を重視する（と思われる）。世俗に合わせる（とされる）。

18［詭時］時流に背き逆らう。［則異］異端を手本とする（と思われる）。時流とは異なる（とされる）。〈李善注〉「言ふこころは人為るの道、俗に依りて行へば、必ず譏《そし》るに同を尚ぶを以てす。時に詭違《たが》へば、必ず之を譏るに異を好むを以てすと。荘子（田子方篇）に曰はく、列士は植を壊し羣を散ずるは、則ち同を尚べりと。郭象曰はく、所謂其の光を和らげ其の塵に同じくすと。班固の漢書（巻六五東方朔伝）賛に曰はく、東方朔は其の子を戒むるに容るるを上《たっと》ぶを以てす。首陽を拙と為し、柱下を工と為す。飽食安歩し、仕を以て農に易ふ。隠に依りて世を玩び、時に詭けば逢はずと」。首陽は首陽山に隠れた伯夷・叔斉。柱下は柱下史の官にあった老子。〈呂向注〉「詭は反」、「凡そ人の世に依る者は必ず務は世と同じく、時に反する者は必ず務は時と異なる」。務は任務。主義。〈李周翰注〉「能く和して同ぜず」。

○詳解12　17依世尚同と18詭時則異は対偶表現。世に依れば尚ほ同じとし、時に詭けば則ち異なるとすと訓むこともできるが、ここでは18〈李善注〉の「異を好むを以てす」および『荘子』の「同を尚べり」に従い、同を尚ぶとす、異に則るとすと訓む。尚ぶとす、則るとすの主語は世間の人。李善によると、世に依ると同調者だとして、時に詭くと異端者だとして非難されるが、李善が同を尚ぶとすの出典とする『荘子』の郭象注は『老子』第四章にある語で、これは老子が認める処世術である。とすると李善は老子の意図を変えて解釈していることになる。

○詳解13　18〈李善注〉の『漢書』の「時に詭けば逢はず」の臣瓚注には「行ひ時と詭けば禍害に逢はざるなり」という。これは時流にそむいた行為をすれば禍いに逢わずにすむということで、『漢書』では世に詭くことは処世術の一つとして認めているようである。なお18〈李周翰注〉に『論語』子路篇の「和して同ぜず」を引くのは同を尚ぶとすの典故であろうが、これは15和而能峻の〈李善注〉に引くものである。

19［有一於此］身に（いずれか）一つある。此はこの身。

20［両非黙置］両方とも黙って放置されることはない。必ず非難される。〈李善注〉「身に一有れば、必ず譏り論ぜられ、黙置せらるるに非ず」。〈呂向注〉「置は捨なり」、「皆な黙捨せらるるに非ず。道と之れ倶にするなり」。

○**詳解14**　19・20有一於此・両非黙置は〈伊藤解〉は「わが身に一つの定見があれば、いずれの場合も黙過はされぬ」と訳し、〈小尾解〉は「自分に一つの信念さえ持っておれば、いずれの場合においてもほうってはおかれない」と訳し、『両』は自分に一つのこと（考えなど）があっても、あるいはなくてもの意」とある。20〈李善注〉の「身に一有れば、必ず譏り論ぜられ」によると、身にある一は非難されるものでなくてはならない。従って定見や信念はあたらない。李善は有一於此の用例を引かないが『文選』には斉の任昉に二例ある。「信に乃ち昴宿は芒を垂れ、徳精は祉を降す。此に一有れば、蔚として帝師と為る」（「王文憲集の序」）と「曲台の礼、九師の易、楽は龍趙に分かれ、詩は斉韓に析《わか》るるが若きに至りては、陳農も未だ究めざる所、河間も未だ輯《あつ》めざる所なり。此に一有れば、兼綜せざる者罔きか」（「斉の竟陵文宣王の行状」）である。前例の一は昴星垂芒、徳精降祉のいずれか一つの意。張銑は「言ふこころは此の一精を得れば、則ち蔚然として起ち、帝王の師と為る」という。後例の一は曲台之礼、九師之易、楽分龍趙、詩析斉韓のうちいずれか一つの意。呂向は「上の諸ゝの学技の事、一人の善き者有れば、兼理して之を学ばざるもの無きを謂ふなり」といい、拙解とは異なる。このように一が複数のうちの一つの意であるとすると、19の一も世に依れば同を尚ぶとす、時に詭けば異に則るとすの二つを指すことになる。なお足利本・宋本・袁本は20両非黙置を而両黙置に作るが、これでは通じない。

○**詳解15**　20〈呂向注〉の「道と之れ倶にするなり」は、世に依ることも時に詭くことも道にあう行為として評価している。これは『論語』泰伯篇に「天下に道有れば則ち見はれ、道無ければ則ち隠る」とある行為にかなうものである。

21〔豈若〕どうして及ぼうか。及ばない。〔夫子〕先生。ここでは淵明に対する敬称。〈李周翰注〉「夫子は潜を謂ふなり」。

22〔因心〕心に親しむ。心のままにする。〔違事〕物事に逆らう。事は世俗の事柄。〈李善注〉「豈に夫子の心に因《した》しむも能く世事に違ふに若かんや。同ぜず、異ならざるを言ふなり」、「毛詩（大雅・皇矣）に曰はく、（維れ此の王季）心に因《した》しければ則ち友と」。

○詳解16　22因心は夫子の精神のありようをいい、違事は夫子の俗事への関わりようをいい、それは17世に依る人、18時に詭く人とは異なり、一段上であることを反語比較形を用いて強調する。なお因は22〈李善注〉の『毛詩』の毛伝に「因は親なり」という。また足利本・宋本・袁本は違事を達事（事に達す）に作る。達事の用例は『淮南子』主術訓に「事に達する者の察に於けるや、（略）勢ひ君に及ばざればなり」とあり、達事でも意は通ずるであろう。

23〔畏栄〕栄達を嫌い遠ざける。〔好古〕古事を好む。〈李善注〉「論語（述而篇）に、子曰はく、信じて古を好むと」。

24〔薄身〕身を軽んずる。身体を粗末にする。〔厚志〕志を貴くする。志気を高潔にする。〈劉良注〉「薄身とは自ら倹約するを謂ひ、厚志とは道徳に敦くするを謂ふなり」。

○詳解17　23〈李善注〉の『論語』には「子曰はく、述べて作らず。信じて古を好む。窃かに我を老彭に比すと」とあり、包咸注に「老彭は殷の賢大夫、好んで古事を述ぶ」というのによると、23好古の古は古代の事実・事柄の意で、顔延之はそれを好む老彭に淵明を比するのであろう。

○詳解18　24〈劉良注〉は薄身を倹約、厚志を道徳の意とするが、薄と厚は対立語なので、身と志も対立語とみて身体と志気の意に解する。薄身の語例は王粲の「従軍詩五首」其の三に「鉛刀の用無しと雖も、庶幾はくは薄身を奪はんことを」とあるが、これは軽薄な身・粗末な身の意で、ここと同じではない。

25［世覇］当時の覇者。中央の権力者。［虚礼］心を虚しくして礼を尽くす。〈李善注〉「世覇とは当世にして覇者を謂ふなり」。〈呂延済注〉「覇とは当時の覇君を謂ふ」。

26［州壌］州土。地方の権力者。［推風］風格を重んじる。風格を慕い推挙する。〈李善注〉「蔡伯喈の郭有道の碑に曰はく、州郡は徳を聞き、己を虚しくして礼を備ふと。風を推すとは其の風を推挹するなり」。虚己はへりくだる。腰を低くする。推挹は重んじて推したてる。〈呂延済注〉「礼を虚しくすとは心を虚にし之を礼す。州壌とは州土なり。辟命せらるるを言ふなり」。辟命は招聘する。

○**詳解19**　26〈李善注〉の「郭有道碑」によると、虚己備礼の主語は州郡である。これは25虚礼の主語の世覇ではなく、26推風の主語の州壌と同じである。李善がこれを典故とする意図は「郭有道碑」の後文に「州郡は徳を聞き、己を虚しくして礼を備ふるも、之を能く致す莫し。羣公は之を休《よみ》し、遂に司徒の掾に辟し、又た有道に挙ぐるも、皆な疾を以て辞す」とあるのによると、淵明が世覇や州壌の虚礼・推風を辞退したことを言うのであろう。

○**詳解20**　25世覇を淵明の履歴に照らしていえば、鎮軍将軍の劉牢之、建威将軍の劉敬宣らをさすのであろう。礼を虚しくして迎えられたかどうかはわからないが、淵明はそれぞれの参軍となっている。また26州壌とは江州の祭酒や彭沢の令となったことをいうのであろうが、これは風を推されてというよりも、貧乏を救うためであったようである。

○**詳解21**　25虚礼の〈呂延済注〉の足利本は虚礼心礼之（虚礼とは心之を礼す）に作るが、いま袁本の虚心礼之に従う。〈李善注〉の虚己備礼は袁本と同じであろう。

27［孝］孝行。［惟］助字。［義］礼にかなった行為。〈李善注〉「范曄の後漢書（巻三九劉趙淳于江劉周趙伝）の論に曰はく、義を以て養ふと言へば、則ち仲由の菽《まめ》は東鄰の牲より甘しと」。仲由は孔子の弟子。字は子路。菽は粗食をいう。東鄰は東どなり。殷のこと。牲は神にささげる牛・羊・豕の犠牲で、祭が盛んなことをいう。〈劉良注〉「維は思、義は善なり」。

28［道］人の道。徳。［懐邦］国家のことを懐う。国家に尽くす。〈李善注〉「論語比考讖（佚）に曰はく、文徳以て邦を懐ふと」。文徳は学問文教の徳。〈劉良注〉「邦を懐ふとは国を忘れざるなり。言ふこころは潜は親を養はんが為にして彭沢の令に就くなり」。

○詳解22　27孝惟義養は27〈劉良注〉によると孝は惟《おも》ふに義《よ》く養ふと訓み、それは彭沢の令に就任したことをいう意とするが、いまは27〈李善注〉の『後漢書』の「義を以て養ふと言へば」に従い、孝は惟れ義もて養ふと訓み、淵明の孝は東鄰の牲より甘い仲由の菽以上のものである意に解する。つまり淵明の孝は親を養う食は粗末であるが、真心のこもった義のある孝だというのである。なお仲由の菽のことは『礼記』檀弓篇下に「子路曰はく、傷《いた》ましき哉貧なる也《や》。生けるときは以て養ひを為す莫く、死せしときも以て礼を為す莫しと。孔子曰はく、菽を啜《すす》らせ水を飲ませ、其の歓を尽くさしむ。斯れを之れ孝と謂ふ」とある。

○詳解23　28道必懐邦は27孝惟義養の親から邦へ広げている。懐邦からすると道は邦を懐う道。それは〈李善注〉の『論語比考讖』に従うと文徳のことか。あるいは忠誠心のことか。いずれにせよ孝と対置される道は儒家の思想をいう語であろう。

29［人］ここでは淵明をさす。［秉彝］常道を執る。彝は常の意で、恒常不変のこと。〈李善注〉「毛詩（大雅・烝民）に曰はく、民の彝を秉るや、是の懿徳を好《よ》みすと」。懿徳は美徳。〈張銑注〉「人は亦た潜を謂ふなり。彝は常なり」。

30［隘］心が狭くて他を受け入れることができないこと。［不恭］人を人として敬う心がないこと。〈李善注〉「孟子（公孫丑篇上）に曰はく、伯夷は隘にして柳下恵は不恭なり。隘と不恭とは君子は由らざるなりと。綦母邃（佚）曰はく、隘とは疾悪すること太甚《はなは》だしく、容るる所無きなり。不恭とは禽獣もて人を畜ふを謂ふ。是れ敬せざること然り。此れ編隘を為さず、不恭を為さずと」。伯夷は兄弟で位を譲りあってともに即かず、後に周の武王が殷の紂王を討つのを諌めたが聞き入れらず、首陽山に隠れ餓死した。柳下恵は春秋時代の魯の賢人で、道を曲げず君に仕えたので三度罷免された。容は人を受け入れる。禽獣は鳥や獣の心。此は淵明をさす。〈張銑注〉「孟子（公孫丑篇上）に曰はく、伯夷は隘にして柳下恵は不恭なり。隘と不恭とは君子は由らざるなりと。今、潜も亦た隘にして不恭ならず」。

○**詳解24**　29〈李善注〉の『毛詩』の毛伝には「彝は常」といい、鄭箋には「秉は執なり。（略）然り而して民の執持する所は常道有り」という。常道とは30不隘不恭によると、隘でも不恭でもない、いわば中庸の道をいうのであろう。

○**詳解25**　30不隘不恭を隘ならず恭ならずと訓むのは誤まりで、上の不の字は隘と不恭とを否定するものである。30〈李善注〉の『孟子』によると、淵明は隘なる伯夷でも、不恭なる柳下恵でもなく、君子だというのであろう。これに注する綦母邃によると、隘とは人の心が悪くて汚れ、人を受け入れる度量がない意であり、不恭とは禽獣の心で人を敬まない意である。後者は『論語』為政篇の「子游　孝を問ふ。子曰はく、今の孝なる者は、是れを能く養ふと謂ふ。犬馬に至るまで皆な能く養ふ有り。敬せずんば、何を以て別たんやと」を意識するであろう。

○**詳解26**　30〈李善注〉の『孟子』の本文の前には伯夷について「伯夷は其の君に非ざれば事へず。其の友に非ざれば友とせず。悪人の朝に立たず。悪人と言はず。（略）悪を悪むの心を推せば、郷人と立ちて其の冠の正しからざれば、望望然として之を去り、将に浼《けが》されんとするが若く思ふ。是の故に諸侯は其の辞命を善くして至る者有りと雖も、受けざるなり。受けざるなりとは、是れも亦た就くを屑《いさぎよ》しとせざるのみ」とあり、柳下恵については「柳下恵は汙君《をくん》を羞ぢず、小官を卑しとせず。進んで賢を隠さず、必ず其の道を以てす。遺佚せらるるも怨みず、阨窮するも憫へず。（略）故に由由然として之と偕にして自ら失はず。援《ひ》きて之を止むれば止まる。援きて之を止むれば止まるとは、是れも亦た去るを屑しとせざるのみ」とある。望望然は走るさま。辞命は弁舌。汙君は不善の君。遺佚は見捨てる。阨窮は困窮。由由然は楽しそうなさま。これによると伯夷は儒家的、柳下恵は道家的ということがきよう。とすると淵明は儒家でも道家でもないその中間、ないしは両方を持しているということになるのであろう。

31［爵］爵位。官位。階級。［下士］卿・大夫・士のうちで、最下位の者。

32［禄］俸禄。俸給。［上農］田の質によって五等に分け、最上の田を与えられた農夫。〈李善注〉「礼記（王制篇）に曰はく、諸侯の下士は上農夫に視《くら》べ、禄は以て其の耕に代ふるに足るなりと」。足以代其耕也は耕作して得る収穫に相当する。〈呂向注〉「下士に同じとは其の卑きを言ひ、上農に等しとは禄の薄きを言ふなり。爵は位なり」。

○詳解27　32〈李善注〉の『礼記』には「上農夫は九人を食《やしな》ふ」、「諸侯の下士は禄九人を食ふ」とあり、上農夫と下士の爵・禄は同じであることがある。上農夫が養う九人は五等に分けたうちで最高の人数であり、下士が養う九人の禄は卿・大夫・士の中で最低である。つまり淵明は爵も禄も低く、生活は苦しかったことをいう。なお『孟子』万章篇下には「下士は庶人の官に在る者と禄を同じくす。禄は以て其の耕に代ふるに足るなり」とある。

33［度量］人物。人としての器。［難鈞］均一にしがたい。同一にはならない。〈李周翰注〉「鈞は猶ほ及のごときなり。言ふこころは其の深徳を測らざるなり」。深徳は奥深い徳。

34［進退］出処進退。世に出ることと世より退くこと。［可限］限ることができる。けじめがつけられる。〈李善注〉「孝経（聖治章）に、容止は観るべし、進退は度とすべしと」。容止は威儀容姿。可度は法度・手本とすることができる。〈李周翰注〉「可限とは至道より出でざるを知る」。至道は最高の道。不出は踏み外さない。枠から出ない。
○詳解28　33度量難鈞と34進退可限は対偶表現で、人の内なる度量は人それぞれに異なり同一にはし難いが、外に見える進退は誰でも同じにすることができるという意であろう。34〈李善注〉の『孝経』の進退可度は進退二字の用例を示すのではなく、34進退可限四字の典故として挙げるのであろう。『孝経』注には「進退は動静なり。礼法を越えざれば則ち度とすべきなり」という。
○詳解29　33・34〈李周翰注〉によると、李周翰は33を淵明の深徳は測ることができないほど奥深いと解し、34を淵明の出処進退は至道の枠の中にあると解している。この二句を李周翰は淵明のこととする。
35［長卿］漢の司馬相如。長卿は字。［棄官］官位を退く。辞職する。〈李善注〉「漢書（巻五七上司馬相如伝）に曰はく、司馬長卿は病みて免じ、梁に客游し、諸侯の游士と居るを得たりと」。客游は官吏になるために旅に出る。游士は文士。〈呂延済注〉「長卿は病みて免じ、梁に客游す」。

36［稚賓］漢の郇相。稚賓は字。［自免］自分から退職する。〈李善注〉「又た（漢書巻七二鮑宣伝に）曰はく、清居の士、太原には則ち郇相、字は稚賓あり。州郡の茂才に挙げらるるも、数ゝ病みて官を去ると」。清居之士は清廉潔白な人士。世俗を避けている人。〈呂延済注〉「邴稚賓は州茂才に挙げらるるも、病みて官を去るなり」。邴は郇の誤まり。
○詳解30　35長卿と36稚賓は文脈としては34進退可限を受け、出処進退にけじめをつけた漢代の人。
○詳解31　35〈李善注〉の『漢書』の前後には「孝景帝に事へ、武騎常侍と為るも、其の好むところに非ざるなり。会ゝ景帝は辞賦を好まず。是の時　梁の孝王来朝し、游説の士なる斉人の鄒陽、淮陰の枚乗、呉の厳忌夫人の徒を従ふ。相如は見て之を説ぶ。病に因りて免じ、梁に客游し、諸侯の游士と居るを得たり。数歳にして乃ち子虚の賦を著はす。梁の孝王薨ずるに会ひ相如帰る。而るに家貧にして以て自ら業とすること無し」とある。これによると35長卿は好まざる武官となったり、病気と称して文学を好まぬ孝景帝のもとを去って文士をかかえる梁国に出かけたり、家が貧しかったりしている。病気と称する以外、長卿の生き方は淵明と通じることから、李善はここに引いたのであろう。

○**詳解32**　36〈李善注〉の『漢書』の前後には「成帝自り王莽の時に至るまで、清名の士、琅邪に又た紀逡・王思有り、斉には則ち薛方子容、太原には則ち郇越臣仲・郇相稚賓、沛郡には則ち唐林子高・唐尊伯高あり。皆な経に明らかにして行ひを飾《つつし》み、名を世に顕らかにす。(略)郇越・相は同族の昆弟なり。並びに州郡の孝廉・茂材に挙げらるるも、数〻病みて官を去る。(略)相は王莽の時、徴されて太子の四友と為る。病みて死す。莽の太子は使ひを遣はし、襚《おく》るに衣衾を以てす。其の子棺に攀《すが》り聴かずして曰はく、死父の遺言に、師友の送は受くる所有る勿かれ。今、皇太子に於ても友の官に託するを得。故に受けざるなりと。京師之を称す」とある。これによると36稚賓は生前・死後ともに清廉潔白な人士であり、病気と称して推挙を辞し、また漢・新二王朝に仕えた人である。病気と称する以外、稚賓の生き方はやはり淵明と通じるところがあるので、李善はここに引いたのであろう。

37［子］君。ここでは淵明をさす。［悟］わかる。見抜く。会得する。［之］ここでは34進退可限をさす。〈呂延済注〉「悟は知なり」。

38［何］感嘆形。［弁］区別して明らかにする。きっぱりしている。〈呂延済注〉「弁は明なり。言ふこころは潜の之を知る所は明らかなり」。

○**詳解33**　37子之悟之で淵明が悟る中味は、33度量難鈞以下の文脈からすると、34進退つまり35棄官・36自免であろう。具体的には四〇五年四一歳のとき、彭沢の令を辞し、田園に帰ったことをさす。淵明の悟りようを悟の字を37・38に二回、それに何の感嘆形を加えて強調する。この表現には35長卿や36稚賓のように病と称して辞職したのではないことを含む。

39［賦詩］詩を作る。［帰来］帰り来る。ここでは「帰去来」（「帰去来兮の辞」とも）をさすという。〈李善注〉「帰来は帰去来なり」。〈呂延済注〉「潜の帰去来の詞を作るを謂ふなり」。

40［高蹈］俗外に出る。隠遁する。［独善］修養に務めて節操を失わない。わが身の潔癖さを守る。〈李善注〉「左氏伝（哀公二十一年）に、斉人の歌に曰はく、魯人の皐《ゆるや》かなる、我をして高蹈せしむと。孟子（尽心篇上）に曰はく、古の人は窮すれば則ち独り其の身を善くし、達すれば則ち兼ねて天下を善くすと」。皐は罪を認めず放置したままであること。古之人は昔の賢人。窮は困窮する。達は栄達する。〈呂延済注〉「高蹈は猶ほ高歩のごときなり。彭沢の令を去るを謂ふなり」。

○**詳解34**　39帰来は⑻（六七頁）参照。

○**詳解35**　40〈李善注〉の『左氏伝』を補うと「斉人は稽首を責む。因りて之を歌ひて曰はく、魯人の皐かなる、数年も覚らず、我をして高蹈せしむと。唯だ其れ儒者は以て二国の憂ひを為す」とあり、杜預注に「皐は緩なり。高蹈は猶ほ遠行のごときなり。言ふこころは魯人は皐緩《ゆるや》かにして、数年も斉の稽首に答ふるを知らず。故に我をして高蹈し来たりて此の会を為さしむ」という。これによると40高蹈は遠く行く意であるが、顔延之は俗外に行く意に広げて用いている。それは郭璞の「遊仙詩七首」其の一の「風塵の外に高蹈し、長揖して夷斉に謝せん」の高蹈と同じである。

○**詳解36**　40〈李善注〉の『孟子』の窮則独善其身は同文中の「志を得ざれば身を修めて世に見はる」と同意であり、達則兼善天下は「志を得れば沢は民に加はる」と同意である。兼善（天下の人すべてを善に導く）と対の独善は自分だけを善に導く、わが身を修める意である。これは窮した時、志を得ない時の身の処し方で、それは俗外で実践される。なお『孟子』の文意は『論語』述而篇の「之を用ふれば則ち行ひ、之を舎つれば則ち蔵る」、泰伯篇の「天下に道有れば則ち見れ、道無ければ則ち隠る」に通じるものである。

41［亦既］～したうえは。～したからには。［超曠］果てしなく遠い。超越する。〈張銑注〉「超は遠、曠は明」。

42［適］快適である。ぴたりと合う。〈李善注〉「呂氏春秋（仲夏・適音）に曰はく、夫れ楽しみに適すること有れば、心も亦た適すること有りと。荘子（達生篇）に曰はく、知の是非を忘るるは心の適すればなりと」。〈張銑注〉「適は往なり。言ふこころは既に遠く事理に明らかにして、往くとして其の心に合はざる無しと」。事理は物事の道理。
○詳解37　41超曠は42〈張銑注〉の遠明事理によれば、物事の道理がわかっているという意味で、淵明の内面をいう語のようであるが、世俗から遙かかなたへ遠ざかるという距離感をも含む語であろう。両者をあわせて超越すると訳しておく。
○詳解38　42〈李善注〉の『呂氏春秋』は夫楽有道、心亦適に作るが、道の字を適の字に作り、亦の字の下に有の字がある今本に従った。42〈張銑注〉は適往也とするが、『呂氏春秋』の高誘注に「適は中適なり」というのに従う。『呂氏春秋』の前文には「之を楽しむと楽しまざるは心なり。心は必ず和平なれば然る後に楽しむ。心必ず楽しめば然る後に耳目鼻口は以て之を欲する有り。故に楽しむことの務めは心を和するに在り。心を和するは行ひの適すること有ればなり。夫れ楽しみに適すること有れば、心も亦た適すること有り」とある。
43［汲流］水を汲む。［旧巘］昔からある山。故郷にある古なじみの山。〈呂向注〉「巘は山なり」。

44［葺宇］家を覆う。屋根をふく。［家林］わが家の木々。自家製の木。〈李善注〉「広雅（釈詁二）に曰はく、葺は覆なりと」。〈呂向注〉「葺は宇室を修むるなり」。宇室は家と部屋。修は整える。補修する。
○詳解39　43汲流旧巘の典故を〈李善注〉〈五臣注〉ともに示さないが、淵明の「自祭の文」に「歓びを含みて谷に汲み、行〻歌ひて薪を負ふ、翳翳たる柴門、我が宵晨を事とす」とあるのによると、谷汲や負薪は柴門（柴造りの門）に棲む隠者の生活をいうようである。

○詳解40　43汲流旧巘が隠者をいう語であれば、対となる44葺宇家林もその方向の意であろう。「謝監霊運に和す」という顔延之の詩の「国を去りて故里に還り、幽門に蓬藜を樹う、茨を采りて昔宇を葺ひ、棘を翦《き》りて旧畦を開く」の葺に李善はここと同じ『広雅』を引く。とするとこの詩も家を覆う、屋根をふく意で、それは世俗を絶って棲む故里《ふるさと》隠者の幽門（ひっそりと奥深い門）である。またこの詩によると宇を葺く家林は茨の類である。なお44〈呂向注〉は屋根をふく意ではなく、家や屋根の造りを修繕する意に解しているのではあるまいか。

45［晨烟］朝方の烟《かすみ》。［暮藹］。夕方の藹《もや》。〈李周翰注〉「煙・藹は皆な山の気なり」。

46［春煦］春の陽射し。煦は暖かさ。恵み。［秋陰］秋の日陰。陰はかげ。夜。〈李周翰注〉「煦は陽の気なり」。

○詳解41　45晨といえば烟、暮といえば藹、46春といえば煦、秋といえば陰のように、両者に相関があるとともに、淵明が好んだものでもあろう。

○詳解42　45烟と藹は山や川に立ちこめる気でそこには淵明の居所がある。46煦が陽の気であれば、陰は陰の気であろう。煦は太陽、陰は月の意であるかもしれない。

○詳解43　韻からすると41から48までの八句が一解となるが、一日の時間をいう45の晨・暮、一年の時間をいう46の春・秋、それが烟・藹・煦・陰を伴うこの二句は、前後の句とどう関わるのか。推測されることは①前後には関係なく淵明の居所の、一日、一年の風景とする。②後の二句に関わって晨も暮も一日中、春も秋も一年中、陳書輟巻し置酒絃琴するとする。③前の二句に関わるとすれば、汲流旧巘するのが晨烟暮藹の時、葺宇家林するのが春煦秋陰の時とするのであろうか。いずれにしてもそれは41・42によって獲得されたものである。

47［陳書］書物を並べる。書物を広げて読む。［輟巻］巻物を閉じる。読物を読むのをやめる。

48［置酒］酒を用意する。酒を飲む。［絃琴］琴を弾く。

○詳解44　47・48には〈李善注〉も〈五臣注〉もない。淵明の読書と琴については自身の詩文に次のようにある。
「少くして琴書を学び、偶ゝ閒静を愛す、巻を開きて得ること有らば、便ち欣然として食を忘る」（「子の儼等に与ふる疏」）、「弱齢より事外に寄せ、懐ひを委ぬるは琴書に在りき」（三頁）、「衡門の下、琴有り書有り、載ち弾じ載ち詠じ、爰《ここ》に我が娯しみを得たり」（「龐参軍に答ふ」）、「親戚の情話を悦び、琴書を楽しみて以て憂ひを消さん」（六九頁）、「交はりを息めて閒業に遊び、臥起に書琴を弄ぶ」（「郭主簿に和す二首」其の二）。また淵明の酒については本書の随所にとりあげた。書・酒についてはたとえば一一〇頁参照。

○詳解45　47陳書と輟巻、48置酒と絃琴の四つは並列表現ではなく、書物を読んでは読むのをやめ、酒を用意しては琴を弾く意であろう。なお陳書・輟巻の用例は見えないが、置酒は『戦国策』趙策三に「平原君乃ち酒を置き、酒酣にして起ちて前み、千金を以て魯連の寿を為す」とある。

49［居］居処。生活。暮らし。　［勤倹］勤勉と倹約。〈李善注〉「尚書（大禹謨）に曰はく、克《よ》く邦に勤め、克く家に倹なりと」。

50［躬］身。体。　［貧病］貧乏と病気。〈李善注〉「史記（巻六七仲尼弟子伝）に、原憲曰はく、憲の若きは貧なり、病に非ざるなりと」。〈呂延済注〉「躬は身なり」。

○詳解46　49〈李善注〉の『尚書』には「帝曰はく、来たれ禹。（略）克く邦に勤め、克く家に倹にして、満仮せず。惟れ汝賢なればなりと」とあり、勤倹は禹を賛えた語である。淵明は確かに家は倹であったが、役人になったとはいえ邦に勤めたとはいえず、畑仕事には勤めたといえよう。とすると李善が『尚書』をここに引く意図は勤倹の倹はもとの用例のままに用い、勤は変えて用いたということであろうか。

○詳解47　50〈李善注〉の『史記』には「原憲曰はく、吾之を聞く、財無き者は之を貧と謂ひ、道を学びて行ふことを能はざる者は之を病と謂ふと。憲の若きは貧なり。病に非ざるなりと」とあり、貧病は原憲を評した語である。

淵明は確かに財の無い貧であったが、道を学びて行ふこと能はざる病とはいえず病気がちだったといえよう。とすると李善が『史記』をここに引く意図は貧病の貧はもとの用例のままに用い、病は変えて用いたということであろうか。詳解42（一四二頁）参照。

51［人］一般の人。人々。［否］否定する。そうでないとする。拒む。［其憂］その心配ごと。其は49勤倹・50貧病をさす。〈李善注〉「論語（雍也篇）に、子曰はく、賢なる哉回や。一簞の食、一瓢の飲、陋巷に在り。人は其の憂ひに堪へず。回や其の楽しみを改めずと」。回は顔回。簞はわりご。瓢はひさご。陋巷は路地。〈呂延済注〉「否は堪えざるなり」。

52［子］君。ここでは淵明をさす。［然］そうだとする。もっともと認める。［其命］その天命。其は49勤倹、50貧病をさす。〈李善注〉「墨子（非儒篇下）に曰はく、貧富は固より天命有り。損益すべからずと」。損益は増減する。変える。〈呂延済注〉「然は知なり」。

○詳解48　51否は〈呂延済注〉は51『論語』に従って不堪也とするが、いま52然の対義語として訓む。

○詳解49　51人否其憂は51『論語』の人不堪其憂を意識するが、52子然其命は『論語』の其楽を52『墨子』の天命に変え、淵明の勤倹・貧病に対する認識の強さを強調する。なお『墨子』の文は「寿夭・貧富・安危・治乱は、固より天命有り。損益すべからず」とある。

53［隠約］苦しい生活をする。潜み隠れる。［就閑］のんびりする。〈李善注〉「周書（官人解）に曰はく、隠約なる者は其の慴懼せざるを観ると」。慴懼はおそれる。〈張銑注〉「隠約は倹素なり」。倹素は倹約質素。

54［遷延］しりごみする。退却する。［辞聘］お召しを辞退する。仕官しない。〈李善注〉「（宋玉の）登徒子好色の賦に曰はく、因りて遷延して辞避すと」。辞避は逃げる。断る。〈張銑注〉「潜の著作郎に徴さるるを辞するを謂ふ」、「遷延は退避なり」。徴著作郎は淵明五三、四歳ころ。

○詳解50　53隠約就閑と54遷延辞聘は俗外に身を置き、役人とは無縁な暮らしをしていることを言う。

55［非直也］ただの～ではない。也は調子を整える助辞。［明］賢明。その人。〈李善注〉「毛詩（鄘風・定之方中）に曰はく、直に人なるのみに匪ず、心を秉ること塞淵なりと」。秉心は心の持ち方。塞淵は充実して奥深いこと。

56［是］陳述の助辞。［惟］調子を整える助辞。［道性］道の性。無欲であることをいう。〈李善注〉「高誘は淮南子（俶真訓の「是の故に虚室に白を生じ、吉祥止まるなり」）に注して曰はく、道の性は無欲と」。〈張銑注〉「言ふこころは此くの如ければ直に能く明らかなるのみに非ず、是れ道の性に率ふなりと」。

○詳解51　55非直也明・56是惟道性の訓みは和刻本に従った。吉川幸次郎氏は〈李善注〉が55の出典とする『詩経』の匪直也人について「わかりにくい句である。しばらく毛伝に『徒《いたず》らに庸《つね》の君なるに非ず』と説くのによる。清の戴震は、直り人《ひと》において心を秉《と》ること塞淵なるのみならず、騋牝も三千、と読み、人民に対して熱心に世話するばかりでなく、馬も多いとする。また王念孫は匪は彼に通ずるとし、匪《か》の直《ただ》しき人よ、と読む。何にしても、也は無意味の助字」（岩波書店『詩経国風』上）という。〈小尾解〉は55・56を「直《ただ》に明《あき》らかなるのみに非《あら》ず、是《これ》惟《こ》れ道性《だうせい》なり」と訓み、「ただにその行動ははっきりしているばかりではなく、無欲そのものであった」と訳す。

○詳解52　56〈李善注〉の高誘注を補うと「虚は心なり。室は身なり。白は道なり。能く其の心を虚にして、以て道を生ず。道の性は無欲なれば、吉祥来たりて舎に止まるなり」とある。

57［糾纆］糾は三すじ（一説に二すじ）寄り合わせた縄、纆は二すじ（一説に三すじ）寄り合わせた縄。［斡流］周り流れる。変転する。〈李善注〉「（賈誼の）鵩鳥の賦に曰はく、斡り流れて遷り、或いは推して還る。夫れ禍の福に於けるは、何ぞ糾纆に異ならんやと」。〈張銑注〉「糾纆は三合の縄なり。斡は流なり。吉凶の翻覆転流するは、縄纆の相ひ纆《まつ》はり次ぐに似たる有るなり」。

58［冥漠］暗くてぼんやりしているさま。［報施］（善行に）報い（幸福を）授ける。〈李善注〉「（陸機の）魏の武帝を弔ふ文に曰はく、繐帷の冥漠たるを悼むと。史記（巻六一伯夷伝）に司馬遷曰はく、天の善人に報い施すは何如ぞやと」。繐帷は薄絹の帷《とばり》。〈張銑注〉「冥莫・報施とは神霊の報いは寂寞冥昧にして、善人の善に施すこと能はざれば明らかにせざるを謂ふなり」。神霊は霊妙不可議な気。

○**詳解53**　57糾纆斡流は糾《あざな》へる纆《なは》のごとく斡り流ると訓まず、58冥漠として報い施すの構造に合わせて糾纆のごとく斡り流ると訓む。主語は57〈李善注〉の「鵩鳥の賦」に従えば禍福であり、〈張銑注〉に従えば吉凶である。いずれも人知ではいかんともしがたいものである。

○**詳解54**　58冥漠報施の主語は、58〈李善注〉の『史記』によれば天であり、〈張銑注〉によれば神霊である。これも人知ではいかんともしがたいものである。

○**詳解55**　57・58は39賦詩帰来および65年在中身よりすると、四〇歳代のことについていうようで、具体的に何をさしているのかは分からないが、天が味方してくれぬことへの不満を言おうとするのであろう。

59［孰云］誰か言っている。云ふ内容は下の与仁の二字。［与仁］仁のある人に味方する。〈李善注〉「老子（第七十九章）に曰はく、天道　親無し。常に善人に与すと」。無親は親しむことがない。えこひいきしない。〈呂向注〉「孰は誰なり」。

60［実疑］まちがいなく疑う。心から疑う。［明智］明智の人。〈李善注〉「言ふこころは誰か云ふ、天道は常に仁人に与すと。而るに我之を聞くに実に明智を疑ふ。此れ明智と説くは老子を謂ふなりと」、「楚辞（九歎・愍命）に曰はく、賢良と明智とを招くと」。〈呂向注〉「誰か云ふ、天道は仁に与すと。潜に於ては験あらず、復た之を疑はしむ」、「明智は潜を謂ふなり」。

○**詳解56**　59孰は不特定人称を表すが、ここでは59〈李善注〉にあるように老子をさすことは明白である。ここは明言を避けてぼかしていう。

○詳解57　60明智は60〈李善注〉は老子をさすとし、〈呂向注〉は潜をさすとする。老子をさすのであれば60は実に明智を疑ふと訓み、疑ふの主語は顔延之となる。潜をさすのであれば、実に明智に疑はると訓むのであろう。また60〈李善注〉の『楚辞』の文は賢良（今本は貞良に作る）と明智を対にするが、王逸は「言ふこころは己如《も》し国政を秉執するを得れば、則ち君をして忠正の士を親任し、幽隠明智の人を招致せしめ衆職を典らしむ」と注し、貞良を幽隠に言い換えて明智と対にする。王逸は幽隠と明智とを同一視するのであろうか。とすると老子も淵明も幽隠であり、明智ということになろう。

○詳解58　60〈李善注〉の言誰云、天道常仁人与と59〈李善注〉の『老子』とは内容が重複している。同様に62〈李善注〉の言天高聴卑と61〈李善注〉の『史記』も重複している。富永一登氏の教示によると、この方式の李善注は珍らしく、どちらかが後人の挿入かもしれないという。

61［謂天蓋高］天は高いと言う。〈李善注〉「毛詩（小雅・正月）に曰はく、天を蓋し高しと謂ひ、敢へて跼せずんばあらずと。史記（巻三八宋微子世家）に子韋曰はく、天は高きも卑きに聴くと」。跼は身体を曲げる。

62［胡］どうして。［愆］過ちをする。背く。［斯義］この道理。〈李善注〉「言ふこころは天は高きも卑きに聴く。而して報いに施すに爽《たが》ふこと無し。何の故に斯の義に爽ひて仁に与せざるやと」。〈李周翰注〉「常に天は高きも卑きに聴く。何為れぞ此の仁の義に愆るや。斯は此なり」。

○詳解59　62斯義を此の仁の義と解する〈李周翰注〉は、59与仁の仁を受けているようであり、また〈李善注〉が斯の義に続けて仁に与せざるやというのによると、李善も59仁を受けているようである。しかし斯の義は59仁には関係なく、61謂天蓋高を受けると解するのが文脈からして妥当であろう。

63［履信］信実を実践する。［曷憑］何を頼りにすればいいのか。頼りにするものは何もない。〈呂延済注〉「曷は何」。

64［思順］天道に従いたいと思う。順は従う。［何寘］どこに身を置くのか。身を置く所はどこにもない。〈李善注〉「周易（繋辞伝上）に曰はく、信を履み順を思ふと。毛萇詩（周南・巻耳）の伝に曰はく、寘は置なりと」。〈呂延済注〉「寘は置なり」。

○詳解60　64〈李善注〉の『周易』には「易に曰はく、天自り之を祐く。吉にして利《よろ》しからざる无《な》しと。子曰はく、祐とは助なり。天の助くる所の者は順なり。人の助くる所の者は信なり。信を履み順を思ひ、又た賢を尚ぶなり。是を以て天自より之を祐く。吉にして利しからざる无きなりと」とある。これによると天に順っていれば天が助けてくれ、信を実践していれば人が助けてくれるのだが、淵明は天に順い信を実践しているのに、天も人も助けくれない。63履信曷憑・64思順何寘は天からも人からも見放された淵明の苦痛を、顔延之が代わって述べる。

65［年］年齢。［中身］五十歳。〈李善注〉「尚書（無逸篇）に曰はく、文王　命を受くるは中身なりと」。〈劉良注〉「上寿は百二十年、中は則ち六十なり」。上寿は最高の長寿者。

66［疢］熱病。［維］助字。［痁疾］マラリア病。〈李善注〉「左氏伝（昭公二十年）に曰はく、斉侯は疥し、遂に痁すと。杜預曰はく、痁は瘧疾なりと」。疥はマラリア。瘧疾はマラリア病。〈劉良注〉「痁は瘧疾なり」。

○詳解61　65〈李善注〉の『尚書』の本文には続けて「厥の国を享くること五十年」とあり、その孔安国注に「文王は九十七にして終はる。中身にして即位す。時に年四十七。中身と言ふは全数を挙ぐ」とあるのによると、中身は五十歳となる。全数は完全な数。成数。

○詳解62　66疢維痁疾について顔延之が淵明は五十歳ころマラリア病に罹ったというのは、「子の儼等に与ふる疏」に「吾が年五十を過ぐ。（略）病患以外、漸く衰損に就く」とあるのと符合するのであろうか。淵明の病気に関しては五一・二歳ころの作とする「周続之・祖企・謝景夷の三郎に示す」に「痾を負ふ頽簷の下、終日一の欣びも無し」、五三歳ころの作という「羊長史に贈る」に「君当に先づ邁《ゆ》くべしと聞くも、痾を負ひて倶にするを獲ず」、五九歳ころの作といわれる「子の儼等に与ふる疏」に「吾　疾を抱くこと多年」とあるが、これらは五十歳ころマラリア病に罹ったことをいうのであろう。

○詳解63　65〈劉良注〉は淵明の享年の六三歳に合わせるために、上寿百二十年とし、その半分の六十を中身としたのであろうが、淵明の享年に拘わる必要はなく、ここは〈李善注〉に従うことにする。上寿の年は百二十歳説もあるが、百歳説、九十歳説もある。

67［視死如帰］帰るべき所に帰るような目で死を見つめている。〈李善注〉「呂氏春秋（士節篇）に曰はく、生を遺《おく》るに義を行ひ、死を視ること帰するが如しと」。帰はもと出た所に帰る。本来の所に帰る。

68［臨凶若吉］吉事のような気持ちで凶事に臨んでいる。〈張銑注〉「天命に達するなり」。天命は運命。天の命令。

○詳解64　67視死如帰は『大戴礼記』曾子制言上に「其の避けざるに及ぶや、君子は死を視ること帰するが若し」とあり、また「古詩十九首」其の三の「人の天地の間に生まるるは、忽として遠行の客の如し」の李善注には「尸子に、老莱曰はく、人の天地の間に生まるるは寄なり。寄する者は固より帰るなりと」とある。

○詳解65　67視死如帰と68臨凶如吉は対偶表現で、前句が死という具体・特殊をいうのに対して、後句は凶という抽象・一般を持ち出す。それを帰と視《み》、吉と臨むのは68〈張銑注〉にいうように淵明が天命の境地に達したことをいうのであろう。淵明が死をどのようにとらえていたかについては(8)59・60（七〇頁）、詳解91～94（一〇四・一〇五頁）など参照。

69［薬剤］調合した薬。［嘗］口にする。〈李善注〉「（左思の）魏都の賦に曰はく、薬剤に司有りと」。司は役人。〈呂向注〉「剤は和なり」。和は調合。

70［禱祀］祈り祀《まつ》る。祈禱する。［恤］悩む。気を使う。〈李善注〉「論語（述而篇）に、子曰はく、丘の禱《いの》ること久しと」。丘は孔丘。〈呂向注〉「恤は憂なり。言ふこころは死を以て憂ひと為し、禱祠して福を求めざるを言ふなり」。

○詳解66　69〈李善注〉の「魏都賦」の前後には「膳夫に官有り、薬剤に司有り。肴醳は時に順ひ、腠理は治まる」とあり、薬を調合する役《やく》の人がいて、その薬は病人の膚の肌理《きめ》を治すという。腠理については『呂氏春秋』季春紀に「其の新しきを用いて陳《ふる》き所を棄つれば、腠理遂に通ず」とある。

○詳解67　69薬剤については『史記』巻一二孝武本紀に「是に於て天子始めて親ら竈を祠《まつ》り、方士を遣はして海に入りて蓬萊・安期生の属を求めしめ、丹沙・諸薬斉を化して黄金と為すを事とす」とある。薬斉は薬剤、丹沙と同じく不老長寿の仙薬をいうようである。

○詳解68　顔延之は69（淵明は）薬剤弗嘗というが、詳解62（一八三頁）に引いた「子の儼等に与ふる疏」には「毎に薬石を以て救はる」、「周続之・祖企・謝景夷の三郎に示す」には「薬石時有りて閒なり、我が意中の人を念ふ」とあり、淵明は薬や石《はり》を用いていたようである。

○詳解69　70〈李善注〉の『論語』の孔安国注には「孔子の素行は神明に合す。故に曰はく、丘の禱ること久しと」とあり、孔子の日ごろの行ないは神明に合っており、病気になったからといって改めて祈る必要はないというのである。淵明もそのようであったと、顔延之は言いたいのであろう。70〈呂向注〉に言不以死為憂而禱祠求福也というのも、この立場に立つ解釈であろう。

71［傃幽］冥土に向かう。幽は奥深く暗い所。［告終］死を告げる。別れを告げる。〈李善注〉「傃は向なり。礼記（楽記篇）に曰はく、幽には則ち鬼神有りと。孫卿子（礼論篇）に曰はく、死は人の終なりと」。〈李周翰注〉「傃は向なり。幽は幽冥なり」。

72［懐和］道に安んじる。一を抱く。［長畢］永久に死ぬ。〈李周翰注〉「和を懐くとは平生の志なり。終・畢は皆な死なり」。平生は日ごろ。普段。

○詳解70　71〈李善注〉の『礼記』によると鬼神のいる所が幽、それは幽界、死後の世界のことである。

○詳解71　72懐和について〈李周翰注〉には淵明の平生の志というが、李善は言及しない。『論語』里仁篇に「子曰はく、君子は徳を懐き、小人は土を懐く。君子は刑を懐き、小人は恵を懐くと」とあるが、ここの和は前後の文脈から推して、『荘子』在宥篇の「我は其の一を守りて其の和に処る」の和であろう。和の境地に身を置くこと、つまり一を守ることである。それは『老子』第十章の「一を懐く」こと、言い換えれば常なる道を体得し、安ずることをいうのであろう。

73［嗚呼哀哉］なんと哀しいことか。

○詳解72　73嗚呼哀哉については〈李善注〉も〈五臣注〉もないが、『文選』には四七例あり、それはすべて死者を悼む誄・哀・弔文・祭文に用いられている。最初に見えるのは曹植の「王仲宣の誄」だが、李善はここにも注しない。古くは『礼記』檀弓篇上に「魯の哀公は孔丘に誄して曰はく、天　耆老を遺《のこ》さず、予の位を相《たす》くるもの莫し。嗚呼哀しい哉、尼父よと」とある哀公の孔子誄である。耆老は『礼記』王制篇の鄭玄注に「致仕及び郷中の老賢者なり」とある。「陶徴士の誄」に四回使われる嗚呼哀哉にも、哀公が孔子の死を天耆老を遺さずと悼んだと同じ思いを顔延之はこめているにちがいない。

74［敬］慎む。畏敬する。［述］先人の言葉や行為を受け継いで述べる。祖述する。［清節］清廉潔白な節操。

75［式］もって。助辞。［遺占］遺書。〈李善注〉「漢書（巻九二陳遵伝）に曰はく、陳遵は口占し作書せしむと。占とは口　其の事を隠度し、人をして書せしむるを謂ふなり」。口占は口ずさんで文案を作る。作書は筆記させる。隠度は心中に思いはかる。〈呂延済注〉「式は用なり。遺占は遺書なり。占とは口　其の事を隠度し、人をして之を書せしむるなり」。

○詳解73　74清節について『文選旁証』には「六臣本は靖を清に作る。是なり。胡公の攷異に曰はく、此の下八句は薄葬を叙述す。必ず是れ清節なること疑ひ無し」とあり、清を是とする。いまこれに従う。清節の内容は本文冒頭より前句まで述べてきたことをさす。

○詳解74　75〈李善注〉の『漢書』には「遵は几に馮《よ》りて口占し吏に書せしむ」とあり、顔師古は「占は隠度なり。口其の辞を隠し、以て吏に授くるなり」と注する。これによると遺占は自筆ではなく、口述筆記の遺書のようである。その内容は76存不願豊から81施葬而窆までとする。

76［存］生きているとき。［豊］豊かさ。名誉・地位を含めた生活の豊かさであろう。

77［没］死んで後も。［贍］豊かさ。葬祭の豊かさをいうのであろう。

○詳解75　77没無求贍の葬祭は質素にという遺書は「死去すれば何の道ふ所ぞ、体を託して山阿に同じくせん」（二八頁）、「裸葬何ぞ必ずしも悪からん、人当に意表を解すべし」（「飲酒二十首」其十一）という淵明の埋葬観と関係があろう。

78［省訃］訃報を省略する。死んだことを人に知らせない。［却賻］香奠を辞退する。〈李善注〉「礼記（雑記篇）に曰はく、凡そ其の君に訃《つ》ぐるには、某臣死せりと曰ふと。鄭玄曰はく、訃は或いは赴に作る。至るなり。臣死すれば人をして君の所に至りて之を告げしむと。周礼（小行人篇）に曰はく、喪は則ち之を賻補せしむと。鄭玄曰はく、賻と謂ふは喪家足らざるを補助するなりと」。賻補は補助する。喪家は喪中の家。〈劉良注〉「訃は至なり」。

79［軽哀］哀悼を簡単にする。哭泣をほどほどにする。［薄斂］納棺を簡素にする。斂とは小斂（死んだ翌日、死者の衣装替えすること）と大斂（死後三日目、死者を納棺すること）のこと。〈劉良注〉「薄とは喪の足らざるを謂ふなり。言ふこころは潜戒むるに、喪を送る者をして其の墓に至るを少くせしむ。賻《たす》くる所の者は皆な却けて受けず、哭する者をして極哀に至らず、斂むるに時服を以てし、務めて倹約に従はしむるなりと」。戒は遺書。極哀は哀しみの極み。時服は普段着。

○詳解76　78〈李善注〉の『礼記』、『周礼』によると遺書にいう省訃・却賻は喪礼に外れているようだが、81〈李善注〉の『礼記』の称其財斯之謂礼によると、省訃・却賻も淵明の財力に応じてのこととみれば、喪礼にかなっているといえよう。ただし『礼記』にいうところは君・臣間のことである。

○詳解77　79軽哀・薄斂も「故に曰はく、喪礼は唯だ哀を主と為す。女子は哭泣して胸を撃ち心を傷る。男子は哭泣悲哀して稽顙して地に触れ容無し。哀の至なり」（『礼記』問喪篇）、「戸内に小斂し、阼《きざはし》に大斂す」（同上・檀弓篇下）によると、喪礼に外れているようだが、淵明の財力に応じてのこととすれば、喪礼にかなっているということになろう。なおここに引く『礼記』によると哀とは哭泣のこと、斂とは小斂・大斂（79注参照）のことである。

80［遭壤］土地に遭う。遭はばったりあう。［穿］穴を掘る。死者を埋めるため。〈李善注〉「河図考鉤（佚）に曰はく、壤有らば穿つべしと」。

81［旋葬］早く葬むる。旋は疾い。［窆］棺を穴に埋める。〈李善注〉「礼記（檀弓篇下）に、孔子曰はく、首足の形を斂し、還《と》く葬りて椁《ひつぎ》無くも、其の財に称へば斯を之れ礼と謂ふと。説文（巻七）に曰はく、窆は葬むる棺を下すなりと」。〈張銑注〉「地に逢へば即ち穿ち、疾く葬りて棺を下さしむるなり。遭は逢なり。壤は地なり。窆は葬るに棺を下すなり」。

○詳解78　81〈李善注〉の『礼記』の鄭玄注には「還は猶ほ疾のごときなり。其の日月に及ばざるを謂ふ」とある。これによると81旋葬而窆は葬るべき日や月にならなくても時を選ばずすぐに埋めよという意となる。従ってこれと対になる80遭壤以穿は葬るべき土地や方角を探さず、どこでもいいから墓穴として掘れという意となる。81は葬を旋《と》くして窆れとも訓むか。

○詳解79　80遭壤以穿は「北方に葬りて北首するは三代の達礼なり。幽に之くの故なり」（『礼記』檀弓篇下）によると葬礼に外れており、81旋葬而窆も「三日にして斂す」（同上・問喪篇）によると外れることになる。しかし81〈李善注〉の『礼記』には手足が見えるほどの衣棺でも、また早目に葬って椁がなくても、その家の財力に応じていれば礼に外れるものではない、と孔子は述べている。とすると淵明の遺書は喪礼にかなうといえよう。

○詳解80　75遺占にある淵明のいう葬祭・埋葬の内実は『礼記』檀弓篇下にある、春秋時代の呉の季子札がその長男を旅の途中亡くした時の葬に似ている。「其の坎《あな》の深さは泉に至らず。其の斂は時服を以てす。既に葬りて封ず。広《よこ》と輪《たて》は坎を揜《おほ》ひ、其の高さは隠《よ》るべきなり」とあり、この後、季子札は「骨肉　土に帰復するは命なり。魂気の若きは則ち之かざること無きなり。之かざること無きなり」と言って、その場を去った。これを見ていた孔子は「延陵の季子の礼に於けるは其れ合するかな」と言ったという。

82［嗚呼悲哉］73嗚呼悲哉（一五九頁）・詳解72（一八六頁）参照。

83［深心］心に深く思う。心の奥底で。　［追往］昔の事を思いやる。

84［遠情］思いを遠くする。思いを遠く馳せる。　［逐化］過去を逐う。変化を逐う。〈李善注〉「荘子（知北遊篇）に曰はく、既に化して生じ、又た化して死すと」。化は変化する。〈呂向注〉「延之自ら言ふ、往日の游を追念し、情を遠くして潜の変化を随逐すと」。往日游は昔の交遊。

○詳解81　83深心追往・84遠情逐化の訳として〈小尾解〉には「深く昔を思い、思いをはせてその死をしのぶ」といい、〈伊藤解〉には「心の奥で往事をしのび、思いを馳せて過去を追うに」といい、化の訳を一方は死、一方は過去とする。84〈李善注〉の『荘子』の化は変化の意であり、〈呂向注〉では（潜の）変化の意とする。この変化の意ははっきりしないが、83・84が対句であることから84化は83往と同意と見なして〈伊藤解〉の過去の意に従う。淵明の遺書をとりあげた前段の文脈からしても、本段で淵明の死を改めてとりあげる必要もあるまいというのもその理由の一つである。83・84はあわせて心・情を深・遠にして、往・化を追・逐すと言い換えることもできよう。

85［爾］ここは淵明をさす。［介居］独立する。隠遁する。〈李善注〉「漢書（巻三二陳余伝）に、陳余は武臣に説きて曰はく、将軍独り河北に介居せりと」。〈李周翰注〉「爾は潜を謂ふ」。

86［我］顔延之をさす。［暇日］暇な日。怠惰。〈李善注〉「孫卿子（修身篇）に曰はく、其の人と為りや、暇日多き者は、其の出入すること遠からずと」。入の字は人の字の誤りとする王念孫の説に従い、其の人に出づること遠からずと訓み、他人以上にでることはできない意とする。〈李周翰注〉「我は延之の自称なり。暇は閑なりと」。
○詳解82　85介居は2人固介立（一五五頁）の介立と似た意であろうが、ここでは世俗と絶って孤立し、隠遁する意。淵明の隠遁は彭沢の令を辞して田園に帰ってきた四一歳である。また86多暇は〈李善注〉の『孫卿子』の楊倞注には「暇日多しとは怠惰を謂ふ」とある。因みに〈小尾解〉には「暇」、〈伊藤解〉には「暇な日」とある。
○詳解83　85自―86及～は、―以後、～となったという形。及の主語を85爾介居とすると、君が隠遁して以後、君の隠遁生活が私の怠惰な生活に影響を及ぼすことになったとなる。つまり私延之は怠惰な生活ができなくなったといい、87以下それについて述べる。
87［伊］助辞。［好之洽］仲良しになる。気が合う。好は仲良し。親交。洽はゆきわたる。和合する。〈呂延済注〉「伊は惟、洽は合なり」。

88［接閻］村の門が近い。閻は村里の門。［鄰舍］家が隣同士である。〈呂延済注〉「閻は門なり」。
○詳解84　88接閻によると淵明と顔延之は同じ村に住んでいるのではなく、家が隣同志と思われるくらいの、すぐ近くの村に住んでいたのであろう。淵明と顔延之の出会いについては詳解2（一二八頁）参照。
89［宵盤］夜は楽しむ。盤は遊び歩く。腰を落ちつけて楽しむ。［昼憩］昼は休む。憩は動かずに休息する。〈李善注〉「毛萇詩（召南・甘棠の「召伯の憩ふ所」）の伝に曰はく、憩は息なりと」。〈劉良注〉「盤は楽、憩は息なり」。

90［非舟非駕］舟も使わず車も使わない。〈劉良注〉「舟車を用ひずして、手を携へて相ひ随ふなり」。

○詳解85　89宵盤昼憩は昼に夜を継いで遊び楽しんだことをいうのではなく、昼と夜の時間が逆転して、夜遊び楽しんで昼は休息して寝ていたことをいうのであろう。

○詳解86　90非舟非駕は〈劉良注〉によれば二人の好みが親密であることをいうようであるが、舟や車を使わなくてもいいほどの、近い距離に二人が住んでいることをいうのかもしれない。ただこの解釈だと88接閻鄰舎と同意になる。李善は挙げないが『老子』第八十章の「舟車有りと雖も、之に乗る所無し」をふまえて、二人の生活がのどかで平和であることをいうのかもしれない。

91［念昔］昔のことを思いやる。［宴私］内輪でくつろぐ。内々に楽しむ。〈李善注〉「毛詩（小雅・楚茨）に曰はく、諸父兄弟、備《つぶさ》に言《ここ》に燕私すと」。諸父兄弟は同姓・同族の者。燕私は宴私に同じ。

92［挙觴］杯を挙げて酒を飲む。［相誨］教えあう。指南しあう。〈呂向注〉「誨は教なり」。

○詳解87　91念昔宴私・92挙觴相誨の念を誨までかけて、念ふに昔宴私せしとき、觴を挙げて相誨ふとも訓めるが、いま和刻本の昔を念ひてに従い、觴を挙げてと対にする。

○詳解88　91昔は顔延之と淵明の交流がはじまった以来のことをいい、そのころのことを二人が念い宴私したという。宴私については毛伝に「燕して其の私恩を尽くす」、鄭箋に「祭祀畢れば賓客に豆俎を帰《おく》り、同姓は則ち留まりて之と燕するは、賓客を尊び骨肉に親しむ所以なり」という。宴私とは同姓の者が集まって宴し、親族が親しみあう意味である。顔延之と淵明の関係も同姓同様の関係であったというのであろう。

○詳解89　92相誨のうち顔延之が淵明に誨えたのは93独正者危より98吾規子佩までであり、淵明が顔延之に誨えたのは101違衆速尤より104栄声有歇までである。

93［独正者危］自分一人だけ正しいとする者は危い。

94［至方則礙］この上なく正しければ邪魔される。〈李善注〉「孫子（勢篇）に曰はく、（木石の性として）方なれば則ち止まり、円なれば則ち行くと」。方は四角形。〈呂向注〉「言ふこころは正方の道を為す者は必ず時俗に患はさる。夫れ物の方なれば則ち止まり、円なれば則ち行く。此れ延之の潜を誡むるなりと」。正方はきちんとして正しい。方は四角形のことで、正に同じ。時俗は世俗。

○詳解90　93独正者危と94至方則礙は対偶表現で同じ内容。それは時流に背いて自分一人、しかも絶対的に正しいとする者は、結局身を滅ぼしてしまうことをいう。顔延之はこの語によってこうした生き方をした自分を反省し、あわせてこうした生き方をせぬよう淵明に誨え戒めたのであろう。

95［哲人］道理に通じている人。［巻舒］出処進退。〈李善注〉「（潘岳の）西征の賦に曰はく、孔は時に随ひて以て行蔵し、蘧は国と与にして巻舒すと」。孔は孔子。行蔵は出処進退。蘧は蘧伯玉。春秋時代の衛の賢大夫。〈李周翰注〉「哲人の巻舒とは、蘧伯玉　邦に道有れば則ち仕へ、邦に道無ければ則ち巻きて之を懐にするを謂ふ」。

96［布在］書き列ねる。［前載］前代の書籍。〈李善注〉「（張衡の）西京の賦に曰はく、多く前世の載《こと》を識ると」。〈李周翰注〉「此の事は前代の載籍に布在す」。載籍は書籍。

○詳解91　96布在前載する95哲人巻舒とは、95〈李善注〉〈李周翰注〉にいう邦に道が行われていれば出仕し、道が行われていなければ隠遁するという孔子や蘧伯玉の処世態度のことである。顔延之は哲人の生き方をするよう淵明に誨え戒めたのであろう。

97［取鑒］手本となること。戒めとすべきこと。［不遠］すぐ近くにある。〈李善注〉「毛詩（大雅・蕩）に曰はく、殷の鑒は遠からずと」。殷鑒不遠は殷が手本として戒めとすべきことは遠い時代ではなくすぐ前の夏にある。

98［吾規］私の戒め。［子］君。淵明をさす。［佩］身につける。心に留める。〈李周翰注〉「鑒を取ること遠からず。故に凡そ規諌する所、子皆な佩服せよ」。

○詳解92　97〈李善注〉の『毛詩』の殷鑒不遠は殷が手本とするのは前代の夏の悪政である。とすると97取鑒不遠の鑒も悪い手本をさすことになる。それはここでは淵明のすぐ近くにいる顔延之の生き方で、具体的には93・94の独正者危・至方則礙である。

○詳解93　98吾規とは93独正者危・94至方則礙と95哲人巻舒・96布在前識とをさすことになる。

99［爾］君。淵明をさす。［愀然］顔色を変えるさま。〈李善注〉「礼記（哀公問篇）に曰はく、孔子愀然として色を作して対ふと」。〈呂延済注〉「愀は色を正す貌」

100［中言］言葉を中断する。言葉半ばでさえぎる。［発］発言する。〈呂延済注〉「潜復た延之に贈るに言を以てするなり」、「中言とは中《なかば》に発する言なり」。

○詳解94　99愀然は99〈李善注〉の『礼記』の鄭玄注には「愀然は変動する貌なり」とあって二度使われている。一つは哀公の「人の道は誰《なに》をか大と為すや」という問いに、孔子がわが意を得たりとばかり同意するものであり、もう一つは哀公の「寡人願はくは言ふこと有らん。然るに冕して親迎するは已《おほ》いに重からずや」という問いに対して、孔子がそうではないとこれを否定するものである。この二例は顔色を変えて大まじめになる点では共通する。従ってここの淵明も顔延之の教誨に感じて大まじめになって顔色を変え、勢いあまって100顔延之の言を中《なかば》でさえぎって発言してしまったというのであろう。因みに〈伊藤解〉は99・100爾実愀然・中言而発を「あなたは突然色を作し、ことば半ばにさえぎって」と訳し、〈小尾解〉は「そなたは明らかに動揺して、私のことば半ばにしてこう言った」と訳す。

101［違衆］大衆に背を向ける。世俗と異なる生き方をする。［速尤］過ちを招く。咎めを受けやすい。〈李善注〉「班固の漢書（巻一〇〇叙伝下）の述に曰はく、疑殆闕《か》くるに匪ず、衆に違ひ世に迕ふ、浅くして尤悔を為し、深くして敦害を作すと」。疑殆は疑わしく危いこと。闕は除く。尤悔は尤めと悔い。敦害はひどい害。〈劉良注〉

「尤は責、迮は過」。

102［迮風］風に逆らう。［先蹷］まっ先に倒れる。倒れやすい。〈李善注〉「韓詩外伝（巻二）に曰はく、草木の根荄は浅きも、未だ必ずしも橛《たお》れざるなり。飄風興り、暴雨隧つれば、則ち橛るること必ず先にすと」。胡刻本は興の字を与の字に作るが、いま『文選考異』に従い興の字に改める。根荄は根。飄風はつむじ風。暴風は豪雨。〈劉良注〉「蹷は倒なり」。

○詳解95 101〈李善注〉の『漢書』は101違衆速尤の、102〈李善注〉の『韓詩外伝』は102迮風先蹷の典故であろう。従って102風は飄風の風に解したが、〈伊藤解〉は「世の風習」、〈小尾解〉は「世の風俗習慣」と訳す。この訳は101『漢書』にある迮世をふまえるのであろう。淵明はこの二句によってこうした生き方をした自分を反省し、あわせてこうした生き方をせぬよう顔延年を教誨したのであろう。

○詳解96 101と102の対偶表現に注目すると、101速尤は尤を速かにすと訓むこともでき、また速やかに尤めらると訓めば102先蹷は先に蹷ると訓むことになろう。

103［身才］身体と才能。［実］実質。中身があること。

104［栄声］栄誉と名声。［歇］尽きてなくなる。〈李善注〉「言ふこころは身及び才は実と為すに足らず、栄華声名は時有りて滅ぶ。己の才を恃みて以て物に傲り、寵に憑りて以て人を陵《あなど》るを恐る。故に以て相ひ誡むるなりと」。傲物は物を物ともしない。物を軽視する。〈張銑注〉「身と才とは至実の具に非ずして、栄声は必ず消歇すること有るなり」。

○詳解97 103身才は人の内なるものをいい、104栄声は人の外なるものをいい、それはともにあてにならず、永遠性がないことをいう。104〈李善注〉によると身才をあてにする者は物を軽視し、栄声をあてにする者は人を馬鹿にするというのである。淵明はこうした生き方をする顔延之を教誨したのであろう。

105［叡音］すぐれた言葉。ここでは顔延之を戒めた淵明の言葉。［永矣］遠くなってしまったなあ。聞かれなくなったことをいう。〈李善注〉「爾雅（巻一）に曰はく、永は遠なりと」。

106［箴］いましめる。［余闕］私の過ち・欠点。余は顔延之をさす。闕は欠に同じ。〈李善注〉「左氏伝（襄公四年）に、魏絳曰はく、百官　王の闕を箴むと」。百官は多くの役人。〈呂向注〉「言ふこころは潜既に没し、智音は永遠なり。誰か復た我の闕失を箴めんと」。闕失は過ち。

○**詳解98**　105叡音はここでは101違衆速尤より104栄声有歇までをさし、106余闕とはこのうちの103・104身才非実・栄声有歇の二句をさすのであろう。

107［嗚呼哀哉］73嗚呼哀哉（一五九頁）・詳解72（一八六頁）参照。

108［仁］仁者。［焉］助字。［終］死ぬ。

109［智］智者。［斃］死ぬ。〈李善注〉「応劭の風俗通（巻二）に曰はく、伝に云ふ、五帝は聖にして死し、三王は仁にして死し、五伯は智にして死すと」。五帝は上代の五人の聖帝。諸説あるが『史記』巻一五帝紀は黄帝軒轅・顓頊高陽・帝嚳高辛・唐堯・虞舜とする。三王は三代の王で夏の禹王・殷の湯王・周の文王とする。五伯は春秋時代の五人の覇者で異説があるが、斉の桓公・晋の文公・楚の荘公・呉の闔閭・越の句践はその一説。〈李周翰注〉「古自り仁智の人、皆な死を免かれざるを歎ず。斃も亦た死なり」。

○**詳解99**　109〈李善注〉の『風俗通』および後文の「其の隕落崩甍の日は咸くは百年に至る能はず」によれば、仁者の三王も智者の五伯も、つまり名誉地位を得た王者であれ覇者であれ、百年に満たぬうちに死んでしまうことをいう。

110［黔婁］春秋時代の隠者。［既］111亦と呼応して～した上にさらに～の意。［没］死ぬ。〈李善注〉「皇甫謐の高士伝（佚）に曰はく、黔婁先生死す。曾参は門人と来たり弔ふ。曾参曰はく、先生の終《しふ》に何を以て謚と為すかと。妻曰はく、康を以て謚と為さんと。曾子曰はく、先生の存する時、食は虚を充たさず、衣は形を盇《おほ》はず。死すれば則ち手足は斂《をさ》まらず、傍に酒肉無し。生きては其の美を得ず、死しては其の栄を得ず。此に何の楽しみありて謚して康と為すやと。妻曰はく、昔、先君嘗て之に国相を授けんと欲するも、辞して為らず。是れ余貴有る所以なり。君嘗て之に粟三十鍾を賜ふも、先生は辞して受けず。是れ余富有ればなり。彼の先生は天下の淡味を甘しとし、天下の卑位に安んじ、貧賤に戚戚たらず、富貴に遑遑たらず。仁を求めて仁を得、義を求めて義を得たり。其の謚を康と為す。亦た宜《むべ》ならずやと」。虚は空腹。形は身体。先君は先代の君王。余貴は身にあまる名誉地位。鍾は容量の単位。一鍾は約五〇リットル。余富は身にあまる金銭。淡味はさっぱりした味。戚戚は憂えおそれるさま。遑遑はうろうろするさま。〈呂延済注〉「黔婁先生死す。曾子弔ひて問ひて曰はく、先生の終に何の謚有るやと。妻曰はく、康なりと」。

111［展禽］春秋時代の賢人。柳下恵のこと。　［逝］死ぬ。〈李善注〉「展禽は柳下恵なり。論語（微子篇）に、柳下恵　士師と為ると。鄭玄（佚）曰はく、柳下恵は魯の大夫なり。展禽は柳下に食采す。謚して恵と曰ふと」。士師は司法官。食采は采地を食《は》む。采は官の意で官職のために授けられた土地のこと。柳下は采地の名。〈呂延済注〉「展禽死す。門人将に之を誄せんとす。妻曰はく、将に其の徳を誄せんとすれば、則ち二三子　妾の夫子を知るに如かざるなり。乃ち之を誄して謚す。謚を恵と曰ふと」。二三子はお前たち。門人をさす。夫子は先生。ここでは展禽をさす。

○詳解100　110黔婁は「五柳先生の伝」の賛に「黔婁言へる有り、貧賤に戚戚たらず、富貴に汲汲たらずと。其れ茲れ若き人の儔を言ふか」（一一一頁）とあり、淵明と同じ生き方をする黔婁を賛え、「貧士を詠ず七首」其の四には「貧に安んじ賤を守る者、古自り黔婁有り」と詠い、貧賤に安んずる黔婁の生活を賛える。また111展禽については淵明の作品には直接その名を出さないが、「飲酒二十首」其の十八の「時有りて肯へて言はざるは、豈に国を伐つに在らずや、仁者は其の心を用ふれば、何ぞ嘗て顕黙を失せん」は、魯の王が柳下恵に斉を伐ちたいがどうかと問うと、「吾聞く、国を伐つは仁人に問はずと」（『漢書』巻五六董仲舒伝）を出典としており、淵明は自分を柳下恵に擬えている。『論語』微子篇には「逸民は伯夷・叔斉・虞仲・夷逸・朱張・柳下恵・少連」といい、柳下恵は隠者である。110・111は節を持して世俗を超越した隠者も死んでしまったことをいう。

112［其］発語の辞。［先生］淵明をさす。

113［同塵］世俗に同調する。俗世間に調子を合わせる。［往世］前の世。昔。〈李善注〉「同塵は巳に上文に見ゆ」。上文は18詭時則異。

○**詳解101**　113往世の人とは108仁（者である三王）・109智（者である五伯）・110黔婁・111展禽をさす。112・113は淵明先生はこれらの仁者や智者、隠者や賢者などの俗人と同じように死んでしまったことをいう。

114［旌］ほめたたえる。表示する。［靖節］淵明の諡。〈劉良注〉「旌は表なり」。

115［加］加える。超える。［康恵］黔婁の諡の康と展禽の諡の恵。110・111（一九五・一九六頁）参照。〈李善注〉「康は黔婁、恵は柳下恵なり」。〈劉良注〉「加は過なり」。

○**詳解102**　114靖節は78宜謚曰靖節徴士（一二七頁）、73・74、詳解81・82（一五四・一五五頁）参照。

○**詳解103**　115加を〈劉良注〉は過（超える）の意とするが、字のごとく加える意もある。超える意であれば靖節という淵明の諡は黔婁や柳下恵の諡の康や恵以上であるということになり、淵明の生前の行跡は黔婁・柳下恵より上であるとする。加える意であれば黔婁・柳下恵の行跡の康・恵の上に、新たに淵明が靖節という行跡を加えたということになる。どちらの意でも解することができようが、顔延之は淵明を108仁・109智と同じ範疇にいる人とせず、110黔婁・111展禽の仲間として論じている。

116［嗚呼哀哉］73嗚呼哀哉（一五九頁）・詳解72（一八六頁）参照。

○詳解104　116句からなる「辞」は換韻によると、14の解からなり、後半に嗚呼哀哉を四回繰り返す。

1解（1～8、立・及・集・級）＝昔から自立している人間は多く、君もその一人だ。

2解（9～16、敦・言・温・繁）＝あらゆる人と仲むつまじく、清廉潔白であった。

3解（17～24、異・置・事・志）＝俗事に逆らい、古代を好み、志を貫くしていた。

4解（25～32、風・邦・恭・農）＝親を養い国を忘れず、爵位も俸禄も低かった。

5解（33～40、限・免・弁・善）＝出処進退はさっぱりし、俗外で節操を守った。

6解（41～48、心・林・陰・琴）＝世俗を超越し、万事楽しく、心は快適だった。

7解（49～56、病・命・聘・性）＝貧乏や病気も天命とし、潜み隠れて無欲を持していた。

8解（57～64、施・智・義・賓）＝天が君の善行に味方しないのが恨めしい。

9解（65～72、疾・吉・恤・畢）＝病にかかっても薬や祈禱の世話にならず、逝ってしまった。

（73嗚呼哀哉）

10解（74～81、占・瞻・斂・窆）＝遺書には葬祭も埋葬もこっそりせよとあった。

（82嗚呼哀哉）

11解（83～90、化・暇・舎・駕）＝世俗を絶った以後の君との交友は私の生活を変えた。

12解（91～98、誨・礙・載・佩）＝君を戒めた私の言葉を心に留めておいてほしい。

13解（99～106、発・蹙・歇・闕）＝私を戒めてくれた君の言葉はもう聞けなくなった。

（107嗚呼哀哉）

14解（108～105、韡・逝・世・恵）＝君の生前の行跡を称えて、諡を靖節先生とする。

（116嗚呼哀哉）

陶淵明略年譜

皇帝	紀年	干支	西暦	年齢	行跡	作品	時事
〈東晋〉哀帝	興寧3	乙丑	365	1	生まる。父は名不詳。母は孟氏。		
廃帝	太和4	己巳	369	5			桓温、三回目の北伐に失敗す。
簡文帝	咸安1	辛未	371	7			桓温、廃帝を退位させる。
	2	壬申	372	8	父死す（?）。		
孝武帝	太元1	丙子	376	12	妹程氏の母（父の側室?）死す。		
	8	癸未	383	19			前秦の兵、大挙侵入するも、晋軍これを破る。
	16	辛卯	391	27	一説に、農事はこの年にはじまる。		
	18	癸巳	393	29	江州祭酒となるも幾何もなく辞任す。また主簿に召さるるも辞退す。		
	19	甲午	394	30	妻の某氏死す（?）。後に翟氏を娶る。		

安帝 隆安3	己亥	399	35	鎮軍将軍劉牢之の参軍となり、劉裕らと会稽の孫恩を討つ。	「始めて鎮軍参軍と作りて曲阿を経しとき作る」（?）	
4	庚子	400	36	都より帰る。	「庚子の歳五月中、都より還るに風に規林に阻まる二首」	
5	辛丑	401	37	正月、斜川に遊ぶ。また都に入り、後に江陵に使いし、七月、江陵より帰る。母孟氏死す（?）。	「斜川に遊ぶ并びに序」「辛丑の歳七月、仮に赴きて江陵に還らんとし夜塗口を行く」	劉裕再び孫恩を討つ。
元興1	壬寅	402	38	喪中にあり。		
2	癸卯	403	39	喪終わる。	「癸卯の歳始春、田舎に懐古す二首」「癸卯の歳十二月中の作、従弟の敬遠に与ふ」	桓玄帝位を奪い、安帝を尋陽に幽閉す。
3	甲辰	404	40		「栄木并びに序」「連雨に独り飲む」	劉裕、桓玄を殺す。
義熙1	乙巳	405	41	三月、建威将軍劉敬宣の参軍となり（?）、都に使いす。八月、彭沢の令となり、十一月、辞任す。妹の程氏死す。	「乙巳の歳三月、建威参軍と為りて都に使ひし銭渓を経たる」「帰去来」（?）「園田の居に帰る五首」（?）	安帝、帝位に復す。
3	丁未	407	43		「程氏の妹を祭る文」	

4	戊申	408	44	六月、火事に遇う。	「戊申の歳六月中、火に遇ふ」	
5	己酉	409	45		「己酉の歳、九月九日」	劉裕、揚州刺史となる。
6	庚戌	410	46		「庚戌の歳九月中、西田に於て早稲を穫す」	劉裕、南燕を滅ぼす。
7	辛亥	411	47		「殷晋安と別る并びに序」「従弟の敬遠を祭る文」	劉裕、太尉となり国権を掌握す。
10	甲寅	414	50	慧遠と往来す。劉遺民、蓮社同誓文を撰するも、淵明は社に入らず。		
11	乙卯	415	51	顔延之、尋陽に来たり、このころ交流はじまる（?）。	「子の儼等に与ふる疏」（?）	
12	丙辰	416	52		「周続之・祖企・謝景夷の三郎に示す」「丙辰の歳八月中、下潠の田舎に於て獲す」	
13	丁巳	417	53		「羊長史松齢に贈る并びに序」	劉裕、関中を平定す。
14	戊午	418	54	前年かこの年、著作郎に召さるるも辞退す。	「怨詩楚調、龐主簿・鄧治中に示す」「歳暮、張常侍に和す」	王弘、江州刺史となる。劉裕、相国となり、安帝を幽閉して、恭帝を立つ。

〈宋〉武帝	永初1	庚申	420	56		「劉柴桑に和す」(?)	六月、劉裕、即位し、国号を宋とす。
	2	辛酉	421	57		「王撫軍の坐に於て客を送る」「述酒」(?)	東晋の恭帝、毒殺さる。
少帝	景平1	癸亥	423	59		「龐参軍に答ふ」	顔延之、始安太守となる。
文帝	元嘉1	甲子	424	60	顔延之と会う。		文帝即位す。少帝を殺す。
	3	丙寅	426	62	檀道済より米・肉を贈らるるも受けず。		檀道済、江州刺史となる。
	4	丁卯	427	63	痁疾により尋陽の某里に死す。	「自祭の文」「挽歌の詩三首」	

あとがき

平成三年（一九九一）八月、広島大学教育学部に勤務することになり、前任の森野繁夫先生のあとを継ぎ、大学院で『文選』収載の陶淵明を読むことになった。本書に収める陶淵明の詩八首と文一首、それに顔延年の「陶徴士の誄」一首は、授業科目「文選研究」で国語教育学専修の学生たちと読んだ演習記録で、これに「五柳先生の伝」一首を加えて一書とした。

『文選』収載の諸作品は、正文・李善注は胡刻本に、五臣注は足利本に拠った。演習担当者は正文の校異・訓読・口語訳、李善注・五臣注の訓読・解釈および両注に引く出典等を調査・考察し、資料を作成して発表する。発表をめぐって議論・考察を重ねる際、先達の研究成果も対象とし、これによって疑義を解決することも少なくなかった。本書に引用した諸書をはじめ、多くの研究書に恩恵を蒙った。謝意を表する次第である。

議論・考察はさまざまに及んだが、その主な内容を整理して詳解とした。取り上げるに足らぬものもあろうが、新しい見解もいくつか提案した。ただ行き過ぎや思い違いもあろう。ご指導・ご批正を賜りたい。

一〇首の作品は三年半かけて読んだことになるが、その間演習に列した大学院生は次の人たちであり、年度によっては括弧内に記した研究生や学部生が加わることもあった。

中西淳・住田勝・高橋由美・川野敏子・土山和久・所康俊・四十塚都・間瀬茂夫・水元肇・河野智久・高尾香織・松友一雄・上野珠貴・丸山範高・林直紀・藤田修司・矢山仁（近藤聡子・佐々木了悟・広本和弥・田中由佳・森智子）

熱心に資料を作成し、意欲満々、演習に参加したこれらの学生たちに改めて感謝したい。

また溪水社木村逸司社長は、販売部数も見込まれず、経営を無視して本書の刊行を引き受けてくださった。編集部の坂本郷子さんは、手書き原稿の整理や綿密な校正をしてくださった。ここに合わせて感謝申し上げたい。

長谷川　滋成

平成十二年五月五日

著者略歴
長谷川　滋成（はせがわ　しげなり）

1938年山口県に生まれる。広島大学文学部中国語学中国文学専攻修士課程修了。現在広島大学教育学部教授。

著書：『漢文教育序説』（第一学習社）、『漢文教育論』『漢文教育史研究』（青葉図書）、『漢文の指導法』『漢詩解釈試論』『漢文表現論考』（溪水社）、『難字と難訓』（講談社）、小尾郊一編『新撰墨場必携』（中央公論社・共著）、佐藤喜代治編『漢字講座』（明治書院・共著）、『東晉詩訳注』『陶淵明の精神生活』『孫綽の研究』（汲古書院）。

『文選』陶淵明詩詳解

平成12年10月20日　発行

著　者　長谷川　滋　成

発行所　株式会社　溪　水　社
広島市中区小町1-4（〒730-0041）
電　話（082）246－7909
FAX（082）246－7876
E-mail:info@keisui.co.jp

ISBN4－87440－618－1　C3098